ユダの密室

The closed room of Judas

平野　俊彦
HIRANO TOSHIHIKO

目次

主な登場人物

金子 信佑　関東軍中尉、ハルビン特務機関の満州里情報将校
傳田 実男　関東軍上等兵、金子の部下
アルベルト・メッセル　ユダヤ人避難民、バイオリニスト
アンナ・メッセル　アルベルトの妻　ピアニスト
バーナード・フライシャー　ユダヤ人避難民　ピアニスト
犬塚 条太郎　関東軍大佐
徳永 貞夫　犬塚直属の部下
安岡 弥之助　満州で重工業会社を経営する財閥
安岡 陽子　弥之助の妻、真佐子と智美姉妹の母
安岡 真佐子　ピアニスト、金子信佑の恋人
安岡 智美　真佐子の妹
金子 庸三　信佑の父、東京薬学専門学校教授
金子 孝枝　庸三の妻、信佑の母
樋口 季一郎　関東軍少将、ハルビン特務機関長
オノ原 則之　長野県警警部補
下川　良平　軽井沢駐在所巡査

序章

一

「中尉殿。もう間もなく、オトポール駅にシベリア鉄道の列車が到着します」

国境警備に当たっている傳田実男上等兵は、双眼鏡から目を離すことなく言った。すぐ脇に立って、粉雪が埃と共に台地から巻き上げられるシベリア平原の彼方を、目を細めて見やっていた金子信佑中尉は、ただ無言でうなずく。

金子は陸軍士官学校出の精鋭で、その時ハルビン特務機関隷下の情報将校として、満州に勤務していた。百八十センチ以上上背があって、がっしりとした体格の持ち主である。短く刈った髪、濃い眉と大きな瞳、それにすっと通った鼻筋が、日本人としては異彩を放つ。

一方の傳田上等兵は、金子より十も年上だが、金子の部下の一人だ。痩身の傳田は金子の横に立つと小さく見えるが、それでも当世の日本軍人の平均身長を下回ってはいない。細長い顔は浅黒く日焼けして勇ましい。

満州国とソビエト社会主義共和国連邦（ソ連）の国境に近いここ満州里は、三月といえども気温がマイナス二十度以下にもなる厳寒の地である。金子は、軍服の上に厚手で大き目の陸軍尉官用マント型外套ですっぽりと身を包み、防寒帽子を耳まで下ろしていたが、それでも全身が軍刀で切られるような寒さだ。

双眼鏡を覗きながら微動だにしない傳田上等兵を横目に、金子は粗末に作られた木製の露台兼見張り台から満州里駅舎の中に入った。

満州里駅は、複線の線路伝いに巨大な直方体の建物を横に幾つか並べたような形をしており、内部の天井は高く、どの部屋もだだっ広い。

だが、ここ石炭ストーブが燃え盛る執務室はこじんまりとしていて、落ち着く。執務室は、駅舎連棟の一番西側の建物の二階に位置しており、窓やそこから張り出す露台からソ連との国境方面を見渡せた。

金子は、手袋を外しながらストーブに手をかざした。ストーブの周りだけは暖かかったが、窓際には冷気をはらむ隙間風が入り込んでいた。

「暖まりますよ」

立派な口髭を生やした満州里駅長が、山羊の乳を混ぜ込んだ茶の入ったカップを金子に差し出した。

「ありがとうございます」

丁寧に礼を述べ両手で受け取ると、金子は湯気の出ているカップを手に、凍て付くガラス窓越しにソ連領オトポール駅の方角を見やった。

満州里駅は、国境の街満州里市の北の玄関口にあたる要所に位置している。

ここは、満州国国有鉄道の終着駅でもある。鉄道を南下すれば東清鉄道南満州支線のルートに入り、ハルビンを経由して、満州国の首都新京（長春）、そして奉天を通り、旅順に達する。

ソ連領オトポール駅とはわずか数キロメートルしか離れていない。まさにそこは目と鼻の先にあり、したがってこの駅は、ソ連との国境線を視察するにはもってこいの位置にあった。逆に、ソ連軍が満州へ攻め込んでくることになれば、満州里は真っ先に戦場になる街でもあった。

白く濁った甘い茶を一口二口すすった時、彼方から断続的な列車の汽笛音が聞こえて来た。

初めはかすかに、そして次第に大きく、ボーッというその音は、遥かヨーロッパから戦雲を引きずってくるかのように、凍土が続くシベリアの大平原を這いながら迫ってくる。

金子は手にしていたカップをテーブルの上に置くと、再び手袋をはめて外に出た。自分の国の鉄道ではないが、大型機関車と何十両にも連なる列車の様子がやはり気になるのか、駅長も金子の後に続いた。

傳田上等兵は白い息を吐きながら、相変わらず寒風の中を双眼鏡を目に当てたまま国境の方角を向いて立っている。その視線の方向を金子が追うと、オトポール駅構内に入ってくる大型蒸気機関車とそれがけん引して来た貨車の果てしない車列が目に入った。

シベリア平原に吐き出してきた機関車の黒い煙が消えずに残り、それがオトポール駅上空から遥か彼方の空にまで長いカーテンのように連なっている。

金子も自分の首から胸にぶら下げていた双眼鏡を両手で持って、シベリア鉄道の機関車に視線を注ぐ。オトポール駅はシベリア鉄道ザバイカリスク支線の終着駅であった。

列車はほどなくオトポール駅構内に入って来て、大きな汽笛を鳴らすと完全に停車した。貨車と貨車がぶつかるガチンガチンッという音が、金子にも聞こえて来た。満州里駅とオトポール駅は、それほど近い位置にあった。

「あの集団は何だろう……」

唐突に、傳田上等兵が独り呟いた。

「何か見えるか?」

金子が訊く。

「中程の貨車です。開いた扉から、みすぼらしそうな人々が次々と降りて来ます」

言われたあたりに双眼鏡を向けると、なるほど薄汚れた服装の男や女、小さな子供までもが、貨車からよろよろと降りてくる様子が見て取れた。

「兵士ではなさそうですね」

隣で同じように双眼鏡をかざしている髭の駅長が、前を見たまま言う。金子はうなずき、もう一度貨車から降りてくる人々を一人一人追った。

ボロ着をまとっている男たちは先に貨車から降りると、自分たちのコートや上着を子供らに羽織らせながら下車を手伝っている。続いて降りて来る女たちにも手や肩を貸して、一団は間もなく全員オトポール駅のホームに降り立った。

所持している荷物の量も大して無く、ほとんど取るものもとりあえず列車に飛び乗った状況が窺える。

「一、二、三、四……九、十……十五、十六……。全部で十八人でしょうか。避難民のようですね」

「うむ……」

「どこから来たのでしょう。見た所、ソ連兵には邪険に扱われているようですが」

「……」

小銃を手にした数名のソ連兵が、避難民と思われるこの一団に銃を突きつけながら、行先を誘導しているようだ。

「あっ。どうやらこちらにやってくるようです」

傳田上等兵はようやく双眼鏡を降ろすと、横に立つ金子を見やった。

「様子を見てまいります」

一言そう述べると、傳田は気をつけの姿勢で素早く敬礼してから、金子の返事を待たずに駅舎の西側階段を駆け下りて行った。金子と駅長は、傳田からの報告を待つべく駅舎の中に戻った。


そうして二時間余りが過ぎた。

赤く巨大な夕日がシベリア平原に沈むころ、満州里駅舎の執務室で報告書をまとめていた金子の下に、傳田上等兵が戻って来た。

傳田は、椅子に掛けて机で書き物をしている金子の前に歩み出ると、直立したまま敬礼した。

金子はゆっくりと面を上げ、傳田を見やった。

「何か分かったか」

「はっ」

傳田は短く返答してから、報告を始めた。

「本日、オトポール駅に到着した人々は、ドイツやポーランドからソ連を経由して逃れてきたユダヤ人避難民です。全部で十八名おりましたが、オトポールに到着後飢えと寒さで内二名が亡くなっています」

金子は目を見張る。

「飢えと寒さで……。ソ連側は保護の手を差し伸べてはいないのか」

「そういった様子は見られません。全避難民に対し、満州国境を越えてソ連からわが方へ立ち去るよう要求しているようです」

「そんなはずはない。ソ連はユダヤ人をシベリアに招き、そこで開拓民として定住してくれることを望んでいたはずだ」

「ユダヤ人たちの代表と、通訳を交えて私も話をしました。中尉殿の言われる通り、ソ連側も最初はユダヤ人を受け入れる意向があったようです。しかしユダヤ人たちの多くは開墾や森林伐採などの力仕事に不得手で、開拓民として全く役に立たないことが分かったようです」

「それで無用になったユダヤ人を満州に追い出そうというのか」

「はっ。どうもその様であります」

「無責任な……」

金子は怒りの眼を傳田上等兵から別の方向に背け、壁の一点に視線を置くとしばし無言でいた。が、やがて視線を戻した金子は、傳田に向かって言った。

「避難して来た人々を満州で受け入れ、暖と食物を与え、傷ついた人には医療を施すわけにはいかないのか」

傳田は返答に窮している様子であったが、やがてためらいがちに述べた。

「ユダヤ人は、一昨年十一月に締結された日独防共協定のお相手のドイツが制裁を科している民族です」

「そんなことは分かっている」

金子が不愛想に口をさしはさむが、傳田は勢い、続けた。

「はっ。失礼申し上げました。ですが、日本はそのドイツと、イタリアを含めた三国同盟を締結する意向を固めている由。ユダヤ人を擁護するという事は、ヒトラー総統の意向に反する行為であり、三国同盟締結に横やりを入れることにもなりかねないかと」

「傳田上等兵」

「はっ」

「君は、わが大日本帝国が、ヒトラーのご機嫌取りのためにユダヤ人に対する差別と迫害に手を貸す、ドイツの属国の様な立ち振る舞いをすべきだと思うか」

金子は椅子に座ったままじっと傳田を見据え、握った右手の指の関節で机をコツコツたたいた。

「いえ、そのようなことは……」

傳田が言葉に詰まっていると、金子は小さくため息をついてから立ち上がった。

「もういい。君を攻めても仕方がない。ハルビンの本部に連絡したまえ。まずは機関長に連絡を入れ、指示をあおごう」

「はっ」

敬礼して踵を返し、執務室を出ると、寒いはずの廊下に一人立つ傳田のこめかみには汗がにじんでいた。

一九三八年、三月八日の事であった。

二

ナチスドイツの迫害から逃れてきた十八人のユダヤ人は、オトポール駅に降り立った後も全員駅構内に留め置かれていた。ソ連兵の監視下、彼らは満足な休息所や食料も与えられず、生命の危機にあった。

朝晩はマイナス二十度以下にもなるシベリアの地において、支援物資もないまま簡素なテント住まいを強いることは、人道上の重大な問題であった。しかし金子に対する傳田上等兵の発言にもあったように、ソ連政府はこの時ユダヤ人保護政策を取らず、欧州からの避難民を国内で受け入れるつもりはなかったのだ。

こうして放置されたユダヤ人たちの中には女子供も多く含まれており、やがて彼らは飢えや寒さと絶望感で、続々と死に瀕していった。

国境の街満州里は、オトポール駅から数百メートルの距離だが、当時満州国境を守る関東軍内でもユダヤ人受け入れに反対の立場を取る者が少なからずいた。

この時満州国は、ソ連やモンゴルとの国境問題で不穏な状態にあり、とりわけシベリアにおけるソ連軍の動きには注意を払う必要があった。実際、翌年の一九三九年には、満州里から南南東約二百キロの近距離に位置するハイラル高原周辺の国境線をめぐって、ノモンハン事件が勃発する。

ハルビン特務機関所属の金子中尉と傳田上等兵は、この時期たまたまソ連・モンゴル国境のソ連モンゴル連合軍の動向を含めた敵情報収集のために、満州里を訪れていた。

関東軍の犬塚条太郎大佐が、金子の常駐する満州里駅構内の執務室に現れたのは、オトポールにユダヤ人避難民が来た日の翌日の三月九日朝のことであった。

執務室に寝泊まりしていた金子は、朝食も満足に終わらぬ午前八時から、犬塚大佐がドアをたたき割らんばかりに殴りつける音に驚かされた。

「関東軍の犬塚だ。重大事態故、早朝の無礼も顧みず参った」

金子がドアを開けると、犬塚はそう言いながらずかずかと室内に侵入して来た。

犬塚とはその時が初対面であったが、軍服の階級章を見れば階級が分かる。自分より四階級上の犬塚大佐に表敬の態度を示しつつも、金子はこの男に対し瞬時に嫌悪感を抱いた。

半分禿げ上がった頭、ギョロリと相手を睨む目、たわしの様な口髭、たるんだ頬。体型は、恰幅がいいと言えばそれまでだが、軍人としての平素の鍛錬の証拠がみじんも認められないほど、腹は出ているし足腰は弱々しい。年齢は四十台後半とみられるが、見様によっては還暦も間近なのではないかと疑えた。

ふと犬塚の後ろに目をやると、そこには何やら不思議な生き物がいた。いや、それは間違いなく人間だった。子供の身体に大人の頭が乗ったような異様に小さな男が、犬塚大佐と数メートルの間隔を置くようにして立っている。この小男は、階級章のない軍服のようなものを着ていたが、兵隊でないことは明らかだ。軍帽をかぶっているが、その下から覗く眼光の不気味さが、一瞬金子を震撼させた。

「関東軍の大佐殿が、一体何事ですか」

犬塚に向き直ると、金子は皮肉交じりに訊ねた。犬塚はてらてら光る前頭部に浮き出た血管を収縮させながら声を荒げる。

「とぼけるな金子中尉。貴様は、昨日オトポール駅に現れたユダヤ人難民の処遇を巡って、満州国内への受け入れと擁護を検討しているというではないか」

「誰がそのようなことを……」

「誰でもよい。質問に答えろ」

犬塚は、口髭を震わせながら金子を睨んだ。

「ユダヤ人避難民に関しては、現状をありのままハルビン本部の機関長にお伝えしたまで」

「樋口季一郎少将か。俺はどうもあの男は好かん。関東軍が満州国を強大にせんと頑張っている時に、慎重論ばかり唱えおって」

「お言葉ですが大佐殿。戦線の不拡大方針は日本政府が打ち出したもの。さらに領土を拡大せんとする関東軍の暴走は、陛下への背信行為にも当たります」

「ええい、黙れ。わが関東軍は連戦連勝。国境侵犯を狙うソ連も蒙古も、一網打尽に蹴散らしてくれるものを。もともと不拡大方針などと甘っちょろいことを言う政府も貴様の上司も、日本男児として情けないわっ」

「樋口機関長には、私の方からそのままお伝えしましょうか」

金子が冷ややかに言うと、犬塚はまた頭に血管を浮き上がらせ
「ふざけるな」

と一喝したのち、話を逸らすように続けた。

「俺はわざわざそんなことを言いに来たのではない。

いいか。わが大日本帝国は今、欧州で破竹の勢いのナチスドイツと同盟を組もうとしている。ヒトラー総統もわが国との同盟締結に意欲を示されている由、これはまたとない機会なのだ。

それをこの満州国がユダヤ人を保護して入国を許可するなどという愚行に出たら、日独伊三国同盟の行方はどうなる。同盟締結が関東軍のシベリア攻略にとっていかに重要か、貴様もわからぬはずはなかろう。樋口特務機関長への進言は、そこのところを良く考えたうえで成すべし。

金子中尉。貴様の動向はこの徳永貞夫が見張っている」

犬塚はちらと振り返ると、後ろに控える小男を見た。徳永と呼ばれたその男は、目を光らせ黄色い前歯を突き出しながら気味の悪い笑いを見せた。

「しかと申し伝えたぞ」

犬塚は口角泡飛ばし言いたい事だけ言い終えると、鼻息も荒く部屋を出た。そしてバタンと音を立てながら、勢いよくドアを閉めた。いつの間にか、異常に背の低い徳永も犬塚と一緒に消えていた。

ハルビン特務機関長の任にあった樋口季一郎少将の下には、すでに部下の金子らからオトポール駅のユダヤ人避難民に関する情報が入っていた。一方満州国外交部は、ユダヤ人避難民たちに対して、入国ビザの発給を頑なに拒否していた。

日本の傀儡国家である満州国の外交部は、日本とドイツの存在を気にしていた。日独両国は、一九三六年にすでに防共協定を結んでおり、その後も互いに接近し合っていたのだ。

樋口季一郎機関長はこの時四十九歳であった。樋口は、ソ連の政治経済やソ連軍の動向などの情報を入手し関東軍や日本政府に伝える任務を主とする、特務機関を統括していた。

激情に訴えること無く物静かな樋口だったが、内に秘める正義感と冷静な判断力は、金子中尉ら部下からの厚い信頼をゆるぎないものにしていた。

だがその樋口にとっても、オトポールのユダヤ人避難民の事件は己の立場を揺るがす重大事であった。

関東軍の中には、ユダヤ人排斥を大々的にはじめたヒトラーのドイツとの関係を慮るあまり、満州へのユダヤ人入国を拒否せよと声を上げる犬塚大佐のような者もいた。そういった意見を無下にはねつければ、思わぬ反感を招く恐れもある。

樋口は独り思考に沈んだ。

「人道的にはなんとか救助したい。これまで得た情報によれば、ユダヤ人避難民たちの中には、飢えと寒さで命を落とす者も出てきている。事態は一刻の猶予もままならない。

しかし己の立場を考えると、行動は慎重にならざるを得ない。自分は大日本帝国陸軍の軍人でもあるのだ……」

三

そんな樋口の下に、突然一人の男が現れた。ユダヤ人医師のアブラハム・カウフマンである。

カウフマンは極東ユダヤ人協会会長の立場にあり、ハルビンでユダヤ人関連の問題が起きると、当地の日本人は決まって彼に相談した。ハルビンにはロシア系ユダヤ人をはじめとする多くのユダヤ人が住んでおり、カウフマンもその一人であった。

「カウフマンさん。私もあなたの考えを承りたいと思っていました。今日は良く来られましたね」

樋口がそう挨拶すると、カウフマンは安堵したように緊張していた表情を緩めた。

「是非もありません。あなたにすがるよりないと、無謀を承知で参りました」

特務機関長室で再会した二人は、固い握手を交わした後、対面の椅子にそれぞれ掛けた。

樋口とカウフマンは旧知の仲である。カウフマンは樋口より三つ年上だが、ユダヤ人問題では意見の合うところが多かった。特に、三か月ほど前に開催された第一回極東ユダヤ人大会で、樋口がユダヤ人の人権擁護の必要性を説いた演説に会場から割れんばかりの拍手が起き、カウフマンもそれに酔ったことは忘れられない。

だがそんな挨拶もそこそこに、カウフマンは悲痛な思いを吐露するがごとく早速樋口に迫った。

「すでにあなたもお聞き及びの事と思います。それは他でもない、欧州からシベリア鉄道の無蓋貨車に乗ってオトポール駅まで流れて来た、ユダヤ人避難民のことです」

樋口は黙ってうなずく。

「事態はひっ迫しています。十八人の避難民の中には、女子供が多く含まれています。防寒具も毛布も足りない。食料も飲み物も無く、彼らの中には飢えと寒さですでに死者が出ています」

カウフマンは、ずれ落ちる眼鏡を右手で支えながら、必死の表情で訴えた。樋口はじっと相手を見据えると、背筋を伸ばした。カウフマンは続ける。

「満州政府はドイツとの関係悪化を恐れ、避難民たちへのビザ発給や彼らの満州入国について、なかなか手続きを進めたがりません。このままでは、避難民たちは弱い者から順に一人また一人と死んで行くしかありません。

樋口さん、お願いです。なんとか彼らを助けてください」

「彼らの目的地はどこでしょう。まずはハルビンで彼らの身柄を保護できたとして、満州での永住には、解決しなくてはならない問題がある。ご承知のように、関東軍の将校の中にはユダヤ人擁護に反対する輩もおりますのでな」

前向きな樋口の返答に勇気付けられたカウフマンは、さらに膝を詰める。

「彼らの目的地はユダヤ人がビザなしでも滞在可能な上海の租界です。満州に入国し、ハルビンから新京（長春）、錦州、天津を経て上海へと向かうルートを確保していただければ、避難民たちにも希望が開けます」

租界とは、一八四二年の南京条約により制定された上海市内の外国人居留区で、そこには英米の租界と日本の租界を合わせた共同租界があった。ユダヤ人の目的地はこの共同租界であるという。

樋口の腹は決まっていた。

自らの失脚も覚悟して、ユダヤ人たちの救出を決意していたのである。カウフマンの言葉を聞くと、樋口はおもむろに立ち上がった。

「分かりました。あなたはユダヤ人たちへ食料や衣類、寒さを凌ぐための燃料、医療の手配を急いでください。もちろん満州国にもそれを援助させます。私はユダヤ人たちへの入国ビザ発給と、彼らの移動手段の確保に尽力しましょう。すべての責任は、私が負う」

その言葉を聞いたカウフマンは、よろよろと椅子から立ち上がり、樋口に近寄った。そして樋口の手を取ると、

「ありがとう、ありがとう……」

と日本語で言いながら、その場に泣き崩れた。

こうして樋口はカウフマンに食料や衣服の手配を依頼し、また部下にもオトポールのユダヤ人避難民を救済するよう、素早く指示を出した。

一方、満州鉄道の松岡洋祐総裁（のちの外務大臣）には、南満州鉄道を通る路線にユダヤ人救出のための特別列車を配備するよう要請し、松岡もこれを快諾した。さらに樋口が、人道的な見地から特別ビザを発給

するよう満州国に取り付けるに至り、ここにオトポールのユダヤ人避難民たちの救出活動が始まった。

そしてオトポール駅に彼らが到着した日から数えて四日後の三月十二日、ユダヤ人難民一行は南満州鉄道の列車に揺られてハルビン駅に到着し、そこで生き残った全員のユダヤ人に滞在ビザが出された。


やがて、樋口季一郎特務機関長が欧州から逃れてきたユダヤ人を擁護し満州国入国を許可したいきさつについて、ナチスドイツのリッペントロップ外相から日本政府に抗議が来る。樋口の単独行動がドイツの機嫌を損ねたことは間違いなく、これは当の樋口も覚悟していた事態であった。

そのとき満州国首都の新京（長春）にいた関東軍司令部参謀長東條英機中将は、樋口を自室に呼び出した。当時東條は、中国での軍事行動を控える政府の「不拡大策」を無視して、拡大方針を取っていた参謀長である。

樋口は処分されることを覚悟して、東條の部屋のドアをたたいた。

「何のために君を呼び出したか分かっているな」

机の向こう側で立ち上がった東條は、机を回ると、直立不動の姿勢を取る樋口の傍までゆっくりとやって来た。

「はっ。オトポールに逃れてきたユダヤ人避難民たちの処遇について、小官の判断で満州国内入国と保護を決定したことについてでありますか」

「うむ……。分かっているなら、それについて私に何か言うことは無いか」

「参謀長のご判断を仰ぐことなく事を動かしたことについてはご処分を受け入れます。

しかし事は急を要しておりました。オトポールにて放置された当該ユダヤ人たちの中には、栄養失調と凍傷で命を落とす者も出てきておりました。もはや一刻の猶予もままならぬ状況でありましたため、私が決断いたした次第です」

東條は黙ったまま後ろ手に両手を組んで、靴音を床に響かせながら樋口の前を行ったり来たりした。そして樋口の目の前で立ち止まると、東條は言った。

「そのことで、ナチスドイツのリッペントロップ外相から日本政府に抗議が届いている」

東條は樋口の顔をまぢかで睨んだ。

「聞き及んでおります」

樋口はまっすぐ前を向いたままそこでいったん言葉を切ってから、ひるむことなく続けた。

「しかし参謀長」

「何だね」

「参謀長は、ヒトラーのお先棒を担いで弱いものいじめすることが、正しいと思われますか」

言ってしまったと思いながら、しかし自分の言動に一点の曇りもない樋口は、むしろ爽やかな顔をして東條を見た。

叱責と咎めを覚悟していた樋口に対し、東條は言う。

「君は何か勘違いをしているようだ。私は、咎めるつもりで君をここに呼んだのではない。ドイツの抗議に対しては、私から応えておこう。ユダヤ人たちに対するこの度の関東軍の対応は、当然なる人道上の配慮によって行ったものだ、と」

「はっ……」

それ以上樋口の口から出る言葉は無かった。樋口は、内心安堵の胸をなでおろす。

「東條参謀長は、頑固なところはあっても、筋さえ通れば話のわかる人だった」

彼は心の中で呟いた。

この瞬間、欧州からのユダヤ人避難民に対する満州国の態度は決まった。また樋口に対する東條のこの判断に加え、その決定を植田関東軍司令官も支持したことから、関東軍内部から起こっていた樋口に対する処分要求は下火になっていった。

以上の事の顛末は、「オトポール事件」として歴史の一角に刻まれている。

第一章　満州

一

欧州からシベリアを経由してオトポールまでやって来るユダヤ人難民の波は、一度きりではなかった。それどころか避難民たちは毎週のように、三十人、四十人と数を増やして逃れてきた。だが樋口はカウフマンへの約束通り、ハルビンへの彼らの受け入れを許可し続けた。

それは四月に入ったある日の事であった。

その日、オトポール駅には三十三人のユダヤ人避難民が、シベリア鉄道ザバイカリスク支線の大型機関車に牽引された無蓋貨車に揺られて到着した。

ソ連側には、ユダヤ人避難民を満州国経由で上海や米国に逃れさせる旨の通達がなされていたので、オトポールで国境警備に当たるソ連兵は、ユダヤ人たちが到着すると、彼らを国境の向こう側の街満州里へと追い出すのが習いとなっていた。

駅から満州里までのわずか数百メートルの距離を、三十三人のユダヤ人避難民たちが徒歩で国境を越えて進む。その後ろと脇を、自動小銃を携えた三名のソ連兵が同行していた。

ソ連兵たちは、緊張しているユダヤ人たちの横や背後から銃を突きつけながら、彼らをソ連領内から満州国内へと追いやっていた。

この日も満州里駅舎内にある執務室に詰めていたハルビン特務機関の金子中尉は、国境の満州側からソ連兵を警戒しながら、部下の傳田上等兵らと共にユダヤ人たちの越境を見守った。

三月八日に最初のユダヤ人避難民を迎え入れた時は、彼らのあまりの惨状に胸を痛めた金子であった。

だが、上司であるハルビン特務機関長の樋口の計らいで、その後次々と押し寄せるユダヤ人たちを何とか全員受け入れることができた現状に、彼は今胸をなでおろしていた。

ヒトラーからの迫害を受けて逃れてきた避難民たちを、もしもこの満州が見捨て満州里の原野に彼らの屍の山を築くことにでもなったら、それこそまさに日本軍人の恥である。

そんな感慨を胸中に抱きつつ、疲れ切った表情でよろよろとこちらに向かってくる一団を、金子らがじっと見守っていた時であった。

今まさに国境を越えようとしていたユダヤ人の背に、ソ連兵が投げかけた言葉が聞こえて来た。

「二度とソ連領に戻ってくるんじゃあないぞ。ユダの役立たずのドブネズミどもが」

ロシア語であったが、ユダヤ人たちの一団の中にいた二十五、六歳の男がそれを聞きつけ、暴言を吐いたソ連兵の方を突然振り向いた。

「もう一度言ってみろ」

男は憎悪の表情で吐き捨てると、そのソ連兵に迫って行った。

すると何人かのユダヤ人の男たちがそれに呼応し、さっきの男に続いて三人のソ連兵に一歩一歩近づいて行った。

ほどなく、ユダヤ人たちとソ連兵とは互いにすぐ触れる距離にまで接近し、両者は一触即発の状態で睨み合った。

と、最初に反抗心を示した二十五、六歳の男が、にやにやしながら前に出て来たソ連兵をいきなり殴った。

よろけるソ連兵。

他のユダヤ人の男たちが加勢する。ソ連兵たちは身を引きながら自動小銃を構える。

「やめてください」

「撃たないで」

「銃を降ろしてください」

ユダヤ人の一団から、女性たちの悲鳴が聞こえる。

ソ連兵の指が銃の引き金にかかった時であった。

乾いた大地を震わす、バイオリンの美しくももの悲しい旋律が響いてきたのだ。

バイオリンはビブラートを効かせながら、そこにいる者たちすべての心を瞬時に奪った。

男たちは争いの手を止め、バイオリンの音色に聴き入った。曲はチャイコフスキーの舟歌だったが、それは人々の魂を揺さぶる神の声となって大地に広がっていった。

バイオリンを弾いていたのは、争いを止めに入ったユダヤ人の一団の中にいた一人の若い男であった。

この神がかり的演奏は三分ほどで終わったが、その瞬間ユダヤ人たちから大きな拍手が沸き起こった。

ソ連兵たちは銃を納め、踵を返すと無言で自国の領土の方へ戻って行った。

この様子を満州理側からじっと見守っていた関東軍の兵士や国境警備兵の中から、金子中尉が独り前に出た。

金子は、バイオリンをケースに収めているユダヤ人の若い男にゆっくりと歩み寄ると、無言で右手を差し出した。若い男はやや戸惑いながらそれに応え、二人はそこで握手を交わした。

「ブラボー。ストラディバリウスですか」

金子がドイツ語で訊くと、若い男ははっきりとした日本語で応えた。

「はい。これは私の身体の一部です。他には何も持たず、これだけ携えて妻と二人ナチスドイツから逃れて来ました」

男の傍に、身なりは貧しいが若く美しい金髪の女性が寄り添っている。

「日本語ができるのですね」

「私のバイオリンの師が日本通で、その師から教わりました」

金子は微笑んでうなずく。

「素晴らしい演奏でした。しかしなぜあの時あなたは、バイオリンを弾こうと考えたのですか」

金子が訊ねると、若い男は小さく肩を竦めてから応えた。

「いい音楽は、人の心をはっとさせます。幻惑させるのではなく、我を失った人を正気に戻す力が音楽にはあるのです」

その言葉に意見を返すことなく、金子は続けて訊いた。

「あなたの名は」

「メッセル。アルベルト・メッセルといいます。こちらは妻のアンナ・メッセル」

「アンナです」

紹介された女性は、小さくお辞儀をした。

「私の名は金子。関東軍の将校です。よろしく」

「よろしく」

アルベルトと名乗った男は、そこでようやく表情に笑みを作った。

金子は、視線をアルベルトとアンナから他のユダヤ人たちへ移すと、彼らに対して流暢なドイツ語で呼びかけた。

「迫害から逃れてきたユダヤ人の皆さん、ようこそ満州へ。ここまで来ればもう安心です。さあ、どうぞ私について来てください」


ユダヤ人避難民三十三人の一行は、ハルビン特務機関の樋口らの尽力によって確保された東清鉄道南満州支線を通る列車に乗車し、まずはハルビンに向かって満州里の駅を発った。

満州里からハルビンまでの九百余キロの距離を一昼夜かけ、翌日には全員が無事ハルビン駅に到着した。この駅は、一九〇九年に日本の初代首相である伊藤博文が安重根の凶弾に倒れたことでも知られる。

しかしそんな凶事とは裏腹に、今ハルビンは「極東の巴里」とも呼ばれる華やかな街であった。人口は五十万人を超え、鉄道を介して欧州にも通じる中国東北地方有数の国際都市に発展していた。

ユダヤ人避難民たちにはそれぞれ食料や防寒具、医療用物資などが与えられ、また休養のための療養所や宿泊希望者にはホテルの部屋も供された。

満州里から一行に同行して来たハルビン特務機関の金子中尉は、ユダヤ人避難民たちの中でしばしの間ハルビンでの在留を望む三人を、ハルビン駅から自分の勤務先である特務機関の執務室に連れて行った。

その三人とは、オトポール国境でバイオリンを奏でソ連兵とユダヤ人たちのいざこざを静めたアルベルト・メッセルとその妻のアンナ・メッセル、それにソ連兵の暴言に対し最初にソ連兵に食ってかかって行った二十代半ばの男、バーナード・フライシャーであった。

ハルビン市内の目抜き通りを進むと、帝政ロシア時代を彷彿とさせる聖ソフィア大聖堂などの宗教的建築物、アールヌーボー調の装飾を外壁に施したホテル、バロック様式の五階建て商社など、様々な異国情緒を感じさせる建造物群が次々と現れる。

金子は、特務機関の本館から少し離れて位置し別館に相当する建物の中に、執務のための自室を与えられていた。通常のビルの中に間借りしたような執務室であったが、部屋は百平米ほどと広かった。

金子は三人のユダヤ人を自室へ案内すると、三人掛けソファーに並んで掛けさせ、自分は丸テーブルを挟んで彼らと相対する形で一人掛けソファーに身を置いた。

アルベルトとアンナは、広い室内をめいめい珍しそうに眺めていた。一方のバーナードは、ソファーに掛けたまま金子の所作を注意深く見つめていた。

部屋の南側に位置する窓際にはどっしりとした大型事務デスクを置き、その脇の西側の壁一面には本棚が並んでいる。そこには、ドイツ語、ロシア語、あるいは日本語で書かれた経済書、歴史書、軍事関係の書物、医学専門書、何種類もの辞書、小説等々が、項目ごとにびっしりと書棚に収められていた。

「欧州の様子は今、どうなっているのですか」

金子はドイツ語で訊ねた。その質問に、ユダヤ人たちは改めて金子に向き直った。

最初に説明を始めたのは、オトポール国境でバイオリンを弾いたアルベルトだった。彼もドイツ語で応えた。

「五年前にヒトラーが首相になってから、ドイツはどんどん悪くなっています。ドイツ国民はこぞって、彼を救世主だと信じているのです。

ヒトラーは、ゲルマン人をもっとも純粋なアーリア人種と考え、ドイツにおける支配人種に仕立て上げました。それと同時に、社会主義者、共産主義者、自由主義者などは、弾圧されて牢獄にぶち込まれるか、国外追放されるか、さもなければ殺されました。

このようなヒトラーの人種主義の際たるものが、ユダヤ人迫害です。ヒトラーは、ユダヤ人を劣等民族と考え、その根絶を始めたのです」

アルベルトが言葉を切ると、今度はすかさずバーナードが続ける。

「ドイツでは、三年前にニュルンベルク法が制定されました。これは、ユダヤ人を二流市民と決めつける法律です。

そしてユダヤ人は、ドイツ人やその血族との結婚や婚外交渉が禁じられ、政治的権利や社会的地位も奪われていったのです。故郷と思っていたドイツ国内には、もう私たちのいる場所はありません」

アルベルトとバーナードは、共に年齢が二十代半ばくらいで、二十五歳の金子から見ればほぼ同い年に見えた。そのことからも、二人に親近感を抱く金子であったが、かつてドイツに一年間留学した経験のある金子にとっては、彼らが語るドイツの現状が信じられなかった。

あの自由で勤勉で慈愛に満ちたドイツ人たちが、ヒトラーという一人の独裁者の下でかくも変わってしまうものなのか。

長身で色白で彫の深い細面のアルベルトと、がっしりした体格で黒髪、もみあげ、口髭のバーナード。見た目には好対照の二人だが、ユダヤ人としての思いは共通しているようであった。

一方アルベルトの妻のアンナはまだ二十歳そこそこと女学生のように若く、白い肌と大きな瞳それに波打つ金髪が魅力的だ。だが夫やバーナードが伝えるナチスドイツとユダヤ人の悲惨な現状を慮ってか、アンナは終始うつむいたまま黙っていた。

「君たちはどうやって知り合ったのですか」

アルベルトとバーナードを代わる代わる見ながら金子が何気なく訊ねると、二人は一瞬お互いを見合ったが、髭のバーナードが先に口を開いた。

「僕たちはモスクワで出会いました。アルベルトとアンナは他のユダヤ人たちと一緒に、ドイツからポーランドを経由してモスクワまで逃れて来たのです。

僕はそれより三か月ほど前にモスクワに来ていました。それまではベルリンに住んでいたのですが、近隣のユダヤ人の家が何者かによって襲撃を受け、家に火をつけられた事件がありました。それで怖くなって、ドイツを逃げ出したのです」

「モスクワからさらに極東の満州まで逃れてきた理由は？　ソ連政府は、ユダヤ人たちを受け入れる政策を打ち出していたのではなかったのですか」

金子の問いに、バーナードは顔を曇らせた。

「確かに最初はそうでした。ソ連政府もユダヤ人たちをシベリアに送ってそこに移住させ、未開のシベリアの開拓を彼らに託そうとしたのです。

しかし、ユダヤ人たちは賢く勤勉ではありましたが、皆農耕の経験が皆無でした。要するに、肉体労働には向いていないのです。役に立たないと見るや、ソ連政府は手のひらを返したように、ユダヤ人の国内受け入れを拒否する政策に切り替えたのです」

金子はうなずくと、今度はアルベルトの顔を見た。それを受けたアルベルトは、ゆっくりと首を横に振りながら、ため息交じりに言った。

「ソ連がだめだと分かると、私たちユダヤ人の目的地は上海租界やアメリカ、さらには日本へと移って行きました」

「日本は、アメリカと同様人種差別など一切ない国です。あなた方さえ望むならば、日本へのビザを取得し、上海から神戸への連絡船を経由して渡日することも不可能ではない」

「それは心強い。私たち夫婦は日本への移住を希望しています」

「結構だが、ではお二人はなぜ日本へ」

するとそこでアンナがおもむろに顔を上げ、情熱的な口調で事情を説明し始めた。まるでソプラノ歌手のように、澄んだ良く通る声であった。

「日本には、すでに多くのユダヤ人が住んでいます。その中には、私たちが師と仰ぐ指揮者のレオニード・クロイツァーやピアニストのレオ・シロタもいます。

ユダヤ人がドイツ国内で自由に音楽を奏で、そこに音楽的地位を築くことはもはや不可能です。ナチスドイツは、ユダヤ人の作曲家例えばメンデルスゾーンやマーラーが作った曲を演奏することを禁じています。日本では、決してそんなことは無いでしょう」

「むろんだ。日本では人種差別などありません。アンナ、あなたもアルベルトと同じように音楽家なのですか」

アンナは、ちょっとはにかんだように片方の肩を竦めて微笑むと言った。

「ドイツではピアニストとして活動していました。でもあの国ではもうユダヤ人の芸術家は何もできません。私も日本で、レオ・シロタの指導の下にピアノを弾きたい」

アンナはそう言って夫の肩に顔をうずめると、涙を流した。

「君は……？　バーナード。君はなぜ日本へ」

「彼らと同じですよ」

バーナードは横の二人をちらと見やってから
「僕もピアノを弾くんです。まだプロというほどではないけれど。実はモスクワ音楽院に留学するためモスクワに来ていたのですが、ソ連でもユダヤ人受け入れに対して不穏な空気があったので、いろいろと迷った末に音楽院への留学は断念して、シベリア鉄道に乗ったというわけです。命あっての物種ですからね」

「では、やはり君も日本でのピアニストとしての活動を目指すのですか」

「できればそうしたい」

バーナードは丸い目をくりくりさせながら、口髭を触った。

「金子さん。日本と満州国は、日本と防共協定を結ぶドイツが迫害するユダヤ人に対し、保護の手を差し向けてくれました。日本人に人種差別の感情は無く、危機に瀕している民を暖かく迎え入れてくれる包容力が日本人にあることもよくわかりました。しかし日本人が私たちを受け入れてくれる理由は、本当にそれだけでしょうか」

アルベルトは、握っていた妻の手を放すと、金子に詰め寄るように身を乗り出した。

「それだけ、とは？」

金子が反問した時、突然部屋のドアが激しくたたかれた。

一同はギョッとしてドアの方を睨んだ。

二

部屋の主の返答を待つことなくドアは乱暴に開かれ、軍服姿の男がどかどかと靴音を立てて大仰に入って来た。

「犬塚大佐……」

入ってきた男を見てそう呟いた金子は、慌てて椅子から立ち上がり、直立不動の姿勢を取って敬礼した。三人のユダヤ人たちも、驚いたように金子に倣って立ち上がると、入室してきた男と金子とを代わる代わる見比べていた。

半分禿げ上がった頭、ギョロリとした目、そしてたわしの様な口髭のあの犬塚が、後ろ手に両手を組みながらたるんだ腹を反りかえらせて、室内の一同を次々とにらみつけた。

「大佐殿。いつ満州里からハルビンに来られたのですか」

「来たのではない。戻ったまで。俺の邸はハルビン市内にある。満州里には偵察のために行っただけだ。貴様と同様にな、金子中尉」

犬塚は軍刀で床をドンと突いた。

ユダヤ人たちは立ったまま固まったように犬塚を凝視していたが、その音に同時にびくりと体を震わせた。

「そんなことはどうでもよい。特務機関の金子中尉がユダヤ人たちをかくまっているとの情報を得たので来てみたが、なるほど情報は確かのようだな」

「かくまう、とは？　ユダヤ人避難民たちの保護は、関東軍も日本政府も公に認めての事……」

「俺は認めていない。貴様らは」

犬塚はユダヤ人たちを順に指さすと
「わが大日本帝国の三国同盟締結に障害となる存在ゆえ、即刻満州から出て行ってもらおう」

と唾を飛ばしながら怒鳴った。

ふと見ると、犬塚の背後には、あの階級章のない子供のような軍服を着た小男の徳永が控えている。

満州里で犬塚が金子の執務室に突然現れた時、後ろにこの徳永もいた。犬塚は徳永に金子を監視させると言っていたが、金子がユダヤ人たちの世話を焼いていると犬塚に告げ口したのは徳永に違いない。

徳永は、ユダヤ人たちが室内から逃げ出さないように、犬塚の背後で威圧しているかのようであった。金子はひるまず主張した。

「お言葉ですが、大佐。彼らの満州入国を許可しビザを発行して、さらに上海租界や米国へと送り届ける方針は、満州政府や日本政府の方針でもあります。それを反故にせよとのご命令でしょうか」

「屁理屈をいうなっ。関東軍の中には、ユダヤ人擁護に反対する者も相当数いる。俺はその者たちの代表として貴様に物言いに来た」

犬塚は、一歩も引かぬ姿勢で、部屋の真ん中に立ちはだかる。背後は徳永が固めている。

「言っておくが、こいつは」

犬塚は後ろに控える徳永の方を、肩越しに親指で指しながら
「関東軍にたてつく支那軍閥の兵士を五、六人は殺している。冷酷なところが気に入って俺が部下にした。お前たちが満州にいる限り、こいつが何をしようと俺は知らん」

徳永が黄色い歯を出してにたりと笑った。ユダヤ人たちは、脅迫めいた犬塚の警告にしり込みしたように、少しずつ後退さった。

その時突然、パーンという銃声のような音が窓外に聞こえた。

少し遅れてもう二発、パーン、パーンと同じような乾いた音が響く。

金子と三人のユダヤ人は思わず窓の方を振り返ったが、犬塚は自分の後ろにいた徳永に向かって叫んだ。

「今の銃声は何だ」

「分かりません。見てまいります」

徳永が、小さい体の割に意外と低い声で言った。

徳永が踵を返して素早く部屋を出て行くと、さすがにこのまま部屋の中に留まってはいられないと思ったのか、犬塚は
「いいか、お前たち。即刻この国から出て行け。ヒトラー総統は、お前たちが満州国に留まっていることを不快に思っておられる」

と言い残して、ドアも閉めずに徳永の後を追うように部屋を飛び出して行った。

金子は、開け放されたままのドアを静かに閉めた。

犬塚と徳永が去った後も、三人のユダヤ人たちは、よほど衝撃を受けたのか言葉も出ぬまま並んで立ち尽くしていた。

彼らの前をつかつかと歩いて横切ると、金子は窓を開けて首を出し、銃声の聞こえた方角を見やった。そちらの方面は何やら騒がしかったが、何が起きたのかは建物の影になっていて見えなかった。

金子は窓を閉め、何事も無かったかのようにユダヤ人たちを振り返った。そして彼らの緊張を和らげるように静かに微笑むと、もう一度ソファーに腰を落ち着けるよう促した。

自分も再び専用の椅子に掛けると、金子はさっきの銃声の事には触れず、話題を犬塚大佐らの突然の訪問へと向けた。

「困ったものです。関東軍の中にはああいう輩がまだうじゃうじゃいる。だが先にも申し上げたように、満州政府はあなた方を受け入れることを確約している。何の心配もいりません」

ユダヤ人たちはようやく我に返ると、元の席に次々に腰を下ろした。しかし彼らの表情はまだ硬いままであった。

金子は皆が落ち着いた様子を見計らって、なおも続けた。

「関東軍は、満州国の領土拡大を狙っています。これは日本政府の下した不拡大方針に反するものですが、関東軍の指導者たちの中には、何というか戦争好きの者が少なからずいましてね。あの大佐もその一人だと聞きます。日本政府の方針ですら無視しかねないのです。

私たち日本人がこの満州でやって来たことは、もう十分列強や中国の反発を買う事態に進展しているにもかかわらず、犬塚大佐はそんなことは全く意に介さずソ連・蒙古（モンゴル）をたたけ、三国同盟大賛成、大日本帝国の権益を守れ、とまくし立てる。それがあなた方ユダヤ人にも害を及ぼしかねない」

愚痴のように金子が連ねると、アンナが不安を隠し切れない様子で問いかけた。

「私たちがこの国にいて、関東軍の兵士やさっきの徳永のような者に、危害を加えられる恐れは無いのでしょうか」

「そんなことは彼らにはできません。ユダヤ人の受け入れは満州政府と日本政府の方針であり、関東軍参謀長の東條英機中将もそれを認めているのです。あなた方にもしものことがあれば、そんな蛮行を犯した者は、大佐といえど処罰されるでしょう」

「わかりました。それを聞いて少し安心しました」

アンナは無理に微笑んで見せた。

「ところで、さっきの銃声のような騒ぎは何だったのでしょう。ハルビンの治安は良くないのですか」

訊ねたのはバーナードである。金子は少し考えていたが、やがてかぶりを振ってそれを否定した。

「私はここに着任して以来、銃声など聞いたことがない。ハルビンの警察局は統制の取れた組織です。犯罪は厳しく取り締まっています」

だが金子の表情には陰りが見られた。

「それで私もさっきの銃声には、やや危惧しているところなのです。満州には、もともと中国東北地域に住んでいた農民らが大勢います。彼らの中には、関東軍に土地を奪われて我々を恨む者も少なくありません。そういった輩は、復讐心を暴力に変えて訴えないとも限らない……」

バーナードはなおも疑問を口にした。

「日本は、清朝最後の皇帝の溥儀を満州国皇帝に押し上げ、この豊かな満州国建国に多大なる尽力を施した国です。そのことでは、中国人からも感謝されていいのではないですか」

「それは理屈です。しかし関東軍の将校の中には、満州を直接占領し日本の支配下に置かんと考える人もいる。さらには、関東軍軍人に対して手柄と勲章と昇進を施すため、戦線をさらに拡大して領土を増やすべきだと、あからさまに言う輩もおります。そんな関東軍を、中国人たちがもろ手で支持するはずはありません」

金子の説明に、バーナードも得心して引き下がった。

そうしてしばしの沈黙の後、アルベルトがおもむろに口を開いた。

「金子さん。犬塚大佐という人たちの乱入で話が途中になってしまいましたが、日本人が私たちユダヤ人を受け入れる背景には、日本に人種差別が存在しないという事の他に、何か別の理由があるのではないですか?」

金子はアルベルトの目をじっと見つめていたが、やがて一つうなずくとその質問に応えた。

「正直に申し上げよう。日本人が人種差別をしないというのはその通りなのだが、我々があなた方を受け入れた場合、我々にとっていくつかの利点が生じることは事実です」

「利点? それはどんな……」

「まず第一に、米国へのご機嫌取りがあります。米国人は人種差別をしない。まあこれは建前ですけれどね。したがって米国へのユダヤ人たちの入国は自由です。それによって、実際多くの優秀なユダヤ人たちが米国に移住し、政治、経済、科学、医学等の分野で活躍して米国に利益をもたらしています。

ところで米国は、日本の対中政策に大きな不振を抱いており、様々な面で日本に干渉して制裁を加えようとしています。日本のユダヤ人擁護は米国寄りの姿勢を示すものであり、こういった米国の反日感情を和らげる意味で有効です」

「なるほど。で、その他には」

「もう一点は、君たちユダヤ人の、様々な面での抜きんでた素養です。ユダヤ人の中からは、優れた文化人、芸術家、資産家、科学者が多く現れ、彼らは世界中の国々でその国に恩恵をもたらしている。わが大日本帝国も、そういったユダヤ人たちの素養を大いに期待しています。

これは私見だが、君たち三人はいずれも優れた音楽家に違いない。日本には著名なユダヤ人音楽家がたくさんいます。君たちのような存在がもっと日本で活躍し、音楽を日本人に教授してくれれば、日本の西欧音楽の水準も世界に肩を並べるまでに向上するでしょう」

「お褒めにあずかって光栄です。私たちもそのように日本人と音楽交流することを望んでいます」

アルベルトはようやく顔に笑みを見せ、彼に身を寄せるアンナの手を握った。

「さて」

金子も明るい表情を見せると、やおら椅子から立ち上がった。

「数日は、こちらで用意したホテルに泊まってもらい、その間にとりあえずの住まいを探しましょう。部下にも手配させていますので、後程いくつかアパルトメントを見てもらって、気に入ったところがあったらそこに身を落ち着けてください」

三人のユダヤ人たちは、金子に合わせるように一斉に腰を上げると、金子に握手を求めた。

「ありがとうございます。あなたには何とお礼をいったらいいか……」

アンナは涙ながらに返して、金子の手を握った。続いてアルベルトが握手の手を差し出す。

「金子さん。あなたがいるからこそ、私たち三人はこのハルビンに残ると決めたのです。私たちはあなたと共にある」

最後に、髭ともみあげのバーナードが、無言で強く、そしてしっかりと金子の手を握った。

三

ユダヤ人たちを、中央大街（キタイスカヤ）近くのホテルに無事送り届けると、金子はそこからタクシーに乗り、街の中心からやや外れた日本人の邸宅が集まる地域へと向かった。

ほどなく、木造のしっかりとした門構えの邸宅前でタクシーを降りた金子は、目の前にそびえる日本風の屋根の付いた門柱を見上げた。

そこには、「安岡 弥之助」と書かれた表札がかかっている。

木造りの開き門は向こう側に大きく開かれ、そこからは良く刈りこまれた松と、緋鯉が群れてたゆたう池と、敷石の美しい庭が見えた。ここはまるで、本土の日本庭園のようだ。

金子が門をくぐり、敷石に沿って真っすぐ庭を入って行くと、離れの奥の方から激しいピアノの旋律が聴こえて来た。

「ショパン、エチュード イ短調作品二五の十一、木枯らし……」

金子は呟く。

右手の練習曲だが、冒頭つかの間の嵐の前の静けさの後、十六分音符の六連符の音階が、うねりとなって最初から最後までものすごい勢いで暴れまわる。まさに旅人に襲い掛かる木枯らしのようだ。だが、ただ鍵盤をたたきつけているのとは違って、その旋律は激しくも美しい。

金子は安岡邸の玄関に立ち尽くしたまま、じっと演奏を聴いていた。やがて、吹き荒れた木枯らしは低音から高音までを一気に駈け抜けた瞬間、見事に消え失せた。

金子は小さな胸の興奮を抑えながら、玄関の格子引き戸に手を置きからからと音を立てて戸を開くと、一つつばを飲み込んでから中に声を掛けた。

「失礼します。ハルビン特務機関の金子です。お招きにあずかり、厚かましくも参りました」

「あ、お母さま来られました」

意外に近くで、まだ子供のような若い女性の声がした。

それにほとんど間を置かず、和服を着こなす品の良い中年の女性が、奥から廊下を伝って玄関に姿を現した。女性の後ろには、白いワンピースを着た女学生の子がついている。先ほどの声の主はこの女の子だ。

「まあまあ金子さん。拙宅へ良くおいでくださいました。さ、どうぞお上がりください」

この家の主の妻 安岡 陽子は、金子から大きな外套を受け取ると、それを衣文掛けに丁寧にかけてから玄関奥の衣類戸棚に収めた。ワンピースの女の子もそれを手伝っていた。

廊下の奥の方から、もう一人の女性の声がした。

「信佑さん、お待ちしていました。良く来て下さったわ。どうぞ奥へ」

金子の婚約者の安岡 真佐子であった。

先ほど見事なピアノを弾いていたのが真佐子であることを、金子は知っている。

真佐子はプロのピアニストであった。内地から満州に来て演奏会の数は減っているようであったが、それでも政治家、財界人、軍人などが会食する場などでは引っ張りだこである。

真佐子は金子に寄り添うように、婚約者を家の奥へと案内した。

金子が通されたのは、八十平米はあろうかという食堂ホールであった。

部屋を入ると正面に暖炉があり、炉の中では程よい量の薪が静かに燃えていた。

暖炉に向かって右側の壁には、立派な角の生えた牡鹿の首のはく製が掛かっている。一方左側には、床や壁の板木と同じ重厚な色合いの古い洋風食器棚が座り、落ち着いた雰囲気を醸し出している。

部屋の南側、金子から向かって右側は一面ゴシック様式の西洋風窓が採られ、一方左側の壁には、和洋様々な絵画の小品が額に入れて飾ってあった。

そして奥行きの長い長方形の食堂ホールの中央に、部屋と相似形の長い十人掛けテーブルが置かれ、その奥の要の席、暖炉の丁度前の椅子に、着物と羽織で正装した銀髪の男が一人どっしりと掛けていた。

金子が近づいて行くと、和服の男はゆっくりと椅子から腰を上げた。

「やあ、金子さん。良くおいで下さった。待ちかねておりましたぞ。失礼を承知で、もう一杯始めていたところです。わっはっは……」

「安岡さん。お待たせして申し訳ありません。諸用が立て込みまして」

金子は恐縮しながら応じた。

「お父様ったら、もう少しお待ちになれば必ずいらっしゃいますよ、と私たちが申しても一杯くらいならいいだろうと聞かなくて……」

金子にぴったり付いてきた真佐子が、あきれたような顔をして言った。

真佐子は、大柄な金子の脇に立っても見劣りしないくらい当世の女性としては身長があって、足や腕もすらりと長くしなやかだ。

黒く艶のある髪は背まで伸ばし、そばによるとそのかぐわしい香りが漂っている。面長で肌の色は白く、眼はやや細めだが二重で、鼻筋はすっと通っている。

鉄道や兵器関係の重工業事業に成功して満州で財を成した安岡財閥の長女として、安岡弥之助が自慢の娘である。

「さあここに座って、私の酌する酒を飲んで下され」

金子はやや緊張した面持ちで、弥之助が指し示す椅子に座った。

「お前たちも席に着きなさい。さあ、金子さん。遠慮しないで」

弥之助の斜め左側に金子が、金子の隣に真佐子が着き、一方弥之助の斜め右側金子の対面に陽子が、その隣に真佐子の妹で十五歳の女学生の智美が座った。智美は嬉しそうにはしゃいでいた。

長いテーブルはすっぽりと白いテーブルクロスで覆われ、テーブルクロスの上にはピカピカに磨き上げられた三種類のワイングラスと、数種の銀製ナイフ、フォーク、スプーンがそれぞれ並べられていた。

弥之助は手元に置いていた赤ワインのボトルを手に取って、それを差し出すと金子の大きなワイングラスの中に、血の色のワインをグラス三分の一ほどになるよう注いだ。自分のグラスには妻の陽子に注がせ、弥之助はそれを金子の方に向けて掲げた。

三人の女性の前にはジュースが入ったグラスが置かれていた。女性たちもそのグラスを取って弥之助に唱和する。

金子のワイングラスに、弥之助、真佐子、智美、そして陽子のグラスが重なり、コンッ、コンッ……と良い音がした。

「金子さんと真佐子の将来を祝して」

弥之助が音頭を取ると、真佐子がはにかむ。

「いやだわ、お父様。まるで結婚式みたい。そういう乾杯はまだ早いでしょ」

「いいじゃないか、じきにそうなる。そうですな、金子さん」

弥之助が金子に振ると、金子は居心地悪そうに苦笑いして後頭部に手をやる。

陽子は黙って微笑んでいる。

「わぁ、いいな。私も早く結婚したいな」

智美が、真佐子の顔を見ながら茶化すように言った。

「ませたこと言うんじゃないの。あなたはまだ女学生でしょ」

真佐子は智美を睨みかえした。

五人のグラスは宙に浮いたままだったが、手が疲れて我慢できなくなった弥之助がまずグラスの中の酒を半分ほど飲み、続いて三人の女性がめいめいジュースに口をつけると、金子もようやく赤い酒を口にした。

こうして、金子を招待しての安岡家の小宴は始まった。

初老の使用人夫婦が、前菜から順にコース料理を運んで来た。

話題は、金子の近況や弥之助の財政界の話、智美の女学校での様子、そして真佐子の音楽活動へと移って行った。

「真佐子さん。さっきはショパンを弾いていましたね。相変わらず、見事な演奏でした」

金子が褒めたたえると、真佐子は顔を赤らめて返した。

「あら、聴いていらしたの。いやだわ、あんなひどい演奏」

「ひどい？　そんなことはありません。あなたの演奏は、卓越した技術に支えられたゆるぎない逸品だ」

金子がなおも世辞を言うと、真佐子は興味なさそうに金子から目を逸らし、皿の上の前菜に執心するふりをした。

金子も母に勧められて、幼少のころからピアノを習い始めた。その腕はみるみる上達し、十年に一度の天才とまで周囲に言わしめたこともあった。

だが戦争の足音と共に成長した彼は、やがて然るべくして軍の道に進むことになる。

だから今でも真佐子のピアノを聴くと、あのころの夢がよみがえり、心中穏やかではなくなるのだ。

そんな金子だからこそ気付いていた。今日の真佐子の指運びに、どこか不穏な心の内が現れていたことを。

金子は推理する。自分の到着が遅れてイライラしていたからであろうか。

否、彼女がピアノと向き合う姿勢にはそんな薄っぺらな感情などはみじんもない。では、戦慄ともいえるあの木枯らしの演奏の裏に何が……。

「金子さん。満州政府は、オトポールに流れ着いてきたユダヤ人避難民たちの受け入れを決定したそうですね」

金子の思考は弥之助の太い声に突然阻まれた。

「えっ……ええ。日本政府も、ユダヤ人たちの擁護を支持しています……」

金子は当たり障りのない返事をしながら、胸中に湧いていた真佐子へのちょっとした疑問を隣にいる当の真佐子や弥之助に悟られまいと、やおら目の前のグラスを手に取って中の酒を飲み干した。

そんな金子のわずかな動揺に気付くはずもなく、弥之助は続ける。

「ナチスドイツがユダヤ人たちを劣等民族として迫害する理由が、私には分かりません。まあそれを議論しても始まらないとは思うが、ユダヤ人たちの中には勤勉で商売上手な者が多いと聞きます。そのせいか、世界中には事業に成功したユダヤ人たちがたくさんいます。ある意味で、そういったユダヤ人たちをナチスドイツがねたんだのも無理もない話かもしれませんがね。

しかし一方で、満州で商いを営む我々のような日本人は、そういった、事業に成功したユダヤ人を抱き込んで、さらに商売を大きくしたいものだと考えておるのです。彼らの事業のやり方を研究し、また彼らから成功の秘訣を伝授してもらいながらこちらも利益を得る。そういう目論見で彼らを擁護するのは、腹黒いと言われても仕方がないのでしょうか」

「そんな懸念は全くありません。なぜなら、彼らもただ我々から一方的に援助の手を差し伸べられるよりも、自分たちが持っている能力を日本やその他彼らが逃げのびた国で発揮し、その国の人々の役に立てることを心から望んでいるからです」

「日本が抱え込んだ荷物は、爆弾ではなく玉だった……」

「そう。それはお互いにとって一番いいことなのです」

「わっはっははは。全くその通り。なかなか気が合いましたな。

それではひとつ、彼らに祝杯を捧げることにしましょう。ユダヤ人避難民たちに乾杯」

二人が勝手に乾杯を始めると、智美が口をへの字に曲げて不平を言った。

「もう、お父様たちだけで難しいお話ばっかりしていてつまらないわ」

それを陽子がたしなめる。

「智美さん。お父様は金子さんと大事なお話をしているのだから、口を挟んではいけないわ」

智美はふくれっ面で、目の前の鴨のテリーヌをひときれ、口に放り込んだ。そして智美は、父と金子の話を無視して、対面にいる姉の真佐子とひそひそ話を始めた。二人で、何か話すとすぐにキャッキャッと笑い声を立てている。横では陽子が怖い顔をして智美を睨んでいた。

弥之助はユダヤ人の話を続ける。

「このハルビンでも、五年前にはユダヤ人にとって不幸な事件が起きましたな」

「シモン・カスペというロシア系ユダヤ人のピアニストが、何者かに誘拐され殺された事件ですね。その時の日本側の対応が、ハルビン在住のユダヤ人に不信感を抱かせ、それが多くのユダヤ人をハルビンから離れさせるきっかけにもなってしまった……」

「その時まで、このハルビンにもたくさんのロシア系ユダヤ人が住んでいました。もともとここは、帝政ロシアが治めていた街ですからね」

「そこへ関東軍が進出して来て、溥儀を立てて満州国という傀儡国家を勝手に樹立した」

金子は子牛のステーキにナイフを入れた。

「おやおや。関東軍の中尉殿が、そんな言い方をしてよろしいのですかな」

弥之助のわざとらしい言い回しに、金子は一つ鼻を鳴らすと

「事実です。満州には、漢民族を始め、満州族、モンゴル人、ロシア人、朝鮮人など多くの先住民族がいます。関東軍があまり横暴なことをすると今に痛い目を見ると、私は警戒しています」

と言い切って、肉を口に運んだ。

「ねぇ金子さん。特務機関って何するところ?」

唐突に智美からそんな質問が来た。

金子は思わずむせそうになったが、まともな答えを返せそうにはない。金子の周囲には、職務上何かと秘密にせねばならないことが多いのだ。

「いろいろな人から情報を集めて、国を良くするためにそれ等の情報を活用するところだよ」

曖昧な返事に智美は
「ふーん」

と言って首を傾げた。

「何なら今度私の部屋に来てみるかい」

「うわぁ、本当? うん。智美行きたいな」

そこへ陽子が口を挟む。

「智美さん。そんなわがままを言っちゃいけません」

「いいんですよ。私の部屋の中だけなら、特に問題はありません」

金子が返すと、智美ははしゃぐように身を乗り出して、右手の小指を金子に差し出した。

「指切りげんまん」

金子も苦笑しながら、テーブル越しに智美と指切りを交わす。

「まあ、智ちゃんったら図々しい」

それを見ていた真佐子が、金子の横でちょっぴり焼いたように口をとがらせた。


こうして小宴は夜半近くまで続いたが、弥之助がもう少しもう少しと引き留めるのを金子がようやく振り切り、真佐子との別れを惜しむように挨拶を交わしてから自宅のアパルトメントに帰って行くと、安岡家も急に静かになった。

真佐子と智美がそれぞれ自室に引き下がり、使用人たちもその日の仕事を終えると、食堂ホールには、後片づけの終わったテーブルの端っこに弥之助と陽子の二人だけが残った。

「いい方ね、金子さん」

陽子が呟く。弥之助はうなずくと、腕を組みながら遠くを見るような目つきで応えた。

「きっと出世するな、あの男」

「お式はいつ頃になるかしら」

「お式って、結婚式の事を言っているのか」

「当り前ですよ。分からないふりをして、いやな人」

弥之助は咳払いをしてから腕を組みなおす。

その時弥之助は、つい先日満州の財界人たちを集めてハルビン市内で開催されたある宴会で、その宴に出席していた関東軍軍人の犬塚条太郎大佐という男から耳打ちされるように投げかけられた言葉を思い出し、うすら寒い思いをしていた。

半分禿げ上がっててらてら光る頭、ギョロリと相手を睨む目、そしてたわしの様な口髭のその男は言った。

「安岡さん。あんたの娘は、えらい別嬪ですな。私はたまたま先月、市内の舞踏館で催された娘さんのピアノ演奏会に出くわし、一目で気に入ってしもうたのです。一目ぼれというやつですな。むっふっふ……。今度是非一度、娘さんとお目通り願いたいものですな。その見返りと言っては何ですが、あなたの事業が有利に運ぶよう、関東軍を通じて格別の取り計らいをさせていただきますよ」

弥之助はギョッとして相手を見つめ返したが、関東軍大佐と名乗る男の申し出を無下に突っ返すこともできず、

「お戯れを……。娘はまだ、大佐のお眼鏡にかなうような大人ではございません。粗相があってはいけませんので……」

などとかわして、その場は何とか取り繕ったのだが、どうもそれで犬塚が諦めたような様子は見えなかった。

「この満州で、鉄道や兵器に係る重工業の要を押さえているのは関東軍であるという事を、ゆめゆめ忘れてはいけませぬぞ」

犬塚は、そんな脅しともとれる文句を吐いて弥之助の下から去って行った。弥之助は上半身にじっとりとした汗をかきながら、早々に宴の場を離れた。

「……ねえ、あなたったら」

不意に横で妻の声がした。否、陽子はさっきから何か言っていたようであるが、弥之助はまるで上の空であった。

「む……。何か俺に訊いたか」

「いやですよ。私の話など、何も聞いていなかったのね」

色白だが中年になってやや太り気味の陽子は、かつての目鼻立ちのすっきりとした器量よしの面も大分損なわれ、そのこともあってか弥之助にしてみれば自分に対する陽子の態度や声の調子が近頃何かと気に障る。

「あちらのご両親にもお会いして、お仲人さんやお式の段取りなど、少しこまごましたことなどもご相談したら如何と申し上げたのですよ」

「それは、当人同士でまず話し合うことが大事だろう」

「またそんなのんきなことを言って」

そんな調子でいつまでも攻め立てられたらかなわんと、弥之助は腹の帯を右手でぽんとひとつたたくと、やおら腰を上げた。

「その話はまた後だ。今日は疲れた。そろそろ寝るぞ」

だが、寝室へと向かう弥之助の頭からは、あのねちねちとした犬塚大佐の声がまとわりついて離れなかった。


その日の二日前、犬塚は手下の小男徳永を介して、安岡真佐子に恋文のようなものを渡していた。使者の徳永から手紙を渡された真佐子は、それをすぐに破り捨てたが、そのことを金子に対してはもちろん両親にも話せずにいた。

だがその動揺は、今日金子が聴いた木枯らしのエチュードの微妙な右手指の鍵盤運びとなって現れていたのだ。むろん金子がそれを知る由もなかった。

四

「傳田上等兵、入ります」

ドアの向こうで大きな声がした。

金子は、自室の机に向かって目通ししていた書類から目を上げた。朝日が格子の入ったガラス窓から執務室に入り込み、机の上の書類の一角に迫っていた。

「入れ」

ドアを開け金子の前までつかつかとやって来た傳田は、カツンと音を立ててかかとを合わせ、直立不動の姿勢を取ると、きびきびとした所作で敬礼した。金子も答礼する。

過日、満州里に傳田を置いたまま、別用があった金子は先にハルビンに戻って来ていたが、傳田はそれから半日遅れでハルビン特務機関の事務所に戻った。

「昨日発生した拳銃発砲事件の件で、ご報告に参りました」

「うむ。何か分かったか」

昨日の午後、金子が三人のユダヤ人を部屋に入れていろいろと事情などを聞いていた時、関東軍の犬塚大佐とその部下の徳永が突然現れ、問答になった。するとそこへ、窓外から計三発の銃声が聞こえて来たのだ。

犬塚と徳永は銃声に反応して街に消えたが、金子は満州里から戻ったばかりの傳田に情報収集を命じていた。

「ここから半町のところにある関東憲兵分遣隊の詰所に、外から拳銃を三発撃ち込んだ者がいたそうです。

幸いけが人はいませんでしたが、犯人は逃走。分遣隊の二人の憲兵が追いかけましたが、逮捕に失敗した模様です」

「まだ捕まっていないのか」

金子が問い返すと、傳田は
「はっ」

と短く応える。

「土地を追われたロシア系住民、旧奉天派軍閥の漢人、満州に元からいた東北三省の中国人などの中には、関東軍や満州政府に対して不満や恨みを持っている者も少なくない。反日分子は、必ず見つけ出して処罰しなくてはならない」

金子は自分に言い聞かせるように告げた。

「はっ」

傳田は歯切れの良い返事を発した。

「分かった。ご苦労だった……」

傳田が敬礼して退出すると、金子は嘆息を漏らし、また書類に目を落とした。


午後三時半。

金子の部屋のドアが再びノックされた。

「傳田上等兵、参りました」

「うむ。入れ」

ドアが開く。傳田が入ってくる。

敬礼、答礼。同じことを繰り返してから、金子が命令を下す。

「三人のユダヤ人たちが宿泊しているホテルに行って、彼らを物件のアパルトメントまで案内してやってくれ。私も十七時にはそこへ行く」

「はっ。傳田上等兵、ユダヤ人たちに同行し、アパルトメントまで彼らを案内します」

金子の命令を繰り返してから、傳田はまた敬礼すると踵を返し、部屋のドアを両手で丁寧に閉めて出て行った。


アルベルトとその妻のアンナそれにバーナードの三人は、昨日宿泊した小さなホテルのロビーを後にすると、ハルビン市内へと徒歩で出かけた。彼らのすぐそばには、ハルビン特務機関の傳田上等兵がついていた。

「傳田さん。お忙しいところ、私たちのためにご一緒していただいてすみません」

「いえ。あなた方の警護に当たれという金子中尉のご命令で参りました。これも任務です」

「ありがとう」

アルベルトはやや硬い表情で傳田の後に続く。

彼は、どこへ行くにもストラディバリウスを収めたバイオリンケースを、若い女性を優しく抱くようにして持ち歩く。

そのケースはしゃれていて、色は落ち着いた茶色の混じった黒なのだが、ところどころに小さな丸く輝く宝石のような装飾がちりばめられている。ちょっとこの満州や日本では見ない代物だ。

警護してもらいたいのはこのバイオリンだとでも言いたげに、外套の中に肩から下げたバイオリンケースを抱き寄せたアルベルトは、傳田の後をピタリとついて離れない。アンナは時々そのバイオリンに軽い嫉妬を覚える。だが、何といっても相手がバイオリンなので詮無き事と、他愛もない感情を振り切る。

もう陽は傾いていた。

四月半ばといえども、その日の戸外の温度は氷点下であった。三人は厚いオーバーコートの襟を立ててハルビンの目抜き通りを進んだ。

ハルビン市内の道路はほとんどが舗装されていて、目抜き通りでは自動車、馬車、人力車などが縦横無尽に走り回っている。日本人とおぼしき老若男女の他、白人や朝鮮人らしき人々ともすれ違う。

一八九六年にシベリア鉄道が部分開通し、さらに満州を横断する東清鉄道が敷設されると、ハルビンでは瞬く間に都市建設が始まった。

この街を興したのはロシア人である。ロシアからの移住者を中心にどんどん人口が増し、ロシア革命が起きた一九一七年頃には十万人の市民を要する中国東北地方最大の都市となった。実にそのうちの四万人がロシア人であった。

ロシア人住民はその後も増え続けたが、一九三一年の満州事変以来関東軍が南から押し寄せ、それを恐れた多くのロシア人がこの地を離れて行った。

特にハルビンの南方二十四キロの位置に拠点を置いた関東軍の七三一部隊が、ロシア人や中国人を捕虜にして生体実験をしているという噂が広まり、ハルビン在住のロシア人たちを震え上がらせた。

昨日も別れ際、ユダヤ人たちに対して金子中尉が言っていたことを、アンナは覚えていた。

「君たちはロシア人ではないが、七三一部隊の中には外国人とみると連行する兵士もいる。外出の際には、満州政府が発行したビザは必ず身に着けておくように。

そして、人通りの多い歓楽街はまだ良いが、軍事施設や人気のない工場などには近づかないこと。七三一部隊に連行されて行ったら、救い出すのが難しい」

前方から関東軍兵士とおぼしき五、六名の集団が近づいて来る。

アンナは思わず身を竦め、アルベルトの陰に隠れながら彼らとすれ違う。

兵士たちは訝しそうな目をしながら、ユダヤ人たち一行を横目で睨んで行った。もし傳田上等兵が一緒でなかったら、と思うとアンナはまた背筋が寒くなる。寒さは、外気温が低いせいばかりではなさそうだ。

そうしてしばらく行ってから大通りを外れると、石畳の路地を二十分ほど右に左に曲がって進み、一行はやがて人影の途絶えた静かな街の一角にたどり着いた。

日は暮れかかり、西の空が赤く染まっている。行く手には街灯がひとつぽつりと灯ってはいたが、あたりは薄暗かった。

「ご案内するアパルトメントはこの先です。建物の持ち主と金子中尉も、もう来ているはずです」

傳田が言うと、アンナはほっとしつつも、少し不安そうに眉をひそめた。

「静かでいいところですね。ただ、治安の問題が心配ですが。特に夜は……」

「慣れるまで、しばらくは私が皆さんのお世話をすることになっていますので、どうぞご安心を」

言いながら傳田は足を速め、住宅街の入り口あたりに位置する平屋建ての建物の玄関に向かって歩いて行った。

見るとそこに二人の男が立っていた。

小柄な老人と、大きく立派な外套をまとった軍人だ。背の大きい軍人は金子中尉であった。もう一人がアパルトメントの大家である。

そのあたりには闇が忍び寄り、また彼らの姿は丁度建物の影になっていたので、遠くから見たのではそれと判別できなかった。だがやがて傳田とユダヤ人たちが近づいて行くと、襟を高く立てた外套の中から、金子の白い歯が見えた。

「ユダヤ人避難民の方々をお連れしました」

傳田が報告すると、金子は小さくうなずいてユダヤ人たちを見やった。

アンナは、アパルトメントの建物の周囲を点検するように眺めた。

建物自体は西洋風の平屋でまだ新しく、全体の形としては直方体であった。大家の男の話しでは、中には三世帯がそれぞれ入居できる部屋が用意されているとのことであった。

建物の四辺には窓が多く採られていたが、どの窓にも頑丈で緻密な鉄格子が、外側からしっかりとはまっていた。建物の周囲を取り囲む塀は無いが、鉄格子が防備しているので窓から人が侵入することは不可能だ。したがって、入り口扉の鍵が無ければ、空き巣や強盗などが建物内部に入り込める余地はなさそうである。

「この人がアパルトメントの大家さんだ」

金子が、連れの老人をユダヤ人たちに紹介した。金子は大きな外套の胸元あたりで両腕を組み、寒そうにやや身をこごめていた。

「陳といいます。よろしく」

中国人とおぼしきその老人は、片言の日本語で言った。

「では早速中を見てもらいましょう。君たちがどれくらいこの街に滞在するかは分からないが、とりあえずビザが切れるまではここに身を寄せることになるだろう。このアパルトメントが気に入ってもらえればいいが」

金子はユダヤ人たちにそう告げながら、陳と名乗る大家の老人に建物の鍵を開けてくれるよう促した。

「頑丈な作りですね」

バーナードが外壁を見回しながら言った。

「この辺は発砲事件など起きたことはないが、前に住んでいたロシア系ユダヤ人たちの要望で、窓に鉄格子をつけたのさ」

陳が説明すると、バーナードがさらに訊いた。

「先住の人はユダヤ系ロシア人だったのですか」

「彼らはそう言っていたよ。でも、俺に断りなくいつの間にかどこかへ消えてしまったね」

言いながら陳は、持っていた鍵で建物の入り口のドアを解錠した。

錠はドアノブの中に仕組まれたいわゆるタンブラー錠で、鍵穴から鍵を差し込んで回し、内筒を回転させて解施錠するタイプである。要するに鍵や合鍵が無ければ、何者もドアを解錠することはできなかった。

このことは、後になってある重大な意味を持ってくるのだが、その時そのことを予見できた者はいなかった。

それはさておき、陳がドアを解錠して引き開けると、まず金子が中に入り、それに続くようにアルベルト夫妻とバーナードが玄関に入った。

傳田は建物の入り口に立って、歩哨のようにその場を見張っていた。陳老人も玄関のドアの脇に立って中には入らず、その場で検分の客たちの様子を見ていた。

建物内部は薄暗かったが、鉄格子のはまった窓からはうっすらと夕日が入り込んでいて、屋内の様子がぼんやりと赤っぽく見て取れた。

玄関を入ると、すぐ左側にやや広めの住人共通の部屋があり、この部屋の奥の窓際には流しと調理用コンロが三世帯分並んで設置されていた。このスペースにソファーやテーブルを置けば、住人たち同士で会合を開いたり、食べ物や飲み物を持ち寄って小宴を催すこともできよう。

一方玄関入り口正面には、ずっと奥まで真っすぐ続く通路があって、通路の左側は手前から順に一号室、二号室、三号室と区分けられた各部屋のドアが並んでいた。その通路を金子が奥まで進んで行くと、

「どの部屋のドアも、鍵は開いているよ」

と後ろから陳の声がした。ユダヤ人たちも、少し遅れて共同のスペースから通路の方に移った。金子は一号室、二号室と順にドアを開け、中を覗くとすぐ次へ、という事を繰り返し、最後の三号室の前に来て立ち止まった。

三号室のすぐ向こうは通路の突き当りで、そこには建物の外に出られる裏口扉が設けられていた。この扉には内側に閂錠がしっかりと掛かっていて、外からはこの扉を通って中に入ることはできなかった。金子はその扉と施錠された閂錠にも目をやってから、三号室の中に入った。

一号室から三号室までの各部屋の中の構造は皆同じで、それぞれに作りつけの食器棚、本棚、二人分のベッドなどが備わっていた。

アンナとアルベルトが一号室に、バーナードが二号室にいた時、三号室の方で突然

「わっ」

という叫び声と、ドタンッという、人が倒れるような音がした。

「金子さん。どうしました」

二号室にいたバーナードが、咄嗟に隣の部屋に向かって大声で訊くと、そちらからは
「ウーム……」

といううめき声が聞こえて来た。

バーナードは慌てて二号室を出ると、三号室の入り口に駆け寄った。

彼が音やうめき声を聞いてから三号室入り口に到着するまでの時間は、わずか十秒ないし十五秒。一号室にいたアルベルトとアンナも、その声や音を聞きつけてほぼ時間を置かず通路に出ると、バーナードの後ろに駆け寄って入り口から三号室の中を見た。

入り口のドアは引き開けられていて、そこから即座に中の様子がうかがえた。

六十平米ほどの広さの室内は、作りつけの家具以外がらんとしていて何もないが、その床の真ん中あたりに、金子が向こう側を頭にして大きな赤ん坊が這うがごとくに倒れている。金子は倒れたまま上半身をもたげ、右ひざのあたりを痛そうにさすりながら、皆が集まってきた入り口の方を振り返って見た。

「金子さん、どうしました」

金子に一番近い位置にいたバーナードが叫ぶように訊くと、金子はバーナードの足元やや右側を、左手の人差し指で指しながら言った。

「そこに誰か倒れている。私は今、そいつの足に引っ掛かって転んだんだ」

三号室の正面の窓からは、落日の赤い光がわずかに中に入って来ていたが、室内はすでに薄暗く、窓から最も遠い入り口の床の周辺は、ほとんど闇に包まれていた。

だがバーナードが身をかがめながら、足元右側の床のあたりに目を凝らしてみると、そこに小さな二本の人の足のようなものを見て取ることができた。

バーナードが慎重な足取りで室内に入って行くと、アルベルトとアンナもこわごわそれに続いた。

バーナードは、入り口左側の壁に取り付けられている部屋の明かりのスイッチらしきものをひねった。だが、照明はつかなかった。

「陳さん。室内の明かりはつかないのですか」

バーナードが、建物の入り口付近に立っている陳に向かって叫んだ。

「入居者が決まるまで、部屋の電気は止めてるんだ。電気代がもったいないからね。とりあえずこれを使ってくれ」

陳は、用意していた懐中電灯を三号室まで持ってくると、それをバーナードに渡しながら三号室内を覗いた。金子はようやく床から立ち上がり、外套のほこりを払いながら入り口わきに横たわる人影を見やった。

バーナードがかざした懐中電灯の明かりに照らされて現れたのは、床にあおむけに倒れている、子供のように小さな男の死体であった。

「こ、これは……」

バーナードは絶句する。アルベルトとアンナも、倒れている男の顔を見て立ちすくんだ。皆その男には見覚えがあった。

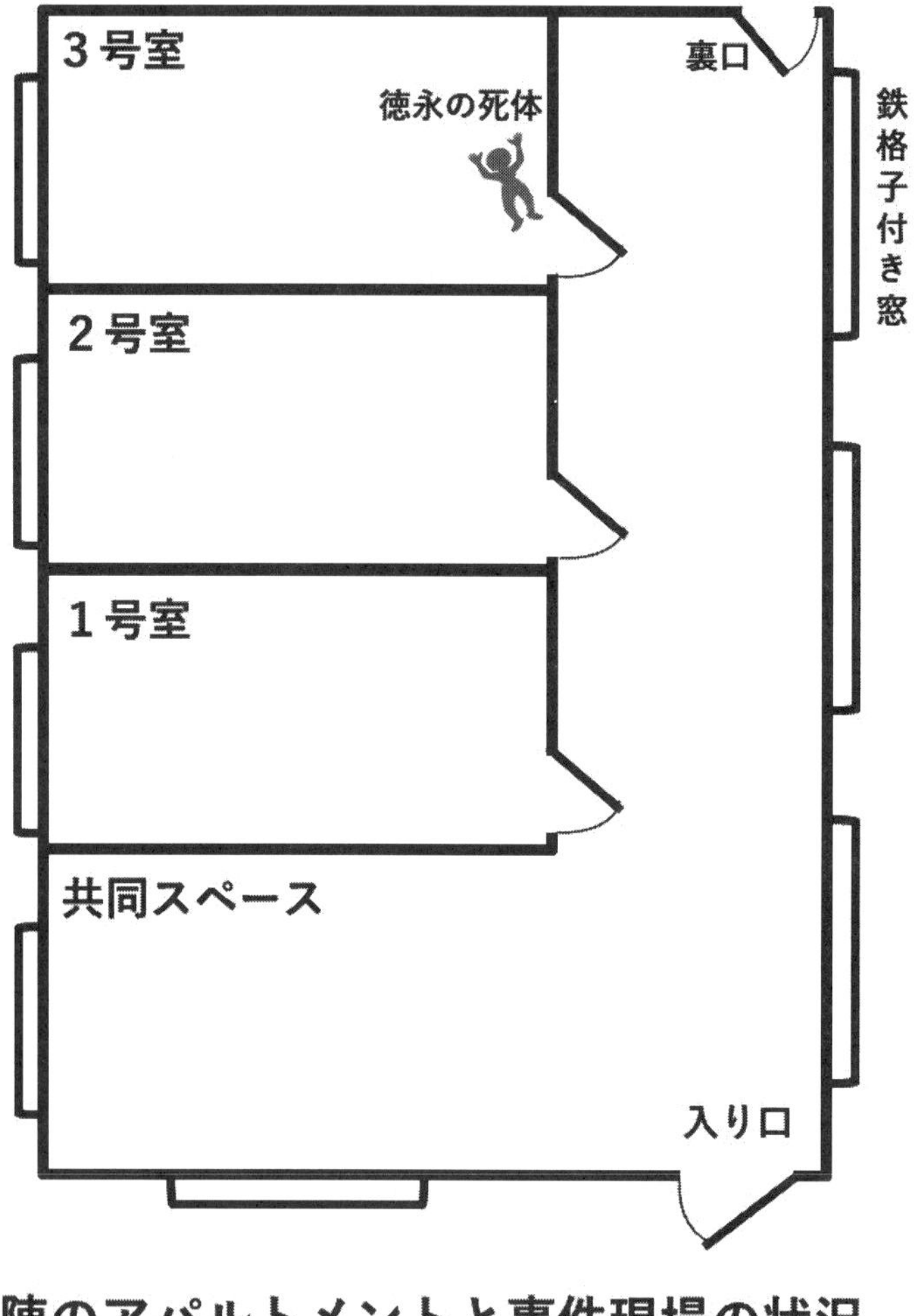

陳のアパルトメントと事件現場の状況

「……犬塚大佐の部下の徳永だ」

金子が呟いた。

「なぜ、こんな所に……」

バーナードが、誰彼にともなく言った。

五

バーナードの懐中電灯の明かりは室内を一周した。だが一見して部屋の中にいるのは自分と金子、メッセル夫妻、それにこの小さな男の死体だけで、その他には誰の姿も気配も見出せない。

建物の入り口の外側に立って、歩哨のような役割を演じていた傳田上等兵は、中の様子に不審を抱いて玄関から首を突っ込むと、建物内に向かって叫んだ。

「何かあったのですか」

「あなたはそこに立って、誰も中に入れないように見張っていてください」

バーナードが叫び返す。

「わかりました」

傳田の返答を聞きながら、バーナードは懐中電灯を倒れている男の足から胴体、顔、そして頭部へとくまなく当てていった。

徳永は、万歳をした形で両手を頭の上にあげ、また両足は揃えるようにツンと伸ばしていた。口は半開きにし、両眼を半分開けて天井を見ている。バーナードが向けた懐中電灯の光にも反応せず、その瞳は濁っていた。

だが倒れている男の頰に手を触れた時、バーナードは
「おやっ」

と思った。死体はまだ温かかったのだ。

屋内とはいえこの寒さの中で死体となったら、体温は急速に冷えていくだろう。しかも徳永は外套の類を着ておらず、どちらかというと軽装である。

とすれば、恐らく亡くなってからまだ十分か、せいぜい十五分以内……。

「死んでから間もないようだが……」

バーナードの脇にひざを折り、倒れている男の顔や瞳孔の様子などを観察していた金子が呟いた。

「そうですね……」

バーナードは同意し、アンナの方を振り向くと訊ねた。

「アンナ。手鏡を持っている?」

自分の名を呼ばれてアンナは一瞬身を竦めたが、

「え?　ええ、ここにあるわ」

と応えて、すぐに手持ちのバッグから化粧用手鏡を取り出し、バーナードに渡した。

それを受け取ると、バーナードは鏡の面を小男の鼻のあたりにかざした。その様子を金子もじっと見ていたが、鏡が曇る兆候は全く認められなかった。

「やはり死んでいます」

バーナードは諦めるように言って、手鏡をアンナに返した。そして今度は、懐中電灯の光を、両手を上げて万歳をするようにあおむけに転がっている徳永の両手首あたりに当てた。

「手首に、何か紐のようなもので強く縛られた痕がありますね」

言われて金子も、懐中電灯の明かりに照らし出された死体の手首を良く見た。

青い血管の浮き出た両手首の肌に、確かに帯紐か手拭いの類の、何か細長いひも状のもので縛りつけたような擦り傷が認められた。しかしそこには生活反応がなく、一見して擦り傷は死んだ後に付けられたものらしかった。

一通りの死体の検分を終えると、バーナードはその場からゆっくりと立ち上がった。

「後頭部には陥没が見られます。そこには血痕も付着しているようだ。誰かに硬いもので殴られたか、あるいはどこかで後頭部を打ち付け、恐らく脳挫傷で絶命したのでしょう」

その専門的な説明に、金子も驚いて立ち上がる。

バーナードは、死体の周辺にくまなく懐中電灯の光を当てて、凶器らしきものや犯人の遺留物などが落ちていないか確認していた。その姿に向かって、金子が訊ねた。

「バーナード。バカに詳しいようだが、君は医者なのか」

「いいえ、そうではありません。ただ以前警察関係組織で働いていたことがありまして、検視や解剖に携わったことがあるんです」

「ふむ、どうりで。死体の様子から見ても、この男が死んでからさほど時間が経っているようには思えないが、では、君の見立てではどうかねバーナード。ずばりこの男は、絶命してからどれくらい経っていると思う」

金子の問いに、バーナードはさっき考えていた事を口にした。

「……そうですね。死体には、まだいくばくかのぬくもりが感じられます。恐らく絶命してから十五分以内というところでしょうか。室内はこの寒さだから、もう少し短めの時間を考えておいた方がいいかもしれません」

「十五分……」

金子は懐から懐中時計を取り出し、バーナードが照らしている懐中電灯の明かりの下にそれをかざした。

「今の時刻が午後五時十五分だ。するとこの男が死んだ時刻は……」

「午後五時前後、あるいはそれよりもう少し後という可能性も考えられます。しかし……」

「何かね?」

「あ……。いいや何でもありません」

バーナードは、言いかけてから何かをためらうように口を噤んだ。

死体のぬくもりなどからすれば、室温から考えてもこの男が死んで間もないことは明らかだ、とバーナードは考える。しかし彼は、徳永の死体にもう一つの奇妙な兆候を見出していた。死後硬直である。

まだそれほど進行していないが、両腕の硬さにそれと感じたバーナードは、体温と死後硬直という相矛盾するこの死体の兆候に、少なからぬ疑問を感じていた。

死後硬直は死亡してから二、三時間後に現れるのが普通である。死亡後、筋肉内のエネルギー供給量が減って筋肉が動かなくなり硬直が起きるのだが、硬直が始まる時間は部屋の温度によっても左右され、死体が寒いところに放置されれば、硬直が始まる時間も遅くなる。

この部屋のような氷点下に近いところに放置されていれば、当然体温は速やかに失われ、硬直が始まる時間も遅れるだろう。しかるに、バーナードが触れた時この男の頬はまだ温かかったのだ。それなのに硬直の兆候が見られるとは、一体どういうことか。

「この男の死んだ時刻に何か重大な意味があるのですか」

金子やバーナードが真剣に考えこんでいる姿を見かねて、アルベルトが口を挟むと、その声に我に返ったバーナードがうつむいていた顔を上げた。

「みんなが一つ一つ部屋を見て回ったのだから明らかだが、この建物の中にはこの徳永という男の死体以外には誰の姿も無かった。

窓は内側から鍵が掛けられ、また窓枠には厳重な鉄格子がはまっていて、何人もそこから出入りすることはできない。とすれば、徳永本人と、徳永を殺した者……後頭部の傷の状態からして徳永は殺された可能性が高いと僕は思うのだが……は、建物の玄関口から出入りしたに違いない。

徳永が死んだ時間帯を特定することは、その時間帯にそのあたりで不審な者が目撃されていないか警察が捜査するうえで、大きな手掛かりとなる」

その意見に、金子はうなずいて同意すると、

「五時前後といえば、私と陳さんがここに到着した時刻だ。それからほどなく君たちがやって来た」

金子の説明に対し、バーナードが訊ねた。

「その時、アパルトメントの周囲で徳永か、もしくは別の不審な人物を目撃しませんでしたか」

「いいや。後で陳さんにも訊いてみるといいが、このあたりには私たち二人以外誰の姿も無かった」

「僕たちが行くまで、アパルトメントの玄関から出入りした者もなかったのですね」

「もちろんだ。第一、君たちも見た通り、アパルトメントの入り口ドアには錠が掛かっていた。入り口ドアを開ける鍵は、陳さんが持っているひとつきりだ。だから、陳さん以外アパルトメントに入れる者はいない。私と陳さんも、君たちが来るまではドアを開けていない。

それより君たちの方はどうだ。ここに来る途中で誰か不審な人物を見たり、あるいは誰かとすれ違ったりしなかったのか」

「いいえ。僕たちも、この建物に通じる路地に入って来てからは誰にも会っていません」

バーナードはかぶりを振って否定し、

「もちろん大通りにはたくさんの人々がいましたけれどね」

と付け加えた。

とにかく、これ以上ここで問答を続けていても始まらない。そう思った金子は一同を見渡しながら
「陳さん。一号室から三号室までのドアをすべて閉めてください。皆さん。現場には手を触れず、直ちに外へ出てください」

と、皆にてきぱきと指示を出した。

「陳さん。この建物には、秘密の抜け穴や出入り口などはないのですか」

金子が訊ねると、陳は両手を広げ
「そんなもの、あるわけがないでしょう」

とあきれ顔で答えた。

「傳田上等兵はいるか」

続いて金子は怒鳴りながら、建物の入り口に立っている傳田の方に足早に向かって行った。

「君はここをずっと動かずにいたのか」

金子の問いに、傳田はやや緊張しながら応える。

「はっ。私はこの場をずっと離れずにおりました」

「ここから逃げ出した者はいなかったか」

「いえ、そのような者は一切おりませんでした」

「分かった。中で犬塚大佐の部下の男が死んでいる。至急警察局に連絡せよ」

「はっ。傳田上等兵、至急警察局に連絡します」

敬礼すると、傳田は走り去った。

金子が振り返ると、ユダヤ人たちが玄関から建物の外に出て来るところだった。大家の陳が先に外に出て、その後全員が建物から出たことを確認すると、陳は持っていた鍵でしっかりとドアを施錠した。

アルベルトとアンナは、とんだ事態に遭遇して動揺を隠し切れないといった様子で、心配そうな顔をして金子の下に歩み寄って来た。一方のバーナードは、外套のポケットに手を突っ込んだまま、建物の入り口あたりで立ち尽くし、暗くなった空を仰ぎ見ながら、何やら考え事をしている様子であった。

金子は一同を前にして言った。

「何がどうなっているのやら私にも分からないが、事態はご覧の通りです。君たちのアパルトメントは他にも候補を考えているので、どうか今日のことは気に病まないでほしい。そちらの家はまた明日以降に見てもらうので、今日はとりあえずホテルに戻って待機していてください。追って、傳田上等兵を介して連絡するので、それまで君たちはホテルで待っていてほしい」

アルベルトとアンナは、相変わらず不安そうな表情で金子を見たが、金子から毅然とした態度で視線を返されると、仕方ないという顔でうなずいた。

一方のバーナードは、波打つ黒髪を右手で二、三回かき上げると、眉間にしわを寄せて金子を向き直った。

「何がどうなっているのやら訳が分からないのは、あなただけではありません。今日の出来事は全く謎だらけです。

徳永は殺されたのか、それとも事故で死んだのか。徳永はいつどうやって、そしてなぜこの建物の中に入ったのか。

玄関のドアにはしっかりと鍵がかけられ、裏口のドアにも内側から閂錠が下りていた。窓という窓には、すべて頑丈な鉄格子がはまっていた。そういう状態のこのアパルトメントの中に、唯一の鍵を所持する陳さん以外は何人たりとも入るすべはなかったはずだ。

繰り返しますが、徳永はどうやってこの建物に入ることができたのでしょう。いくら彼が小さいからといって、窓枠にはめ込まれた鉄格子の隙間を縫って中に入るなど、絶対不可能です。格子の隙間は数センチメートルもないほど、鉄格子は緻密にできている。さらにざっと見た所、どのガラス窓も内側からねじ込み錠がはまっているのです。

一方、もし徳永が殺されたのだとしたら、犯人はどうやってこの建物に出入りできたのか。我々が建物の中に入ってから出るまで、誰もここから出て行ってはいない。

出入り口では陳さんが見張っていた。陳さんは途中懐中電灯を持って徳永の死体のある三号室まで入ってきたが、それでも建物の入り口付近には常に傳田さんが見張っていた。傳田さんも、そこからは誰も出入りしていないと断言している。そして裏口のドアにも閂錠がはまっていたことは、我々のうちの何人かが確認しています。

これらの状況はまるで魔法のようで、私にはさっぱり訳が分かりません」

バーナードは早口にそれだけ言うと、皆の前で肩を竦め両手を広げて見せた。


傳田を付き添わせてユダヤ人たちをホテルに帰したのと入れ違いに、事件の通報を受けた総勢五人の警察官らがハルビン警察局から警察車両で駆けつけて来た。

捜査の指揮を執るのは、八の字髭の伍東警尉とその直近部下の鼻の下にちょび髭を生やした立花警尉補で、後の三人は格下の警長か警士と思われた。

現場のアパルトメントの前では、金子中尉と陳の二人が待機していた。陳が事件現場の建物の入り口ドアを持っていた鍵で再び解錠すると、伍東以外の警察官は立花の命令下に陳の案内のもと現場に入って行った。

警尉職は、後世の警察の職階では警部に当たる。ハルビン市内で頻発する諸事件に警尉自らが現場に現れることは希であるが、警察局では発見された遺体が関東軍大佐の直属部下の徳永であったことを深慮し、伍東警尉がわざわざ自ら出向いてきたようである。

金子との敬礼・答礼を交わした伍東は、恐縮した態度を取りながらも、事細かにしかも根気強く事件の顛末を金子から聴取していった。

　金子が一部始終を手際よく説明し終えると、伍東は筆記の手を止めて金子を見上げた。二人の身長差は、十五センチメートル以上はあった。

「金子中尉殿も、そのユダヤ人たちも、皆被害者とは面識があったという事ですな」

　伍東はピンと跳ね上がった左側の髭の先端を引っ張りながら、右手に持っていた鉛筆の芯をぺろりとなめた。

「ええ。ただ面識があると言っても、関東軍の犬塚陸軍大佐と徳永が一緒にいるところを一、二回見かけただけで、徳永のことはほとんど知りません。もちろんユダヤ人たちも同様です」

「ふむ。しかし妙ですな。あなた方が死体をご検分なさったとき、死体はまだ温かかったという。とすれば、その時徳永は殺されてからまだ間もなかったという事になる。徳永が殺されたとしたら、ですが。しかしながら、建物の窓やドアにはすべて鍵が掛かっていて、中に犯人らしき者の姿はなかった、とこういうわけですな」

　伍東は首を傾げながら、また手元のメモを走らせる。

「そうですね。確かに、妙です……。しかし私はありのままを話しておりますので、妙といわれても仕方ありません」

　金子が憮然とした口調で返すと、伍東は慌てて
「ああ、いやあなたのご説明がどうのこうのというわけではありません。ただ、ご承知のようにハルビンでは日本人と支那人や朝鮮人とのいざこざや暴力事件が時々起こるのですが、それらは皆他愛もないきっかけや理由がほとんどです。しかるに今回のような奇怪な事件は、本職も全く経験のないことでして……」

伍東が頭を掻きながらそんな言い訳っぽいことを言っていると、立花警慰補がアパルトメントの玄関から出て来た。

「小さな男ですなぁ」

金子と伍東の近くに寄ってくると、開口一番立花が言った。

「私はあの男を見たのは初めてですが……」

続いて立花は、被害者に関する話を始めた。

「いろいろと噂は聞きます。あの徳永という男は、まさに関東軍の犬塚陸軍大佐の犬です。大佐の言う事なら善悪を考えずに行動するという、血の通わぬ男としてその筋では名が知られています。

少なくともハルビン市内で起こった五件の殺人事件や傷害事件に、徳永が関わっていたと満州警察の捜査班は見ているのですが、犬塚大佐が威圧的に捜査を打ち切らせたり裏工作をしたりして犯人追跡をうやむやにするなどして、どれも真相には至っていないようです」

立花の話を聞いていた伍東は、段々憂鬱になって来た。

「関東軍大佐とは厄介な……」

言いかけて伍東は口を噤む。

警察局といえども関東軍の言動には気を遣う。中でもその言動に横暴の噂が絶えない犬塚大佐と徳永の存在は厄介だったが、その徳永が殺害されたらしい今回の事件は、ある意味起こるべくして起こったともいえた。

それだけ関東軍の将校、とりわけ犬塚のような強硬の反中派は、張作霖の流れを汲む旧奉天派軍閥の兵士などから反感を買っていた。犬塚やその部下が彼らに命を狙われていても不思議ではない。

だが犬塚は、もし警察の捜査がはかどらずもたもたしていたら、犯人検挙に躍起になってあちこちに圧力をかけ、伍東らもそのあおりを食うかもしれない。自分の言う事なら何でも聞く便利な子飼いの男を殺されたわけだから、犬塚が黙っているはずがなかった。

ともかく警察局として全力で捜査を開始する必要があるが、当事者の金子と現場確認に当たった立花の話を聞く限り、今のところ犯人に結びつく手掛かりは皆無と言ってよかった。

伍東は最悪の場合も考えた。

もし早期解決に至らぬ場合、何でもいいから別のかどで、その辺にいる挙動不審の支那人や朝鮮人をしょっ引くしかない。冤罪だろうが何だろうが有無を言わせず、それで事件を解決させるのだ。犬塚はともかく、関東軍もそれで矛を納めるであろう。

だが、むろんそんなことはしたくはない。伍東にも刑事としての誇りがあった。

そうして伍東が考え事をしている様子をしばらくうかがっていた立花は、

「続けてよろしいでしょうか」

と、報告相手の気を引くことに努める。

「かまわん」

我に返った伍東は立花を睨むと、跳ね上がった髭に触れながら神妙な顔でうなずいた。

「はっ。死因について、詳細は軍医殿の到着を待たねばなりませんが、後頭部に大きく角ばって陥没した傷があり、その他に目立った外傷がないことから、この後頭部の傷が致命傷となったものと思われます。

なお、現場の三号室や他の部屋などもくまなく捜索いたしましたが、凶器、犯人の遺留品、被害者の所持品等は一切見つかっておりません」

「……分かった」

伍東は、力なく返した。立花は敬礼すると、現場に戻って行った。

伍東は小さく嘆息すると、すがるような目で金子を向き直った。

「中尉殿。あなたから一通りお話を伺った上で、あえてお訊ね申し上げるのですが、今回の事件について何かあなたご自身の見解などおありでしたら、是非ともご教授願いたい」

一方の金子は困惑した顔で伍東を見やった。

「さあ、そう言われても……。私は私立探偵ではありませんので」

憮然とした口調で告げると、伍東は慌てて取り繕った。

「む、むろんです。ご無礼を申し上げたとすれば平にご容赦を」

「何も無礼などありません。ただ事件を推理し、証拠を立て、それを基に犯人を検挙するのがあなた方の仕事」

金子が諭すように言うと、伍東もややあきらめ顔で首肯した。

伍東は、自分たちがこの現場に駆けつける前に三人のユダヤ人をなぜ先にホテルに帰してしまったのかを、金子に不服申し立てするつもりであった。だが、どうも関東軍の将校は苦手である。

仕方なく、伍東は金子から三人のユダヤ人たちの名前と現在彼らが宿泊しているホテルの名を聞き取ると、とりあえず金子をその場から解放した。続いて伍東は、アパルトメントの大家である陳からの事情聴取へと移った。

六

「はるばるドイツからこの満州へ逃れて来てほっとしたのもつかの間、下見に訪問されたアパルトメントで恐ろしい事件に出くわしてしまって、本当にお気の毒さまでしたわねぇ」

安岡家の二十畳の客間にて、当家奥方の安岡陽子は和服を着た恰幅の良い身体を両手で抱くように身震いしながら、ソファーに並んで座る三人のユダヤ人たちに言った。

ユダヤ人たちは陽子の対面に、そして陽子の隣には金子がそれぞれ座っていた。さらに金子の横には、真佐子、智美と続く。まだ十五歳の智美は、ユダヤ人や大人たちの話に興味津々で首を突っ込んでいる。

この家の主安岡弥之助は、満州にて重工業をベースとした軍需産業で成功し財を得た安岡財閥の頭首として、財界に君臨している。大柄で恰幅が良く、どちらかといえば大らかな性格の持ち主だ。豊富な銀髪は波打ち、四角い顔の上方に納まる銀縁眼鏡の奥のしぶい眼光が印象的だ。

安岡弥之助は、右手にユダヤ人たち、一方左手に陽子、金子、そして娘たちを見て、扇のかなめに位置する真ん中の安楽椅子に、ゆったりと掛けていた。食事が終わり、皆ブランデーや紅茶などめいめいの飲み物を手に会話を続けていた。

この日の弥之助とユダヤ人たちの会見は、金子の声掛けで実現した。しかしユダヤ人避難民たちに会って、是非とも欧州の現状やユダヤ人たちの考えなどを聞いてみたいと金子に要請したのは、当の弥之助であった。

三国同盟とヨーロッパ戦線の拡大は、日本の更なる軍需産業の需要を高める結果となり、ひいては武器の生産と深くかかわる重工業の発展に結びついた。ナチスドイツの情勢やそれに神経質になっているソ連の極東における動きも、この満州での軍備増強と深く関わっていた。

弥之助は、金子を通じてユダヤ人避難民たちを自宅に招き、食事などをふるまいながらドイツやソ連の情報を入手するのも悪くないと考えていた。

「奉天派軍閥の時代から新しく生まれ変わった満州国警察は、日本の警察に倣って構築された優秀な組織であると聞きます。犯人の検挙も時間の問題でしょう」

陽子の発言を受け、アルベルトが横に座る妻のアンナの顔を見ながら日本語で応えた。一同の会話は日本語とドイツ語で交わされ、どちらも流暢に話せるアルベルトと金子が、時々通訳の役割を担った。

「今朝、私たちがホテルでくつろいでいたところ、伍東警尉と名乗る警察官が部下とドイツ語の通訳を連れて訪ねて来ました。伍東は私たち一人一人を順にホテルのロビーに呼び出し、徳永が殺された事件の顛末を詳しく訊いていました」

バーナードが事情を説明した。

「殺人事件と断定されたのですか」

金子がバーナードに訊ねた。

「その様です。私が伍東から訊き出したところによると、徳永の後頭部にあった傷は徳永自身では付けられず、しかも徳永の死体があった部屋には、彼の後頭部の傷にマッチするような凶器や机などが一切見当たらなかったということです。このことから徳永を死にいたらしめた背景は、自殺でも事故でもないと結論づけたらしいです」

金子はふと、自分の左隣にいる真佐子の横顔を見やった。真佐子は蒼白な顔色でうつむいている。

「真佐子さん。大丈夫ですか」

思わず声を掛けると、真佐子は慌てて微笑み
「え、ええ……。なんだか怖いお話で、背筋が寒くなったものですから」

と取り繕った。

「お姉さまは、案外臆病だから」

智美が揶揄するも、真佐子は取り合わず、持っていたハンカチで口元を隠した。

「殺されたのはあの男だわ。いつか私に、犬塚大佐のいやらしい手紙を手渡しに来た、あの狡猾そうな目をした、子供のように小さな男……」

真佐子は心の中で呟く。

「物騒な殺人事件のことはそれくらいにして、私はもう少し欧州の最近の情勢を聴きたいものだね」

場の雰囲気を和ませるように、弥之助が大らかな口調で話題を振った。皆それにほっとしたような表情を見せた。

バーナードが申し出に応じると、黒髪をかき上げながら弥之助に説明を始めた。

以前にも聞いたことのある、ドイツ国内の状況やバーナードとメッセル夫妻の逃避行物語などを傍らで耳にしながら、金子は独り別の思いに自問自答していた。

「自分は、ここにいる三人のユダヤ人に対して、日本には人種差別などないから安心して日本にも来てほしいと言った。

だが、これまで日本軍が朝鮮半島や中国国内でしてきたことは、果たして正しいことだろうか。北から侵

入して来るソ連に対して、朝鮮半島や中国東北部の備えは日本の盾となり石垣となって日本を護ってくれる。そのためには日本の大陸進出も必要な政策だ。

だが日本人は、朝鮮人や中国人をあまりに軽く扱っていないだろうか。日本を含め亜細亜の国々が北からの進行の危機に瀕しているのだから、その盾となっている日本軍にお前らが助力するのは当たり前だ、というのが大方の日本人の考え方である。しかしながら、そういったいわば勝手な思いは、朝鮮人や中国人に対する蔑視から来ているのではないだろうか。今日本人は、彼らを奴隷か虫けらのように扱ってはいないか……」

バーナードの饒舌は続いていた。安岡家の人々は皆、異国の話やヒトラーとドイツ国民の狂気、冒険ともいえるバーナードの逃避行などなどの話に、陶酔して聴き入っていた。

だが金子の心中には、その時何か不安ともいえるような靄がかかり、彼は先も見えぬ曲がりくねった道を手探りで歩いて行くような混沌とした思いに沈んでいた。

こうして安岡家の夜は更けていった。

一同の話が尽きたころ、そろそろいとまの時間と、金子がズボンのポケットから金の懐中時計を取り出そうとしたとき、唐突に智美が言った。

「ねえ金子さん。ここにいらっしゃるユダヤ人の皆さんは、音楽家だと聞きました。智美、皆さんの演奏が聴きたいわ。アルベルトさんは丁度バイオリンもお持ちだし」

智美は、小さなガラス玉を幾つか埋め込んだアルベルトのバイオリンケースに、興味深そうな目をやった。

だがそれを陽子が咎める。

「智美さん。もう夜も遅いし皆さんお疲れでしょうから、わがままを言うんじゃありません」

するとアルベルトが智美に向かって返した。

「いいですよ。それじゃあ一曲だけ」

「わあ、嬉しいわ」

智美は無邪気にはしゃぎ出した。

アルベルトは智美に向かって微笑み、今度は陽子の方を見やりながら
「陽子さん。この時間にバイオリンとピアノを奏でても、ご近所の迷惑にならないでしょうか」

すると弥之助が割って入った。

「アルベルトさん。こう見えても私の邸宅は千坪あって、近隣の住宅には邸の音など全く聞こえませんよ」

それで話は決まった。

「妹がわがままを言ってごめんなさい」

金子に向かって真佐子が顔をしかめると、金子も苦笑しながら
「あなたも彼らの演奏を聴いてみたいでしょう。アルベルトのバイオリンは、なかなかの腕前ですよ」

と返した。金子は、いつかアルベルトが奏でた、あの国境での旋律を思い出していた。

一同はピアノのあるサロンに移動し、めいめいの位置に座った。

アルベルトは、いつも肌身離さず携行しているストラディバリウスの名器と弓を大事そうにケースから取り出すと、ピアノの前に立って構えた。ピアノ伴奏はアンナである。

息が合った二人の指は、お互い目を合わせるでもなく、モーツァルトのバイオリンソナタ第二十八番ホ短

調第一楽章のもの悲しくも美しい旋律を奏で始めた。

モーツァルトの曲の多くは長調だが、この曲は日本人の祖国を思う郷愁に訴えかけるような短調で始まり、何回か曲調を変えながら第一楽章を終わる。ストラディバリウスの音量あふれる奏でに共鳴して、弓の動きに合わせたアルベルトの息遣いも聞こえてくるようで、十二分の演奏時間があっという間に過ぎ去った。

一同の拍手の嵐に混じって、弥之助の
「ブラボー」

の声も聞こえてくる。智美と陽子は立ち上がって拍手を続けている。

アルベルトとアンナは並んで立ち、皆に向かって揃ってお辞儀をした。

すると今度は、さっきまで妹の智美のわがままを叱っていたはずの真佐子が、バーナードに詰め寄るように言った。

「バーナードさん。あなたのピアノも聴きたいわ。今度は私からのお願いです」

突然振られたバーナードは、一瞬戸惑ったような顔をしたが、やがて真佐子を見てうなずいた。

「僕はプロとして活動しているわけではありませんから、アルベルトとアンナのような素晴らしい演奏はできませんが、せっかくのリクエストですので本日お招きいただいたお礼代わりに一曲弾きます」

一同からまた拍手が沸き起こった。

先ほどのメッセル夫妻の曲とは打って変わって、バーナードの手はいきなり激しい旋律を奏で始めた。曲はショパンのエチュードハ短調作品十の十二「革命」だ。

右手の主旋律は単調だが力強く、「破壊と再生」を連想する。

一方、左手の練習曲ともいわれるほど、この曲の左手の指の動きは早く勇ましい。低音から高音まで、バーナードの左手は縦横無尽に鍵盤の上を駆けめぐる。

三分足らずの演奏であったが、金子は途中息をした覚えがない。

否、息はしていたのであろうが、それをも忘れさせるほど、バーナードの演奏にはただならぬ鬼気が感じられたのだ。

まるでダイヤモンドの原石のように、聴く者のことなど全く考えていないほど粗削りだ。だがそれは、磨けばより美しく価値の高いものになるだろう。

彼の両手が、鍵盤を同時に短く強くたたいていきなり曲が終わると、室内は数秒の間しんと静まり返っていた。

やがて弥之助がまたあの「ブラボー」を叫ぶと、忘れていたかのように割れんばかりの拍手が沸き起こった。

真佐子が放心状態で立ち上がり、バーナードの下に歩み寄ると、握手を求めた。それを嬉しそうに握ると、オベーションに応えるべくバーナードは皆に向かって小さくうなずいた。

金子はバーナードに軽い嫉妬を覚えつつも、ユダヤ人たちの才能とそれを受け入れることができた満州国にもう一度祝福の拍手を送った。

夜も十一時を過ぎ、安岡邸でのユダヤ人たちの歓迎会は、ようやくお開きとなった。

メッセル夫妻とバーナードが、安岡夫妻と次女の智美に送られながら、邸の玄関の車寄せに停まっている二台のタクシーに乗り込むところであった。彼らに遅れて邸の玄関を出た金子は、入り口ドアの影から延ばされた白い手に突然掴まれて、玄関わきの灌木が茂る物陰に引き込まれた。

「バーナードさんに焼いているのね」

真佐子は金子の正面に立って、上目遣いに微笑んで見せた。

「少しね……」

金子はすねたように言って眉をひそめる。

「まあ、うれしいこと」

真佐子は不意に、金子の大きな体に正面から抱きついた。

足元まで隠せる広い外套の中に真佐子の姿が没するかのように、金子はしなやかな女体を両手で強く抱きしめた。

「ねえ、結婚できるのはいつ頃になりそう?」

「そうだね……」

「はっきりおっしゃって」

「うん。きっと近いうちに」

「具体的におっしゃって」

「……下知されている任務が一区切りついたら」

「任務って、何でしょう?」

「それは……口外できないことになっている」

真佐子は金子の外套から自分の身体を突き放すと、金子の顔を見上げて言った。

「いつもあんなことおっしゃって……」

今度は真佐子がすねたような顔で、金子の胸をとんと一つたたいた。

「あらっ？　金子さんはどうなさったのかしら」

車寄せの方から陽子の声がした。

「真佐子さん。今度は二人きりで会おう」

背を向ける真佐子に囁くと、金子は庭木の陰から声のする方へ出て行った。

金子は安岡弥之助と陽子に対し、本日の招待に心から感謝の意を表するとともに、今後の自分と安岡家との変わらぬ厚誼を願いでて、二人と別れた。

続いて金子は、すでにタクシーに乗り込んでいたバーナードの隣の席が空いていることに気付くと、そこに身を滑り込ませた。

やがて二台のタクシーは安岡家を離れた。

金子とバーナードが乗るタクシーの前に、メッセル夫妻の乗るタクシーが走る。

自分と身が触れ合う程の間隔で座っているバーナードの横で、金子は前を見たまま囁いた。

「バーナード。後で君に話がある」

「話……。何の話でしょう。徳永の事件の事ですか」

だが運転手の方を気にしながら、金子はそれを否定した。

「いや。ある意味ではもっと重要なことだ」

バーナードはやや驚いて、左脇に座る金子の横顔を見た。だが金子はじっと前を見たまま、それ以上無言であった。

七

翌朝、自室での任務に就いた金子は、犬塚大佐の突然の訪問を受けた。

型どおりの敬礼の後、金子は直立したままで犬塚に訊ねた。

「本日は如何なるご用件でありますか」

犬塚は、軍刀を杖代わりに床に立てその柄に両手を置くと、眼光鋭く金子を睨んだ。

「俺の部下の徳永が死んだ。知ってるな」

「はっ。奇しくも本職は、徳永氏のご遺体の第一発見者となったものですから、存じております」

「その様だな。犯人の心当たりはないのか」

「いえ、そのようなことは」

「ユダヤ人たちも一緒だったらしいな」

「ご存知でしたか」

「見くびるな。詳細は警察局から聞いている」

「失礼しました」

犬塚は、軍刀を手に金子の前をうろうろ歩き回った。金子は直立したまま、犬塚の動きを目で追う。

「金子中尉。貴様には俺の心中など分からんだろう。

徳永は役に立つ男だった。あんな姿態だったが、かゆいところにもよく手が届くやつでな。徳永がまだ青いガキの頃、路端に捨てられていたのを俺が拾って育ててやったのだ。

あんな体だったから入隊はかなわなかったが、まるで兵隊のように、いや兵隊よりもっと優れた働きをしてくれた。奴には少々手荒いところもあったがな。

支那人や朝鮮人は、ちょっと手を抜くとつけあがる。徳永はそんなやつらを、片手には足りぬくらい闇に葬った……」

犬塚は、一人ごとを呟くように述懐していたが、そこで突然金子を振り返ると、こちらへ近づいてきた。

そして金子の顔をぎろりとにらみつけると、凄みを利かせた声で言った。

「貴様は情報部の要職にある立場。徳永を殺した犯人の検挙につながる情報も入手できるに違いない。

今ハルビンは一見平穏に見えるが、我々関東軍に恨みを抱く国民党軍や奉天派軍閥の残党、朝鮮人、それに満州から追い出されたロシア人などが、復讐の機会を狙っている。ソ連のスパイも多く潜入していると聞く。場合によっては、警察局の捜査だけでは犯人に迫るつてに乏しい。

いいか。情報部で何か掴んだら、すぐ俺に知らせろ。徳永を殺した奴を、俺は絶対に許さない」

「殺人事件の捜査は警察に任せるのが筋。自分が首を突っ込むのは越権」

と、金子はのどまで出そうになったが、結局犬塚の剣幕に無言で引いた。

「しかと申し渡したぞ」

いつものように自分の言いたい事だけ宣うと、犬塚は踵を返し、バタンと音を立ててドアを閉め出て行った。

ほどなくドアをノックする者がいた。

「傳田上等兵、入ります」

「入れ」

金子はすぐに返す。ドアが開き、犬塚とほぼ入れ違いに傳田が入って来た。

いつものように敬礼、答礼をした後、傳田は報告する。

「先日のアパルトメントの事件ですが、警察はアパルトメントの大家の陳を逮捕した模様です」

金子は目を見開いて傳田をにらんだ。傳田は報告を続けた。

「伍東警尉から得た情報によりますと、周辺の住民への聞き込みや現場捜査の結果、犯行はアパルトメントの鍵を所有する者以外には成し得ないとの結論に至ったようです。警察では陳の身柄を拘束し、本人から自供を引き出そうとしています」

「バカな……」

金子は言いかけて黙り込むと、じっとうつむいていた。やがて面を上げた金子は問答に戻った。

「陳本人は犯行を認めているのか」

「いえ。本人は否定しているとのことです」

「だいたい陳は、被害者との面識すらない。彼は、私に対してそう言っていた」

「はっ……」

「陳は中国人だが関東軍には好意的な男だ。面識もない徳永を殺すはずがない」

「……」

「犯行に使われた凶器はみつかったのか」

「いえ。まだのようです」

「鍵は……？　アパルトメントの鍵は一つだけだったのか。それをずっと陳が管理していたのか」

「はっ。その件は間違いない、と本人は申している、とのことです」

「何者かが勝手に持ち出した、というようなことはなかったのか」

「陳は、そんなことは絶対にないと否定しています」

「……」

金子の質問はそこで途切れた。

金子は、両手を後ろ手にして靴音を立てながら、室内を行ったり来たりしていたが、やがて一つため息を吐くと言った。

「ご苦労であった。引き続き、何か分かったら知らせてくれ」

「はっ」

傳田は背筋をぴんと張り、敬礼して出て行った。


金子が机に戻って書類に向かおうとしたとき、再びドアがノックされた。

「今日はよく来客があるな」

呟いてから、ドアに向かって入室を促すと、

「失礼します」

と言いながらドアを開けて入って来たのは、三人のユダヤ人避難民たちであった。金子も椅子から立ち上がった。

「金子さん、おはようございます」

「おはようございます」

彼らは順に日本語で挨拶した。

「やあ皆さん、おはよう。昨夜はちゃんとホテルに帰れましたか」

昨晩は金子が先にタクシーを降り、そこで金子は、ユダヤ人たちを乗せてホテルに向かう二台のタクシーを見送った。挨拶代わりに金子が訊くと、バーナードが相好を崩して言った。

「本当に楽しかったです。安岡さんのご一家にも、夜遅くまでお付き合いいただき恐縮でしたと、どうぞよろしくお伝えください」

アルベルトとアンナも微笑んでうなずいている。

「おや？　お部屋の様子が昨日と違いますね」

バーナードが指摘した。金子は感心したようにバーナードを見て返した。

「気付きましたか？　机とソファーを新しいものに替えました。今年は特務機関にも予算の増額があり、機関長から必要品の新調の許可が出たのです」

三人は、新しくなったソファーを勧められ、アルベルト、アンナ、バーナードの順にそこへ落ち着いた。

「机もソファーも、とてもこのお部屋に合っています」

アンナが褒めると、金子は笑顔を見せながら、

「ありがとう。ところで昨晩の皆さんの演奏は、本当に素晴らしかった。いつか日本のステージでもあの見事な演奏を披露してもらいたい」

金子の言葉は本心から出たものであった。

明治大正を経て近代化を果たした日本だが、まだまだ不足しているものがたくさんある。西欧文化を取り入れて日本でそれを開花させ、芸術面でも世界の仲間入りを果たすことは、大陸進出にもまして重要なことなのではないか。金子はそう考えていた。

するとバーナードも嬉しそうに応えた。

「金子さん。いつかあなたの力で、私たちにもそんな機会を与えてください」

金子は力強くうなずく。

「いつか必ず。しかしその前にまず、君たちを無事日本にまで送り届けることが大事だ」

「私たちもそれを望んでいます。何とかあなたのお力にすがるより他ありません」

アンナは身を乗り出して、希望を口にした。

「私にできることは、何でもしましょう」

金子は自身に言い聞かせるように宣言した。

「それはさておき……」

金子は再び話を転じた。

「昨日ご紹介したアパルトメントは気に入りましたか?」

昨晩安岡邸を訪問する前に、ユダヤ人たちは、金子の仲介で徳永の事件があったアパルトメントとは別の物件を紹介されていた。ユダヤ人たちは、昨日の午後傳田に付き添われてそのアパルトメントを見学し、入居の希望を今日までに金子に伝えることになっていた。

「とても気に入りました。訪日の日を夢見ながら、是非ご紹介いただいたアパルトメントでチャンスを待ちたいと思います」

アルベルトは目を輝かせていた。金子は首肯し、三人を代わる代わる見た。

「よろしい。それでは傳田を通じて入居の手配をさせましょう。何か困ったことがあったら、また私に相談するように」

その日の三人の用件はそれだけであった。

来客たちが腰を上げ、もう一度金子の尽力に感謝の言葉を述べ終わった時、金子が思い出したように訊いた。

「警察の事情聴取は大変だったようだね。まあそれは仕方ないかもしれないけれど、犬塚大佐がいろいろと捜査に首を突っ込んでいるらしいので、君たちも注意してください。

相変わらず大佐はユダヤ人たちのことを快く思っていないようだから、何か些細なことでも因縁をつけて君たちを逮捕しないとも限らない。そうなると、私でもなかなか救いの手が出せなくなる」

それを聞いて三人は神妙な顔になったが、すぐにバーナードが微笑みながら応じた。

「犬塚大佐が僕たちの下に何か訊きに来たら、丁寧に応じるようにはします。でも決して余計なことはしゃべりませんから、安心してください」

「それが肝要だ。くれぐれも気を付けて」

金子からの注意を承ってから、三人はホテルに戻って行った。

金子は気を落ち着け、しばらく自室で執務に専念した。

ソ連やモンゴルとの国境付近に差し向けた部下や、鉄道警備隊などから寄せられた情報を読み解き、敵の様子やテロリストたちの動きに注意を払う。満州国内には様々な国のスパイも潜入しているはずであり、その者たちが発する偽情報も見極めなければいけない。

ふと壁に掛けた時計を見ると、時刻はもう昼近くになっていた。

検討していた書類を、新調した机の引き出しにしまって鍵をかけ、金子は椅子から立ち上がりかけた。

するとまたドアをノックする者がいた。

傳田上等兵だった。

傳田はいつも通りドアの外から自分の名を告げ、金子の「入れ」の命令を聞いてから入室して来た。

「今度は何だ」

金子が訊くと、傳田は
「たびたび申し訳ありません」

と断ってから、直立したまま報告を始めた。

「犬塚大佐殿の部下が殺害された事件について、新たな進展がないかどうか先ほど警察局に問い合わせたところ、先方から次なる説明を受けました」

「うむ」

「捜査班は同事件の真犯人として、支那人の李 永世と名乗る三十七歳の男を逮捕した、とのことであります。捜査班の調べによると、この李という男は奉天派軍閥の元兵士でありまして、前に逮捕された陳老人のアパルトメントにかつて住んでいたことがありました。事件があった日の夕方、現場のアパルトメントからわずか数十メートルのところをうろついていた姿を、付近の住民に目撃されています。

先日、このあたりの憲兵分遣隊詰所に三発の銃弾を撃ち込んで逃げていた賊も、この李という支那人であることが判明いたしました」

「ほう。で、その男はどうやって徳永を殺害したのだ」

「はっ。李は、現場のアパルトメントの大家である陳と知り合いだったので、陳の部屋の様子なども良く知っていました。陳が不在の時に、アパルトメントの鍵を持ち出し、合鍵を作成したものと思われます。

あの日はその鍵を使って、被害者と一緒にアパルトメントの中に入り、被害者の隙を見て鈍器のようなもので後頭部を殴ったものと思われます。その後李は凶器を持ったまま急いでアパルトメントを出ると、所持していた合鍵でドアを施錠し、逃げ去った。

それからほぼ間を置くことなく金子中尉殿が陳と一緒に現場に着かれ、さらに三人のユダヤ人と小職がアパルトメントに到着したものと思われます」

金子は立ち上がりかけていた椅子に再び身を沈めると、傳田から目を逸らして腕を組んだ。

「辻褄は合っているが、それではその李という男はなぜ徳永を殺したのだ」

金子の疑問にも、傳田ははきはきと続ける。

「李は、自分の戦友を二人も徳永に殺されたと言っているそうです」

「それが動機か」

「恐らくは」

「なぜ陳が営むアパルトメントに被害者を連れ込んだのだ」

「捜査班の考えるところによれば、李は親日派の陳にも不満を持っていたようです。同じ支那人でありながら、関東軍や日本人に媚を売ったり便宜を図ったりしていた陳の態度が気に喰わなかったのではないか。それで陳のアパルトメントで死体が発見されれば、陳が犯人として逮捕される。伍東警尉はそう語っておられました」

金子は再び考え込んだ。傳田はじっと金子の次の言葉を待っている。

「李は犯行を認めたのか」

「被疑者の犯行認否については不明であります」

「不明？　それは、李が犯行を認めていないという事か」

「申し訳ありません。小職にはわかりかねます」

金子はまた黙る。傳田を攻めてもしょうがない。

「……で、陳爺さんは釈放されたのか」

「はっ。その様であります」

「ふむ……。まあ、それは良かったが……」

金子は首をひねった。果たしてそのシナリオで事件は落ち着くのだろうか。

「報告はそれだけか」

直立したままの傳田に目をやると、傳田は慌てて返事した。

「報告は以上であります」

「ご苦労。下がってよろしい」

傳田は敬礼し、踵を返していつものようにきびきびとした足取りで退室して行った。

八

その日の午後、金子はハルビン特務機関長の樋口季一郎少将に面会を求めた。

ハルビン特務機関長は、ハルビン行政の最高権力者であり満洲国の内政指導をする立場にある。その樋口特務機関長は、金子の上司でもあった。

金子に言わせれば、樋口はハルビン特務機関が誇るべき名将である。

ナチスドイツの迫害から逃れシベリア鉄道に乗ってオトポール経由で満州に避難して来たユダヤ人たちを受け入れるべく、樋口は捨て身の覚悟で独自の判断を下した。満鉄の松岡洋祐総裁の同意を取り付けて特別列車を運行させ、彼らの命を救ったのだ。

このオトポール事件をめぐって樋口は、関東軍司令官植田謙吉大将に自らの考えをしたためた書簡を送り、また関東軍参謀長の東條英機中将の詰問には、少しもひるむことなく直接自分の行動の正しさを伝えた。人権問題に対する樋口の正義は東條らの心を動かし、あの三月八日の出来事以来、満州でのユダヤ人避難民の救助は続いている。

樋口少将は多忙の身であり、会見を求めてもなかなかかなわぬのが常であった。だが、金子が事前に電話にて、「ユダヤ人避難民の件でぜひともお願いしたいことがある」

旨を伝えると、樋口からは

「本日午後三時からであれば、十五分間時間を設けよう」

との返答があった。

ハルビン特務機関事務所は、立派な門構えの三階建ての西洋風建築物だ。車寄せのある広い前庭を進み幅の広い階段を上がると、バルコニーを支える四本の白い石柱がそびえている。そこをさらに奥に入ると、建物の正面玄関が現れる。

受付にて、金子が身分と来訪目的を告げると、担当事務官はすぐに金子を建物の中へ通した。

軍帽を手に、少し緊張した面持ちで金子が機関長室のドアをノックすると、意外にもすっとドアが開いて、その向こうに樋口機関長が立っていた。

金子は直立不動の姿勢を取り、

「金子中尉参りました」

と短く述べて敬礼する。軍帽を脱いでいたので、上体を前に十五度傾けての敬礼である。

樋口は金子を見て答礼すると、穏やかに言った。

「まあそう硬くなるな。ドアを閉めてお入りなさい」

言われるまま真っすぐ中へ進むと、広い室内の真ん中に位置するテーブルの脇の椅子に掛けるよう勧められた。

「いえ、自分はこのままで」

金子が着席を躊躇していると、樋口は苦笑しながら
「遠慮はいらない。ユダヤ人避難民たちの件は、私も君から直接報告を聞きたい。さあそこへ掛けなさい」

金子はなおもためらっていたが、樋口が先にテーブルの向こう側の椅子に掛けてこちらを見ているので、

「失礼します」

と断ってから、指示された椅子に背筋を伸ばして掛けた。

「時間がない。早速話を聞こう」

樋口の催促を承ると、金子はユダヤ人避難民たちの現状を簡潔に報告し、さらには現在ハルビンに留まってアパルトメント暮らしをしている、三人のユダヤ人音楽家たちの話へと移っていった。

樋口は真剣な顔つきでじっと黙って金子の話を聞いていたが、やがて金子が説明を一段落させると、言葉を挟んだ。

「バイオリンにピアノか。いい才能を見出したね。ユダヤ人たちの中には、まだまだ埋もれた芸術家たちがたくさんいる」

金子は同意して首肯すると、樋口の興味を示す表情に背中を押されて、早速本題に入った。

「機関長殿。三人のユダヤ人たちは、日本への渡航を望んでいます」

「ほう」

金子は続ける。

「ご存知のように、日本にはすでにユダヤ人芸術家たちが多く滞在しており、中でも著名な音楽家たちが、その卓越した演奏技術と日本人音楽家の卵たちへの優れた教授力によって、わが国の文化レベルを大きく向上させることに貢献しています」

「君の言う通りだよ」

樋口は金子の顔をじっと見ていたが、相手が言葉を継ぐ前に言った。

「君はこう言いたいのだろう。彼らが日本渡航するためのビザの発給に、力添えがほしいと」

樋口への依頼をどう切り出そうか思案していた金子は、ずばりその言葉が先に機関長から出て来たことにびっくりして、思わず言葉を失した。

「分かった。ハルビンの総領事と日本の外務省に働きかけてみよう。話はそれだけかね」

「……あ……はっ。そうであります」

金子のどぎまぎする様子を見ながら、樋口は腰を上げた。それを見て慌てて金子も起立する。

「はっははは……。心配するな」

樋口は直立不動の姿勢を取る金子の肩をたたきながら言った。

「困っているユダヤ人たちを何とかするのも私の仕事」

そこで樋口はいきなり厳しい表情になり、金子に向かって告げた。

「金子中尉。ご苦労であった。用件が済んだら早速任務に戻れ」

「はっ。ありがとうございます」

金子は大きな声で礼を述べ、靴音を立てて回れ右をすると、機関長室から廊下に出た。

言ってゆっくりと音を立てぬようにドアを閉めると、そこは冷え冷えとしているのにどっと汗が出た。

「失礼しました」

それから約一か月後の五月半ば。アルベルト、アンナ、バーナードの三人に、日本への渡航ビザが発給された。

そしてこの地方としては春たけなわの五月下旬。三人のユダヤ人は、金子が紹介してくれたアパルトメントを引き払い、上海へと向かう決心をした。

上海からはさらに船で神戸を目指す。神戸港では、金子の父親の使者が迎えてくれることになっていた。せめて上海租界までは同行してやりたかった金子であったが、外蒙古に位置するホロンバイル高原付近の満蒙国境付近をめぐって、ソ連・モンゴル連合軍による軍事介入の恐れが生じていたため、金子中尉らの班はその情報収集に追われていた。今金子がハルビンを離れることは許されない状況だったのだ。

金子の両親が住む実家は、東京の下谷にある。ユダヤ人たちはとりあえずそこに落ち着き、金子の両親の援助下に日本での安定した生活を志すつもりだ。

埃っぽい寒風が吹きすさむハルビン駅ホームに、奉天行きの蒸気機関車が長い客車を連ねて停まっている。ユダヤ人たちは、その前に立ち金子との別れを惜しんでいた。

五月といえどもその日の気温は十度に届かず、皆外套に身を包み震えていた。

アルベルトはバイオリンケースを肩から下げ、その上に外套を着て立っていた。それに寄り添うアンナ。二人とも荷物は、大きめの手提げかばんがそれぞれひとつだけだ。

バーナードの荷物はもっと小さい。かばんを左の肩から下げ、右手は外套のポケットに突っ込んでいる。

三人と向かい合った金子は、相変わらずの軍服姿で手袋をしていたが、それを外すとアルベルトに手を差し伸べた。

「君たちの栄えある未来と幸福を祈る」

言ってアルベルトと握手すると、続いてアンナ、最後にバーナードと強く手を握った。

「また会えますね？」

アンナが涙ながらに微笑むと、

「次は日本で」

と金子が返す。

目と目で再会を約束し、金子が手を振ろうとすると、バーナードが一歩、二歩と金子に近寄った。

バーナードは、金子のすぐそばまで来ると、耳元で囁くように言った。

「金子さん。こんな時に場違いな話をします」

バーナードはそう断ってから、金子の耳元に向かって続けた。

「もうひと月以上前に陳老人のアパルトメントで起こった徳永殺人事件では、容疑者として李永世という支那人が逮捕されましたが、事件はまだ終わっていないと僕は考えています」

金子は目を見開き、バーナードを見た。

「余計なこととあなたは言うかもしれませんが、僕はどうしても納得がいかなくて、この一か月間あの事件について考え直してみたのです」

「何か新事実でも明らかとなったのか？」

金子が訊ねると、バーナードはゆっくりとかぶりを振って応える。

「大きな進展はありませんでした。ただ一つだけ」

「一つだけ……？」

「ええ。あのあと僕は、釈放された陳老人を訪ねてみたのです。その時彼は言っていました。

『やったのは李永世だったかもしれない。だが奴は絶対にアパルトメントの鍵を使えなかった。もちろん合鍵なんて奴には作れっこない。あの鍵は、いつも俺が他のもろもろの鍵と一緒に肌身離さず持っているのだから』

とね。もし彼の言っていることが本当だとすると、真相はまるで違ってくるんじゃないでしょうか」

金子はじっとバーナードを見つめていたが、やがてどこか冷めたような口調で言った。

「どうやら君は、犬塚大佐を疑っているようだね」

バーナードは、はっとして金子を見た。

金子は続けた。

「殺されたあの小さな男は、軍の秘密を知りすぎていた。そろそろ潮時と犬塚大佐は徳永を片付け、その処理を関東軍の配下の者にやらせた。組織に任せれば、死体の処理などどうにでもなる」

バーナードは一瞬身を竦めたが、すぐにその顔に不敵な笑みを漏らすと呟いた。

「あるいはね……」

おもむろに、バーナードは金子から離れると、

「さあ、行こう」

とメッセル夫妻を促した。

「何を話していたの」

アンナが訊いたが、バーナードは

「ちょっとね」

と言っただけで、答えなかった。

バーナードはもう一度金子を見たが、すぐに彼に背を向けると、そのまま客車に入って行った。アルベルトとアンナはもはや何も言わず、金子に向かって小さく手を振ると、荷物を抱えてバーナードの後を追った。

その時金子はふと、以前アンナが漏らした恨み言のような言葉を思い出していた。アンナは金子にこんなことを言った。

「金子さん。私たちユダヤ人に対して、多くの人が誤解していることがあります。それは、ユダヤ人には特有の遺伝子があって、ユダヤ人とはその遺伝子を継承する者である、と思い込んでいることです。

いいえ、そんな遺伝子はありません。

ユダヤ人とは、『ユダヤ教を信仰するもの、もしくはその家系の人々』であると、私は母から教わりました。その教えに基づけば、私たちユダヤ人はユダヤ教を信ずるがゆえにお互いが結ばれている人種なのです。

そういう人々を迫害し、世界から抹消しようとすることに、一体どんな意味があるのでしょうか」

その時金子は、ただ黙るしかなかった。アンナの問いに答える人間として、自分は適していないように思われたからだ……。


汽車は定刻にハルビン駅を出発した。大きな汽笛と真っ黒な煙を残して。

「再見（ツァイチェン）……」

その姿が小さくなって見えなくなるまで、金子は様々な思いを胸に、ホームに立ち尽くしていた。

第二章　東京

一

「君たちが好きなだけ、この家に居なさい。息子の友人は私たちの友人だ。遠慮はいらない」

三人のユダヤ人たちを前に、金子庸三は胸を張った。大学教授の庸三は、ドイツ語を話した。

二週間ほど前、ハルビンで金子中尉と別れてから、新京、奉天、天津、南京、上海と中国内の鉄道を乗り継ぎ、さらに上海から船で神戸港までたどり着くと、そこで金子庸三の使いの者がユダヤ人たちを迎えた。入国手続きを完了し、神戸からは東海道を汽車で東へと向かった。そして、東京市下谷区にある金子の実家にたどり着いたのが今朝であった。

金子中尉の父金子庸三は、東京薬学専門学校の教授を務めており、妻の孝枝と五人の男子がいた。そのうち現在下谷の家には、長男の信佑以外の全員が寝起きしていた。

孝枝は東京薬学専門学校の出身であった。就学当時、同学校の教官として孝枝の教鞭をとっていた庸三に見初められ、孝枝の卒業を待って二人は結婚した。孝枝はドイツ薬学の専攻だったので、ある程度ドイツ語も話せた。

信佑が、外地である満州の関東軍管轄下のハルビン特務機関に配属となってからは、それまで信佑が使っていた離れの部屋が空いていた。そこでユダヤ人たちは、とりあえずそこに居を借りることになった。

金子の家は、ハルビンの安岡財閥の家ほど広くはなかったが、それでもさすがに大学教授の家とあって、家族六人とユダヤ人避難民三人が住むには充分の広さの土地と部屋数があった。

三人のユダヤ人たちは、金子家の洋風客間に招じ入れられ、主人の庸三と妻の孝枝を前にこれまでの経緯を語った。

特に、ナチスドイツから命からがら逃げ出し、満州で樋口機関長や金子中尉にその命を救われたこと、金子中尉のフィアンセのいる安岡邸で招待にあずかったこと、そしていかに金子中尉が自分たちのことを親身になって擁護してくれたか、などを詳細に報告した。

「信佑は元気そうにしていましたか」

孝枝は、やはり息子のことが一番気がかりなのだろう、そのことを最初に訊いてきた。

「とても元気そうでした。特務機関でのお仕事が忙しそうでしたが、私たちのために時間を割いていろいろと尽くしてくださいました」

アンナが応じると、孝枝は嬉しそうに相好を崩してうなずいていた。

孝枝はうりざね顔で肌の色は白く、日本髪に結って和服といういで立ち。

一方の庸三は、息子の金子中尉を彷彿とさせるがっしりとした上背のある体格の持ち主で、大学教授にふさわしい両端をぴんと張った口髭を生やしていた。学生に講義をするためか声は良く通って威厳があるが、その目は穏やかで子供のように澄んでいた。

息子からの手紙には、三人のユダヤ人たちはいずれも優れた音楽家である旨述べられていた。

見るとアルベルトは、バイオリンケースを大事そうに常に自分の身元においている。色は黒っぽい地味なケースだが、アクセントとしてところどころに小さな丸いガラス球を埋め込んである、おしゃれなケースだ。

そこで庸三は、何気なく訊ねてみた。

「ほう、君はバイオリンを弾くのかね」

「はい」

「君たちは？」

続いて庸三は、アンナとバーナードを代わる代わる見た。

「ピアノを弾きます。アンナはプロですが、私はアマチュアです」

バーナードが答えた。

「バーナードのピアノテクニックは逸品です」

アンナが補足する。そこですかさず孝枝が微笑みながら口を挟んだ。

「まあ、それは素晴らしいわ。実は私たちも、信佑が子供の頃、信佑にピアノを習わせたものですから」

孝枝は庸三をちらっと見やってから
「音楽方面で、東京に知り合いが無いこともありません。実はその中にお一人、ユダヤ人の方がいらっしゃいましてね」

アルベルトとアンナが興味を示し、同時に孝枝に目を向けた。

「レオ・シロタ先生とおっしゃる方で、現在東京音楽学校のピアノ部門の教授をなさってるんですよ」

「レオ・シロタですって？」

ユダヤ人たちは同時に叫んで瞳を輝かせた。

「ご存知？」

孝枝が訊くと、アルベルトが間髪を入れず応えた。

「もちろんです。私の妻は、レオ・シロタにピアノの指導を施してもらうために日本に来る決心をしたのです」

「私もです。ユダヤ人音楽家でシロタの名を知らぬ者はいない」

バーナードが追従する。

「シロタの名はヨーロッパ中に轟き渡っており、彼が演奏すると欧州各国のコンサートホールはどこも満席となりました。美しく繊細で濁りを知らない演奏が、彼独特のち密さと相まってとても素晴らしいのです」

アンナが誇らしげに語る。

孝枝は以前、夫の庸三と一緒にレオ・シロタのピアノコンサートを聴きに行ったことがあった。その時たまたまそこにいた友人から、シロタを紹介されたのであった。

それ以来金子夫妻がシロタのコンサートに出向く回数も増え、やがてシロタとは知己の関係にまでなったという。

シロタに直接学び、その後名を挙げたピアニストは数えきれないが、中でもシロタの功績は多くの日本人ピアニストを育て上げた事である。彼の超絶技巧は日本人ピアニストたちの憧れであり、彼の楽曲に対する解釈は日本人好みともいえた。

金子の家にも、ユダヤ人たちが間借りすることになった離れにピアノがあった。

信佑がハルビンに転属になってから、それを弾く者がしばらく途絶えていたが、その晩バーナードが荒々しいピアノの旋律を奏でた後、今度はアルベルトがアンナのピアノ伴奏で静かなバイオリンの楽曲を披露し、金子夫妻を大いに喜ばせた。

それから五日後、ユダヤ人避難民の音楽家たちは、孝枝の紹介で幸運にもレオ・シロタと会う機会を得た。結果としてそれは、彼らが日本で音楽家として活動し、日本に定住するための貴重な一歩となった。

孝枝と共に赤坂のシロタ邸を訪れた三人のユダヤ人たちは、緊張と興奮の面持ちで、シロタ邸の門をくぐった。

シロタの家は広い西洋風の邸宅で、庭には色とりどりの花を咲かせた花壇が広がっていた。

応接間に通された四人は、かしこまりながらシロタと対面した。孝枝がユダヤ人たちを紹介すると、シロタはユダヤ人たち一人一人と丁寧に握手を交わした。

シロタは、白いワイシャツにネクタイをきちんと締め、上には濃いグレーの背広を着ていた。ユダヤ人たちも正装ではあったが、たとえ自宅であろうと、初対面の友人に会う時の巨匠シロタの紳士的な態度にみな恐縮した。

身長はさほどでもないが、オクターブと三鍵は軽く届きそうな広い掌と、面長の顔、そしてその中央を貫く大きな鼻が印象的だ。ユダヤ人の来客たちを見つめるシロタの瞳は、友愛に満ちていた。

グランドピアノが置かれた広い部屋の一角のソファーに来客たちを着かせると、シロタは一人一人と目を合わせながら言った。

「私はウクライナ生まれのユダヤ系ピアニストです。ドイツにおけるユダヤ系の人々の惨状には心を痛めています。あなた方も、きっと大変な苦労をなさってここまで来られたのでしょう」

続いてそのシロタの視線が、アルベルトの脇に置かれたバイオリンケースに留まった。

「孝枝さんからは、皆さんも音楽家だと聞いています。アルベルト。あなたはバイオリンを弾くのですね」

アルベルトはうなずく。

「そしてあなた方は、私と同じピアニスト」

アンナとバーナードが微笑んだ。シロタは続けた。

「私は十年前に家族と一緒に日本に来て、この家に住み始めました。それ以前は欧州の各地で公演を続けていましたが、ある時中国のハルビンまで公演の足を運んだ際に、日本の有名な作曲家である山田耕作氏と出会いました。

その時私は、山田氏から東京でピアノ公演をするよう持ち掛けられ、それが縁で来日することになったのです。それ以来、私は日本がとても気に入ってしまいました」

「山田耕作さんは作曲家としても有名ですが、日本初の管弦楽団を作るなど、日本における西洋音楽の普及にご尽力されている方としても知られています」

孝枝がユダヤ人たちに説明した。シロタは首肯すると、話を広げる。

「私の他にも、ドイツ留学中の日本人音楽家に声を掛けられて日本に興味を持ち、その後日本が大好きになってしまったユダヤ人音楽家は何人もいます。例えば、マンフレート・グルリットはご存知でしょう」

「オペラを中心に活躍している指揮者ですね」

アルベルトが応じる。

「そう。彼は、昨年日本からドイツに留学していた橋本国彦氏に誘われて、来日を計画しているそうですよ」

「それは興味深いお話ですね」

とアンナ。

「そういえば、クロイツァーも日本に来られていますね」

アンナが弾んだような声で訊いた。シロタは微笑むと
「ピアニストで指揮者のレオニード・クロイツァーですね。彼は、ベルリンのホッホシューレに留学していた日本人ピアニストの笈田光吉に呼ばれて来日しています」

「日本はユダヤ人音楽家の宝庫だ」

バーナードが、思わず感嘆の声を上げた。

「みな日本が好きなのですよ。日本人には我々ユダヤ人に対する人種差別が全くない。それに、外国人に対して日本人はみな優しく接してくれます」

シロタの感想にうなずきながら、一方でアルベルトは顔を曇らせる。

「ドイツにいても我々ユダヤ人音楽家の未来はありません。ドイツ国公民法やニュルンベルク法が制定されて以降、ドイツにおける音楽界は帝国音楽院の下に統制され、退廃音楽やユダヤ人の音楽は厳しく取り締まられています。

メンデルスゾーン、マーラー、シェーンベルクなどのユダヤ系作曲家の曲は演奏が許されず、あのフルトベングラーですら、退廃音楽家としてナチからマークされていたヒンデミットを擁護したとして、指揮活動を制限されてしまいました」

「全く残念なことだ」

シロタは眉をひそめて呟くと、しばらくうつむいていた。がやがて彼は面を上げ、おもむろにユダヤ人来

客者たちに目を向けた。

「どうだろう。ここで一つ、君たちの演奏を聴かせてくれないか」

大ピアニストからの思いがけない申し出に、三人は一瞬躊躇するように顔を見合わせた。がすぐにうなずき合うと、望むところと目を輝かせた。

こうしていつものように、アンナがピアノ伴奏を受け持つアルベルトのバイオリンソナタにバーナードのピアノ独演が続き、最後にシロタが小曲を披露するというちょっとしたコンサートが催された。付き添いで来ていた孝枝は、おかげで思わぬ「楽興の時間」を楽しんだ。

二

松花江でボート遊びをしてから霽虹橋を渡ってプリスタン区に入り、キタイスカヤの百貨店で、赤いスカーフを買ってやる。そこから人力車に乗って中心街のレストランに行き、そこで一緒に中華料理を味わった。その後ダンスホールで踊ってから、再び松花江畔のベンチに二人で掛けた時には、もうすっかり夜になっていた。金子はそっと真佐子の手を握った。

ハルビンも初夏に入り、だいぶ暖かさが増した。川辺のそこここに、色とりどりの草花が咲き誇っている。それでもさすがに夜は冷えスプリングコートが必要だが、金子は手袋をはめたままの真佐子の手にぬくもりを感じていた。

「楽しかったわ」

真佐子は微笑んで、隣の信佑を見やる。

「信佑さんの休日をまる一日独占してしまったわね」

言いながら、真佐子は信佑の肩に自分の顔を寄せた。

「君に楽しんでもらえたら僕も満足だ」

そうして二人はしばし寄り添い、黙って対岸の明かりを見つめていた。

そんなロマンチックな雰囲気に浸っていても、真佐子の脳裏には、あの禿頭で目玉のギョロリとした中年軍人の顔がちらついていた。

得体の知れぬ小男の徳永を通じて、おぞましい恋文なぞを送ってよこした犬塚大佐は、その後も真佐子の後をつけまわしているかのように、コンサートホール、ホテルのロビー、高級レストランのダンスホールなど、真佐子がピアニストとしての仕事で行く場所にしばしば現れ、声を掛けて来た。

関東軍の大佐を相手に無下には出来ず、最初はいやいやながら話を聞いていた真佐子も、最近では犬塚の存在が煩わしいばかりか恐怖にも近い感情に変わっていた。

そんなことを考えていた時、金子が前を見つめたまま唐突に言った。

「君に話しておかなくてはならないことがある」

真佐子はふと我に返る。

「……何でしょう」

金子の肩に寄せていた頭を起こすと、真佐子は金子の横顔を見つめた。

「真佐子さん。僕は君を愛している。その気持ちに揺るぎはない。それを前提で聞いてほしい」

「はい……」

真佐子は身を正した。

「君との結婚を、もう少し先にしてほしいのだ」

金子はややうつむき加減で前を向いたまま、迷いを振り払うように言い切った。しばしの沈黙があった。

「まあ、なぜですの。もう少し先って……どのくらい先なのでしょう」

心の中に何かざわざわとしたものが湧き起こるのを感じながら、真佐子は努めて平静に訊ねた。

「理由は……訊かないでほしい。これは、君とは関係ない、僕自身の信条に係ること……」

「私にもお話しできないことなのですか」

真佐子は少し意地悪い言い方でさらに訊いたが、金子の心は変わらないようであった。

「すまない。だが、君に秘密を作るつもりはない。いずれ話せる時が来たら、必ず話す……」

真佐子は金子の両手を取って、それをゆすぶるようにしながら迫った。

「どうぞ、お願いですから、何でも今お話になって。私、信佑さんから何を言われても驚きません。黙っていられる方がよほどつらいわ」

だが金子は真佐子の顔を見ずに、目線をやや下げたままじっと前を向いていた。

「申し訳ない。この通りだ」

金子の態度は頑なで、真佐子に向かっていきなり頭を下げると、もうそれ以上らちが明かない様子であった。

二人の間に再び言葉は途切れ、夜気がしんしんと体を凍り付かせた。

真佐子の息遣いを聞きながら金子が何か言おうとしたとき、突然真佐子が金子の腕にすがり着くようにして言った。

「結婚のことなど、どうでもいいのです。信佑さん。私を強く抱きしめてください。私はあなたを信じます。私は……私は、怖いのです……」

金子は、真佐子が冷ややかな態度に出ることを恐れていた。だが彼女の反応はまるで違っていた。

金子は咄嗟に真佐子を抱き寄せ、しっかりとその両腕の中に包み込んだ。

「私も、あなたを愛しています……」

真佐子は天を仰ぐようにして目を閉じた。

二人の唇が静かに重なる……。

真佐子の長い黒髪がさらさらと音を立てて、金子の外套の腕に滑り降りた。


翌一九三九年の五月から九月にかけて、満州と外蒙古の境すなわち満蒙国境をめぐって、モンゴルを衛星国にしてその後ろ盾となっていたソ連軍と関東軍との間に、大規模な軍事衝突が勃発した。

ハルハ河周辺に展開されたこの国境をめぐる紛争は、後にノモンハン事件と呼ばれ一連の日ソ間軍事衝突の中でも最大級のものとなった。

この戦いで関東軍は、ソ連側の軍事力を甘く見るなど作戦上の失態もあり、第二十三師団の壊滅的被害を受ける等多くの損害を被った。

敵の軍事力を見誤りながら事件拡大を図った関東軍の責任は当然追及されるべきとして、事件の事後処理によって予備役編入となったり左遷の処分を受けたりした関東軍の司令官や将校は少なくない。

ただし事件の重要人物の一人である辻関東軍参謀のように、一時は左遷となったもののその能力を買う軍事有力者などの言により、後に中央部の要職に就き、太平洋戦争を主導した者も多くいた。

そんな中、何とか予備役編入となることだけは避けられた関東軍の犬塚条太郎大佐であったが、やはりノモンハン事件で多くの部下を死なせたことが問題となり、左遷に近い内地の小部隊への編入命令が下された。

奇しくも、犬塚大佐はこうして満州から内地に戻され、大佐にしつこくつけまわされていた安岡真佐子の心配は、身近なところから去って行った。

犬塚の内地転属の報に接し、真佐子は大いに安堵したが、その後も時々内地の犬塚からハルビンの真佐子宛に恋文のようなものが届いた。執念深い犬塚を真佐子は改めておぞましく思ったが、犬塚の手紙のことは、金子には一切話さなかった。


同年九月一日。ナチスドイツがポーランドに侵攻し第二次世界大戦が勃発した。

ドイツは相次ぐ勝利でポーランドの西側をほぼ制圧。一方九月十七日にはソ連軍がポーランド東部に侵攻し、同年十月六日にポーランドでの戦闘が終了した時点で、ポーランドはドイツとソ連で二分割された。

さらに、翌一九四〇年五月、ナチスドイツは電撃戦を展開してフランスにも侵攻し、勝利を収める。この機に乗じるようにイタリアも参戦し、戦火は欧州全域へと広がって行った。

そしてその年の九月二十七日、日本、ドイツ、イタリアの三国は運命の三国同盟を締結する。

一九三三年の国連脱退以来、世界からの孤立化を深めていた日本は、日独伊三国同盟の締結によってむしろ欧米諸国からより遠く離れていくこととなった。

一九四〇年の三国同盟締結後も、日本政府のユダヤ人擁護の方針は続いており、シベリア鉄道を介してやってくる避難民を受け入れる日本や満州国の姿勢に変わりはなかった。因みに杉原千畝がリトアニアの在カウナス日本領事館で多くのユダヤ人難民に対して命のビザを発行したのは、この年の七月の出来事である。

しかしこの頃から、ユダヤ人を日本国内で擁護することのメリットが関係者の間で議論されるようになる。日本は、人種差別なく人権擁護の立場にあることをアピールすることで、欧米諸国特にアメリカの日本に対する印象を良くしようと努めて来た。

しかるに三国同盟に猛反発する欧米は、すでに日本に失望していた。加えて、日本国内に在住し欧米の外資を獲得して日本にその恩恵をもたらしてくれた有能なユダヤ人たちも、日本が欧米から無視されるようになれば、日本でのその存在価値は薄れていく。

このように日本が欧米との戦争へと突き進むようになった今、もはや日本がユダヤ人たちの擁護を積極的に行う意味が見い出せなくなってきていたのだ。

しかしそれでも日本政府はユダヤ人避難民受け入れを停止したり、あるいはユダヤ人を国内から追放したりする手段に訴えることは無かった。

三

収容人数は百名にも満たないコンサートホールであったが、満席の観客からはしばらく拍手が鳴りやまなかった。

アルベルトとアンナがステージの中央に立ち並び、観客のスタンディングオベーションに応えていた。

時間的には九十分弱の公演であったが、ピアノ伴奏つきのバイオリンの演奏会というスタイルが珍しいこともあって評判は上々で、立ち見客もいた。何人かの来客から花束を受け取りながら、メッセル夫妻はその人たちと代わる代わる握手を交わしていた。

「君たちもすっかり人気者になったね」

金子庸三が、そう二人をほめたたえた。コンサートが終了して、三十分余が経っていた。メッセル夫妻の楽屋には、夫妻の他、金子庸三、孝枝夫妻とバーナードの姿があった。

「ありがとうございます。日本の古典派音楽ファンの皆さんに満足してもらえて、我々もうれしいです」

いつもは控えめなアルベルトが、珍しく満面に笑みを浮かべて興奮気味に応えた。傍らで、両手に抱えた花束に顔を埋めながら、アンナも微笑んでいる。

「バーナード君。来週は君の番だよ」

恰幅の良い庸三は、その大きな手でバーナードの肩をボンッとたたいた。

「二人に置いて行かれないように頑張ります」

メッセル夫妻を横目に、バーナードはもみ上げをさすりながら笑顔で言い放った。

三人のユダヤ人音楽家たちが日本で音楽活動を続けられるようになったのは、日本国民の支援もあったが、何といってもすでに巨匠の域にあるレオ・シロタの紹介と金銭的なバックアップのおかげであろう。

日本でもピアニストとして有名なシロタの推薦文が、コンサートのパンフレットに掲載されていれば、それだけでも人が集まる。三人のユダヤ人たちの収入は、コンサートホールの借り賃やパンフレットの印刷代などを差し引いても、プラスに転進するようになってきていた。彼らは、日本において音楽で身を立てることに成功したのである。

「お父さん、お母さん。信佑です。ただいま戻りました」

東京市下谷区の金子家の玄関引き戸がカラカラとゆっくり開き、奥に向かって低い声がした。玄関の鍵は開いていた。

玄関入り口にはぼんやりと明かりが灯っていた。夜も更けあたりはひっそりと静まり返っている。

「うむ。役目ご苦労であった」

「まあまあ、お疲れになったでしょう」

父庸三と母孝枝が、玄関で信佑を迎えねぎらう。一九四〇年、十月三十日の晩の事であった。

「弟たちは？」

「庸佑は友だちの家で泊まってくるって出かけたのよ。兄さんが帰って来るっていうのにねえ」

孝枝が口をとがらせる。庸佑は信佑のすぐ下の弟で二十三歳になる。

「お母さん。庸佑もいつまでも子供じゃないんだから。ちびどもは？」

信佑には、庸佑の下に、十四歳から十二歳までの年の離れた三人の弟がいた。

「おっきい兄さんが帰って来るって、さっきまで眠気眼をこすりながら起きていたんですけど、とうとう我慢できなくなって皆寝てしまいました」

「そうですか。それでは、彼らのお土産は明日にしよう」

信佑は軍服に軍帽をかぶり、大きな背嚢を背負っていた。迎えた両親は普段着の和服姿だ。

「とにかく上がって風呂でも入ったらいい。母さんがいろいろ用意してくれている。俺は書斎でちびりちびりやっているから、後で顔を出せ」

庸三はぶっきらぼうに言うと、先に奥へ引っ込んで行った。

「あれで、お前が帰って来たからうれしいのよ」

孝枝は、荷物を降ろすのを手伝ったり上がり框で軍靴を揃えたりしながら、信佑を迎え入れた。

風呂に入って和服に着替え、母が用意してくれた軽い食事を摂ると、信佑は父の書斎に入った。

薬学専門学校の教授らしく、薬草、薬品化学、化学合成、衛生裁判化学、公衆衛生学などのドイツ語で書かれた専門書や和書が、部屋の三面の壁に据えられた重厚な本棚にぎっしりと並ぶ。庸三は専用の安楽椅子にゆったりと掛け、ブランデーグラスに口をつけていた。

庸三のはす向かいにあるソファーに掛け、信佑も酒の入ったグラスを手に取った。

「急な帰還でさぞ驚かれたことでしょうね」

信佑がかしこまって言うと、庸三はテーブルの上にグラスを置いた。

「もう一年以上も前のことになるが、満蒙国境でソ連と小競り合いがあったことは噂に聞いている。関東軍の損害は小さくなかったのではないか。お前の急な帰還は、その戦と関係があると俺は勘ぐっているのだがどうだ」

「お父さん。正直言って、誠のことは私にも分かりません。しかしながら、戦争へと動いている世界情勢が、わが大日本帝国陸軍の人事に影響を及ぼしている可能性は否定できないでしょう。

ご存知のように、ノモンハンの紛争の後ソ連はポーランドに侵攻し、同国領土をドイツと二分割するという暴挙に出ました。スターリンの目が欧州に向いたのも、ノモンハン事件の終息によって、極東のわが関東軍の脅威をとりあえず一蹴できたからにほかなりません。

裏を返せば、わが関東軍はもはやソ連国境や満蒙国境での軍事行動を拡大することが、不可能な状態となったことを示しています。

これはご内密にしていただきたいのですが、ノモンハンで被ったわが関東軍の被害はかなり甚大です。ソ連は戦車、火炎放射器、航空機、野砲などの近代兵器を大量投入し、十分な準備の下に国境紛争に臨んでいたのに対し、わが軍は戦車や兵隊数などが圧倒的な戦力不足で、初めから苦戦は必至だったのです。

しかし、辻参謀を始め作戦に携わった関東軍の重鎮は相手の戦力を明らかにみくびっており、紛争の行方を楽観視していました。そのことが、わが軍の被害をより甚大なものにしたと言えるでしょう。

日本政府の不拡大方針を無視して戦火を拡げようとする関東軍の暴走を止められたのは、奇しくもノモンハンでの敗北であったと、私は考えます」

友軍の至らぬ点とその敗北を冷静に語る息子に、庸三はいささか閉口気味だ。

仮にも大日本帝国軍人である。たとえ敗戦を喫したとしても、それを敗戦と認めず次は必ず勝利してみせると息巻くのが日本男児であろう。

だが庸三は、そのことは口にせず、息子の胸の内をじっと探った。

「で、それとお前の今回の特別休暇とどういう関係があるのだ」

「ああ、そうでしたね。今申し上げたように、満州とソ連やモンゴルとの国境紛争は、ソ連の圧倒的軍事力をもって一応の決着を見ました。

そうして目障りな関東軍をこっぴどくやっつけておけば、もはや東から日本が攻めてくることは当分ないであろう。東の脅威がなくなれば、安心してヨーロッパ方面へと侵略できる。これがスターリンが考えていることだと思います。今スターリンの興味は極東になく、すべて欧州へと向いているのです。

つまり、繰り返しになりますが、皮肉にも極東のソ連軍の脅威は、わが軍が被った甚大な損害ゆえに、とりあえず小康状態になったと言えるでしょう。それに伴い、ハルビン特務機関における私の任務も縮小されたものと考えられます」

庸三は首肯しながら、黙って返答を控えている。

特別休暇が与えられた背景は、今の信佑の説明が当たらずとも遠からずといったところであろう。だが軍の機密に係ることだから、たとえ相手が実の父親といえど、そのあたりのことを詳しく解説するのははばかられるに違いない。

信佑の抱えた事情を、庸三はそのように理解した。一方、そんな父の様子を慮ってか、そこで信佑は巧みに話題を変えた。

「ところでお父さん。三人のユダヤ人避難民の様子はどうですか」

その質問を受け、庸三は視線を信佑に戻すと、縷縷語り出した。

「お前の紹介で来日された人々だ。粗相があってはいかんと、離れのお前の部屋に身を落ち着けてもらい、俺と母さんで丁重にもてなしてやったぞ。

だが、彼らから久しぶりにドイツや欧州の情勢を聴けて、こちらも満足だった。アルベルトとアンナの息の合ったバイオリンソナタや、バーナードのピアノの超絶技巧も聴いた。

彼らとは、その他にもいろいろと話をさせてもらった。音楽に対する情熱や日本に対する友愛の情も、彼らから伝わって来た。

今ではあの三人も、東京で名だたる演奏家になった。公演料も入るようになり、そのうちお前の離れも引き払って独立するだろう。明日会ったら、大いに褒めてやってくれ。日本はああいう外国人からもっといろいろな文化を吸収し、芸術面でも欧米に後れを取らぬよう精進せねばならん」

父の熱弁に信佑も顔をほころばせ、賛意を示す。

「同感です。日本は彼らの優れた部分を認め、それを日本のため十分に利用してしかるべきなのです。

今ナチスドイツは、ユダヤ人迫害政策を益々強めていると聞きます。大日本帝国軍人の中にはヒトラーにおべっかを使って、一緒にユダヤ人を迫害追放する動きを見せる輩もいます。だが、人種差別のないことを謳う日本でそんなことをするのは、世界に対してわが国の恥をさらすようなもの……」

少し言い過ぎたと自省したのか、信佑はそこで口を噤んだ。

沈黙が流れ、やや気まずい雰囲気が漂い出した時、庸三が話を転じた。

「今度の特別休暇は、どのくらいの期間もらえたのだ」

信佑はほっとしたように答える。

「一週間です」

「たったそれだけか」

「それでも長い方ですよ」

「慌ただしいことだな」

庸三はテーブルの上に置いてあったブランデーグラスを取って、中の酒をぐっと呷った。

そこへ、孝枝がつまみ物を盆にのせて運んで来た。漬物や芋の煮っころがしだったが、満州生活が長く母の手料理に飢えていた信佑には何よりのごちそうだ。

「まあ、一週間でまた満州に戻るのですか」

盆の上の椀や皿をテーブルに並べながら、孝枝が不満そうに漏らした。

「お母さん。聞こえたのですか」

信佑は苦笑しながら、

「それでも、特別休暇を許可されただけでありがたいことなのですよ」

と返す。つまみをテーブルに揃え終わると、孝枝は信佑の隣のソファーに勝手にかけ、信佑を見やった。

「お父さんとのお話の途中ですけれど、私とも話をしてくださいな」

「むろんですよ」

庸三は黙り込み、本棚の方に目をやってグラスをなめている。孝枝は夫の様子には構わず、息子に訊ねた。

「安岡財閥の娘さんとの結婚は、いつ頃の予定なのですか」

信佑は、飲みかけていたブランデーにむせると、一つ二つ咳込んだ。

「その話は、明日にでも私の方からお二人に改まってしようと思っていました。真佐子さんとは結婚の約束を交わしたことも確かです。あちらのご両親も私たちの結婚のことは了承してくださっています。

ただ、私の方からは結婚の期日をもう少し延ばしてもらいたい旨、真佐子さんには言い含めてあります」

「まあ、なぜですか。こんないいご縁はなかなかないわ。あなたも将校として早く身を固めた方が良いに決まっています」

「お母さん。結婚時期を延ばす理由については、訳あってまだ申し上げるわけにはいかないのですよ」

信佑が突っぱねるも、孝枝は食い下がった。

「私にも、お父さんにも言えないことなのですか」

「……ご心配を掛けてすみません」

信佑が頭を下げると、そこでようやく庸三が助け舟を出した。

「軍の機密が絡むことであれば、たとえ相手が婚約者であろうと親であろうと他言はならない。お前も信佑の立場を理解してあげなさい」

孝枝はふくれっ面を見せたが、そこでようやく黙って引き下がった。

「その穴埋めといっては何ですが……」

信佑は面を上げて、父をそして母を代わる代わる見つめると言った。

「明後日、安岡真佐子さんをご紹介しようと思っています」

「まあ、お相手の方を……」

あまりにも突然のことなので、さすがに孝枝も驚きの声を上げた。

信佑と真佐子は満州で知り合い、それ以降は二人とも日本に帰国していなかったので、庸三も孝枝もまだ信佑から安岡真佐子を紹介されてはいなかった。

「真佐子さんは今日本にいるのか」

庸三は平静を装っていたが、その目には輝きが見えた。

「偶然ですが、真佐子さんは丁度この時期日比谷公会堂で、自身のピアノリサイタルを開催する予定なので、付き添いで来ている妹の智美さんと二人で、すでに東京入りしています。私は、明後日真佐子さんに会うことにしているのですが、その足でこの家に真佐子さんをお連れし、お父さんとお母さんにご紹介しようと考えているのです」

それを聞いていた孝枝は、飛び上がらんばかりに喜び、急にそわそわし出した。

「大変、それではいろいろと準備をしなくちゃ」

それを庸三が制する。

「お前が慌ててどうする。普通にお迎えすればいいだろう」

「だってお父さん。お相手は、安岡財閥のお嬢様ですよ。お掃除やお飾りやお食事のご準備やら……。ああそうだわ。私のお着物も新調しなくては……。信佑。そういう大事なことは、もっと早く教えて下さらなくては……ねえ、お父さん」

夜は更けて行くというのに、こうして金子家の書斎にはいつまでも明かりが灯っていた。

四

翌十月三十一日の午後八時。

初老といえる年齢に達している巡査の杉山甚八は、東京市本郷の上流階級市民の邸宅が建ち並ぶひっそりとした街並みを、巡回警護に当たっていた。

月のきれいな静かな夜で、路面を照らす月光に杉山巡査の陰が長く揺れた。

あたりのどの家も、間取りが大きく、高く長い塀に囲まれている。塀の頭からは、道路の上にまで枝を伸ばす庭の古木のこんもりとした葉が、時折り雲が過ぎ行く月光の夜空を黒く遮っている。

月が隠れると、路面はにわかに明るさを失う。だがそれでも、道のところどころに灯る薄暗い電灯の明かりが、通行人の足元を何とか照らし出していた。

杉山巡査が巡回しているのは一直線のどこまでも続く細い通りで、たまに左右から横丁が顔を出す。道の両側は、邸宅の塀がずっと先まで連なっていて、そこはあたかも城郭の狭間に迷い込んだようである。

巡回とは名目で、派出所でじっと座っていると眠気をもよおしてくるので、夜の散歩としゃれこんだ杉山巡査であった。人影もない細く真っ直ぐな通りを、杉山巡査は立派な家々の塀を左右に見ながら進んだ。

どこかでピアノの音がする。高貴なお嬢様が奏でる調べに想像をふくらませながら、歩を幾分早めた時、五十メートルほど前方の右側の塀の陰あたりから、

「パンッ」

と一発、乾いた音がした。

ぎょっとした杉山巡査はそこでしばし立ち止まったが、銃声を聞いた経験のある杉山は、咄嗟に
「何者かが拳銃を発砲した」

と思った。

にわかに胸の鼓動が高まった杉山巡査は、腰に下げていたサーベルを手で太ももの脇に押さえつけながら、

銃声がした方向へさっそうと駆け出した。目の前の直線道路には誰もいない。

と、ふと遥か前方に目を凝らすと、向こうからこちらに向かって二人の人影が迫ってくる。銃声がしたのは、その二人の人影と今杉山が走っている地点との丁度中間点で、杉山から見てその前方右側の物陰から聞こえたように思えた。

やがて音のしたあたりまで行き着くと、前から走って来た二人も巡査の制服を着た杉山に気が付いて、そこでばったり顔を見合わせた。二人は中年の男性で、互いに知り合いらしい。

「お巡りさんかね。さっきこの辺で、銃声のような音がしなかったかいな」

「あんたらも聞いたかね。本官もそれを聞いて、ここに駆けつけて来たんだ」

そんな会話を短く交わした後、三人は二つの邸の塀が接するあたりに、防火用水を設置してある八畳間程度の広さの四角く窪んだ空き地を発見し、そちらに近寄った。

その窪地は、今三人がいる道路から見て左辺と向こう側の辺が一軒の邸宅の塀と接し、一方右辺が別の邸宅の塀と接していた。防火用水は、その右辺側の家の塀と一部を接しながら、向こう側の家の塀の前に設置されていた。そしてその防火用水の丁度前の路面に、人が一人うつぶせに倒れていた。

若い男のようだ。外套を着ているが帽子はかぶっておらず、外套の襟から突き出たように波打つ黒髪が見えた。

「もし、どうしました」

杉山巡査が声を掛けながら倒れている男に近寄ると、すでに男の胸のあたりから杉山の足元にかけて、赤い液体がススっと路面へ広がりを見せていた。

杉山巡査は咄嗟に周辺を見回した。二人の中年男性たちも、巡査に倣って周囲を見回す。しかし彼らの他、そこには誰もいない。

杉山巡査は倒れている男の脇に屈み込むと、肩や顔を軽くたたきながら叫んだ。

「あなた、どうしました。大丈夫ですか」

しかし男から返事はない。

もう一度男の横顔をよく見ると、もみあげ、顎髭、それに口髭が見事であったが、日本人ではなくどこか西欧の国の人間と思われた。大きな丸い目は、何か意外なものを目撃したかのようにかっと見開かれ、表情にも驚愕の様がうかがえた。

「これはもうだめだ。すでにこと切れている……」

杉山は咄嗟にそう思った。

するとその時、防火用水施設に向かって左側の邸宅の塀に取り付けられていた裏木戸の鍵を開ける音がして、木戸がゆっくりと開いた。

出て来たのは意外にも、若くて髪の長い、美しい女性であった。

「どうかしたのですか」

女性は驚いたように杉山巡査を、そして居合わせている二人の中年男たちを代わる代わる見やった。

だが、次に女性の視線が路上にうつぶせに倒れている外国人風の男に移ると、女性は
「きゃっ」

と小さな悲鳴を上げ、身を引いた。

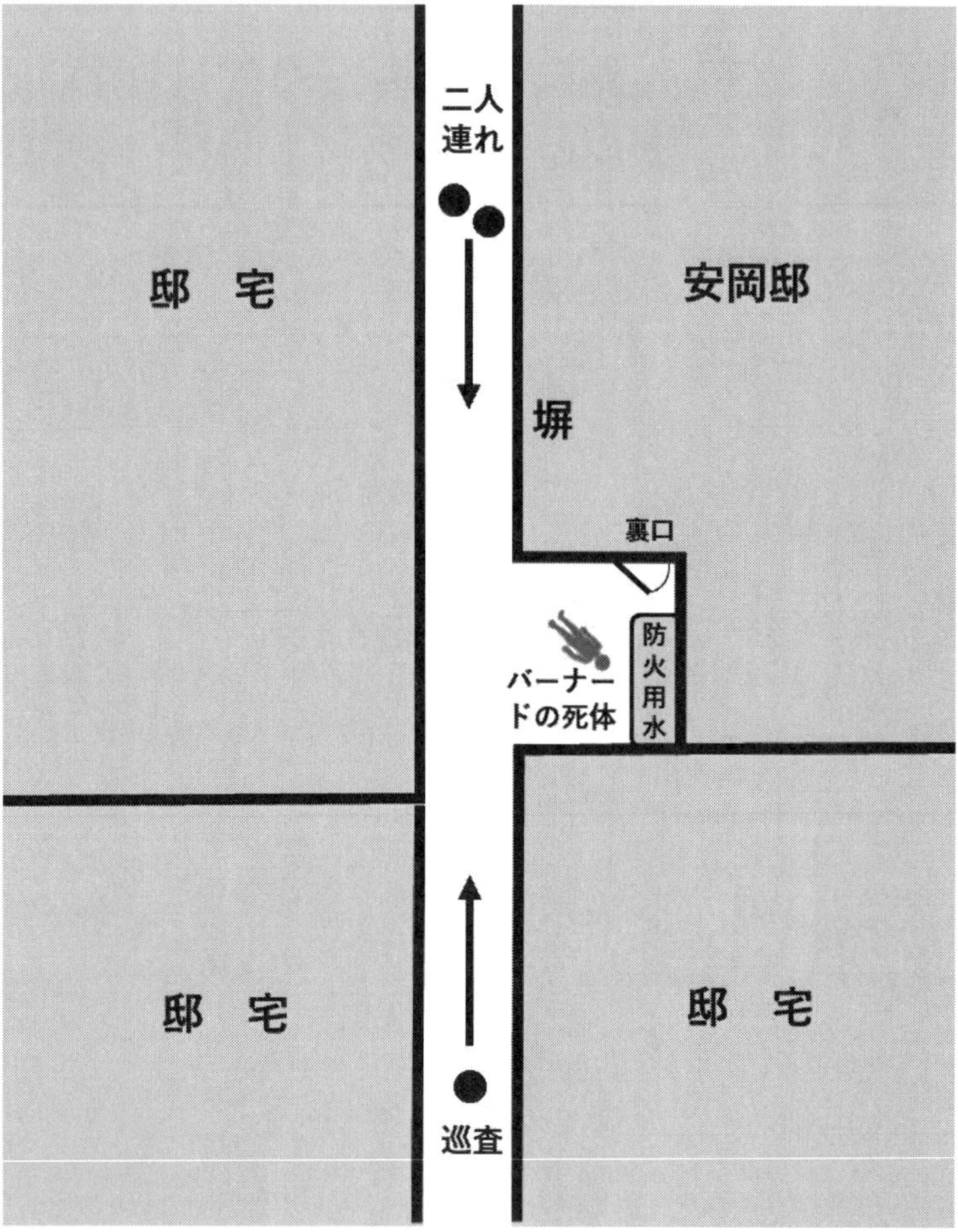

東京市本郷の殺人事件現場

「あなたはこのお邸の方ですか」

女性を見て杉山巡査が訊ねた。

「は、はい……」

女性は動揺を隠せない様子であったが、やがて毅然とした目で巡査を見つめながら応えた。杉山巡査はさらに訊ねた。

「あなたはこの男性をご存じないですか」

言われてその女性は、倒れている男の方に恐る恐る寄って行くと、その顔を覗き込んだが、その瞬間
「バーナード！……」

と小さく叫んだ。

「ご存じなのですね」

「……はい。この方とは、何回かお会いしています」

「外国から来られた人ですか」

「ええ。バーナードさんといって、ユダヤ人避難民で音楽家です」

「ユダヤ人避難民……」

杉山は、倒れている男にもう一度目を移して、そう女性の言葉を繰り返した。女性は、男の胸あたりから路面に流れ出ている多量の血液を見て、右手で口元を押さえながら再度身を引いた。

「大変、けがをされているわ……」

女性が呟く。杉山は女性を見やりながらさらに訊ねた。

「あなたは、このお邸の……安岡財閥のお嬢さんですね」

「はい……」

杉山巡査はすかさず二の矢を継ぐ。

「銃声を聞きましたか」

「……はい、聞きました。私はずっと家の中におりましたが、さっき裏口の方からパンッという音がしたので、恐る恐る出てみると、あなた方が……」

「銃声は一発だけでしたか」

「一発だけです」

女性はおうむ返しに答える。蒼白な顔は、小刻みに震えていた。

「バーナードさんは亡くなったのですか……」

恐る恐る女性が訊ねた。

「急所を撃たれているようです……」

杉山はゆっくりと首を振る。

女性は、警戒するような目つきで、巡査をそして少し離れて立っている二人の中年の男たちを代わる代わる見やった。

「誤解しないでください。撃ったのは私どもではありません。それより安岡さん。あなたは今このあたりで、誰か不審な人物を目撃したり、人が逃げ去るような足音を聞いたりしませんでしたか」

「いいえ……気が付きませんでした」

「そうですか……」

杉山巡査は、そこで再び倒れている男に目をやりながら少し考えていたが、やがておもむろに言った。

「あなたのお宅に電話はありますか」

真佐子は不安そうな顔をしてうなずく。

「それでは恐れ入りますが、至急近隣の医者を呼んでください」

真佐子はしばし、倒れている男と巡査を見比べていたが、

「わかりました」

と返して、急いで今出て来た裏木戸から屋敷内に戻って行った。

続いて巡査の質問は、道の向こうからやって来た二人の中年男性に向いた。

「あんた方の名前と住所を教えてもらえんかね」

二人がめいめいに名乗って住所を告げると、杉山巡査はポケットから取り出した古い手帳に鉛筆で素早くメモし、さらに訊く。

「銃声を聞いてからここに駆け寄って来るまでに、誰かとすれ違ったり、あるいは何者かが路地裏や近所の家に入り込むところを見たりしなかったかね」

「いいや……」

「わしも見とらん」

二人はそれぞれ否定した。

そこで、年がやや上と思われる男が訊いた。

「おまわりさん、何やら大変な事件らしいが、わしらで何か手伝えることはあるかい？」

杉山巡査は、ありがたいという風に強くうなずくと、

「それでは、近くの派出所に行って、他の巡査を引っ張って来てもらえんかな。私一人じゃ足りん」

と頼む。

「がってん！」

男たちは、元気よく言ってすっ飛んで行った。

現場に一人残った杉山は、いわゆる武者震いというやつで高鳴ってくる胸の鼓動を押さえつつ、もう一度今自分がなすべきことをすべてやり遂げたかどうか反芻した。

「大丈夫。これで良し。だがこのユダヤ人は、気の毒だが今医者が駆けつけて来ても、もはや助かるまい……」

杉山巡査は、倒れている男の周辺の遺留物をよく見て回った。少なくとも、凶器と思われる拳銃の類は見当たらない。

続いて彼は、防火用水を溜めている、屋根付きの木の樽の中ものぞいてみた。樽の両脇にはそれぞれ二つずつ手桶も置いてあった。

水さえなければ、人一人隠れることもできそうな大きさの樽ではあったが、中にはたっぷりと水がたたえられていた。顔を突き出して中を見ても、煌煌と降り注ぐ月光が入り込む澄んだ水の中には、ただ樽の底が見えるだけである。

念のために樽の後ろの塀などに、抜け穴の類がないかどうかも見て確かめたが、そんなものは一切なかった。

杉山巡査は自分を落ち着かせながら考えた。

「この男が撃たれたのがいつかと問われれば、本官や二人の中年男性が銃声を聞いた正にその時であろう。犯人が、死んだ男の死体をこの場所に運び入れ、後で我々がやってくる時期を見計らって空砲を鳴らした、という可能性も否定される。

なぜならば、我々が駆けつけた時、この男の胸からはまだ赤い血が路面に向かって流れ出ていたのだ。

しかしだとすれば、この男を撃った犯人は一体どこへ消えたのだ？

道路から四角くへこんだ、この防火用水が設置されている空き地は、向こう三方隣家の高い塀に囲まれ、こちら側は狭い道路に面している。本官はその道路の一方から、そして二人の男性は反対側から、この場所に向かって走って来たのだ。

本官のいた所から男性たちがいた所まで、一本道から脇へそれる横丁や塀と塀の隙間などは一切ない。またその間、本官も二人の男性も誰にも会っていないし、誰かが隣家に逃げ込んだり塀をよじ登って逃げ去ったりする姿も見ていない。

第一隣家の塀はいずれも二メートル以上の高さでそびえているし、よく見るとこの安岡家の塀の上には防犯用の鉄条網まで渡してある。一方塀と路面の間に隙間はなく、人が這って邸宅の敷地内に逃げ込むこともできない。

はて、何という奇怪な事件だ……」

そんなことが杉山巡査の頭の中で堂々巡りしている時、さっきの二人の中年男たちが、派出所から二人の巡査を連れて戻って来た。その後ろからは、白衣姿の小太りの医者が黒い革カバンを手に、看護婦と一緒にゼイゼイ言いながら走って来る姿が見えた。

その頃には、騒ぎを聞きつけたのか、周りの住民が一人二人と自宅の裏木戸や勝手口あたりから顔を出し始め、やがて現場周辺は七、八人の野次馬で喧騒な状態となった。


医師が診た時には、倒れていた外国人風の男はすでに死亡していた。

検死の結果、男は心臓に一発、至近距離から拳銃のようなもので弾丸を撃ち込まれ、ほぼ即死であった。医師の見立てによれば男は死亡して間もないとのことであり、そのことからも、杉山巡査や二人の中年男性が聞いた銃声が男の死に結びついた、と考えるのが最も妥当と思われた。

現場周辺からは、凶器と思われる拳銃や被害者の遺留品とみられる物品などは一切見つかっておらず、また被害者がなぜ安岡邸の裏口脇の防火用水置き場に倒れていたのか、などの情報も皆無であった。

現場と邸の塀が接していた安岡邸の長女真佐子が事情聴取に応じ、それによって被害者の身元等に関するいくつかの情報が入手できた。

被害者は二十七歳の男性で、名をバーナード・フライシャーといった。彼は、二年前にモスクワから満州を経て日本までやって来たユダヤ人避難民のピアニストで、最近日本でも公演会を開催し好評を博していた。

現住所は東京市下谷の金子庸三邸の離れで、他の若いユダヤ人夫婦と一緒に住んでいる。被害者はこのユダヤ人夫婦と共に、ナチスドイツの迫害から逃れるため、シベリア鉄道を経由してオトポールまで辿り着き、そこから満州国政府の擁護の元、上海経由で来日していた。

だが安岡真佐子から得られた被害者に関する情報はそこまでで、彼がなぜその場所に倒れていたのか、そして誰がどのような理由で彼を殺害したのかなど、犯人やその動機に関する情報は皆無であった。

五

バーナードの遺体は、司法解剖のため東京帝国大学医学部附属医院に搬送された。

その後の警察の捜査により、バーナードの命を奪ったのは一発の八ミリ南部弾で、弾丸は前胸部から入って左心室を貫き、左肺下葉に達していた。被害者の死因は、失血死であった。

被害者の左胸部銃創には焼け焦げた痕があり、犯人が被害者の胸に拳銃を押し付けながら弾丸を発射したことが分かった。

弾丸は、九四式拳銃から発射されたものと推定された。この拳銃は、当時日本陸軍で広く採用されたものであり、そのことから警察では犯人が陸軍軍人ではないかとの推察も挙がった。しかし、当時暴力団の類も裏取引などでこの拳銃を入手することは可能で、犯人を陸軍軍人将校に絞るのは尚早であるとの意見も出されていた。

なお自殺という線は、初めから除外された。

まず、弾丸の入射角度を調べたところ、自分で撃ったとするには無理があることが分かった。さらに、被害者の手指からは硝煙反応は認められなかった。そして何よりも、現場に拳銃の類が残されておらず、自殺は考えられなかった。

バーナードの突然の訃報は、電報で金子家にも伝えられた。

電報を発信したのは、遺体と直接対面した安岡家の長女真佐子であった。バーナードの訃報に接し、金子家の面々は庸三を始め皆言葉も無く愕然としていた。

翌日の午後、金子信佑は本郷の安岡邸に真佐子を訪問し、彼女の心の動揺を抑えることに努めた。その日の晩、真佐子を連れて自宅に戻り、両親に婚約者を紹介する予定となっていたのだが、突然の出来事に真佐子がまだ心を乱しているのではないかと考え、金子は両親への彼女の紹介を後日に延ばそうと、婚約者に提案した。

しかし気丈な真佐子は、

「大丈夫、そのご心配はいりません」

と、予定通り金子家を訪問したい旨、金子に申し出た。

「このようなことになってしまいましたので、ご両親にご挨拶だけして失礼させていただきとうございます。丁度満州から帰国している機会ですので、信佑さんのご両親を素通りしてまたハルビンに戻ってしまうわけにも参りますまい。おもてなしなどのお気遣いはどうぞご無用に願います」

この言葉に押され、信佑は真佐子を連れて下谷の自宅に戻ることにした。

真佐子は黒を基調としたワンピースを身にまとい、グレーの外套に紺の手袋という質素ないで立ちで、初めて金子家の玄関を入った。

庸三と孝枝はともに洋装で、将来嫁となるであろう安岡家の長女を迎えた。

「先日はとんだ事でございましたね」

真佐子を応接間のソファーに落ち着かせ、その隣に信佑を座らせて、自分たちは二人と対面するように長いソファーに並んで掛けてから、孝枝がねぎらいの言葉を掛けた。

「……はい。倒れていた方が、ユダヤ人避難民のバーナードさんだったものですから、もうわたくしどうしたらよろしいかと……」

真佐子は真っ白なハンカチを口に押し当て、うつむき加減に応えた。

「お母さん。もうその話はここではよしましょう。そうでなくとも、真佐子さんはひどく動揺しているのですから」

信佑が気遣うと、孝枝もあわてて弁解する。

「そうでしたわね。ごめんなさい真佐子さん。でもバーナードさんは本当にお気の毒……」

孝枝もそんなふうに、うつむいて涙ぐんでいるので、今度は庸三が話題を変えるべく割って入った。

「バーナード君の弔いはうちで出してあげよう。真佐子さん。大変な時に、今日は良くおいで下さった。信佑から聞いたのだが、明後日には東京であなたのピアノのリサイタルが催されるとか。お忙しい時にわざわざ来てくださって、信佑の父親としても心より礼を申し上げたい」

庸三の言葉に、真佐子ははっとして顔を上げ、かしこまって応えた。

「とんでもございません。今日は信佑さんのご両親様に是非ご挨拶だけでも、と思いまして突然お伺いさせていただきました。こちらこそ、失礼をお許しくださいませ」

真佐子が深々と頭を下げると、庸三と孝枝もそろって答礼した。

その後しばし両家の話などを言葉少なに交わした後、真佐子は風呂敷包みから菓子折りを出して土産とし、早々に金子家を辞した。

「離れのアルベルト夫妻にも会ってもらってから、私がご自宅までお送りします」

別れ際に、玄関で信佑が両親にそう言って真佐子に付き添うと、真佐子は改めて金子の両親に向き合い、もう一度深々と腰を折って丁重に挨拶してから、金子家の玄関を出た。

「今度はゆっくりいらして、お夕飯でも召し上がって行ってくださいな」

別れ際の孝枝の言葉が、真佐子の胸になぜか哀しく残った。


「金子さん、真佐子さん。バーナードに一体何があったのですか」

離れを訪れた二人を、アルベルトとアンナの夫妻が出迎えた。そして開口一番、アルベルトが訊ねると、真佐子がたどたどしく事件の概要を説明した。

かつて信佑が使っていたこの離れは、母屋からは完全に独立していた。中には六畳の洋室がひとつと、八畳と六畳の畳の部屋がそれぞれ一つずつあり、さらにトイレ、洗面所、それに小さな台所もついていた。うち六畳の洋間はバーナードが、そして八畳と六畳の続きの間をメッセル夫妻が使っていた。

今四人は、メッセル夫妻の住む八畳の間にちゃぶ台を囲んで車座に座り、アンナが淹れた熱い緑茶を飲みながら、ハルビンでの安岡邸以来の久々の再会を喜んでいた。

だがその話題はやはり、銃で撃たれて突然亡くなってしまったバーナードの事件から始まった。

真佐子が事件の一通りの説明を終えたあと、金子がしんみりとした口調で言った。

「バーナードの葬儀は、金子家で面倒を見る。君たちは、彼の親族や友人などの連絡先を知らないか？」

メッセル夫妻は同時にかぶりをふる。

「私たちが初めてバーナードと会ったのは、前にも金子さんにお話したようにモスクワです。アルベルトと私は他のユダヤ人たちと一緒に、ドイツからポーランドを経由してモスクワまで逃れて来ました。そこでシベリア鉄道の汽車に乗り込んで知り合ったのがバーナードだったのです。

バーナードは、私たちより三か月前にドイツからモスクワに来ていましたが、ユダヤ人迫害の手がモスクワにも及ぶのを恐れて、私たちと一緒に極東を目指しました。そんな事情ですから、彼の家族や友人のことなどは話に聞いたことはあっても、私たちにその方たちと連絡するつてはありません」

アンナが補足した。

「ふむ。無理もない。彼の葬儀は、私たちと現在日本にいる彼の知り合いのユダヤ人たちだけで行うしかあるまい」

金子はそう言って肩を落とした。

「バーナードは素晴らしいピアニストでした。まだ駆け出しだったけれど、彼には他のピアニストにはまねのできないような、危険な刃物にも似た凄さがありました。これからというときに、本当に惜しい音楽家を亡くしました……」

アンナは頰に伝わる涙を、右手の細くて白い人差し指と中指で拭った。隣に座るアルベルトがアンナの肩にそっと手を添えると、アンナはその手を強く握り、そのままうつむいて涙をこらえていた。

真佐子もそれにもらい泣きしているようで、ハンカチを口に当てたまま下を向いている。室内にはしばらく、重い沈黙が漂った。

「金子さん。ちょっとバーナードの部屋を見ていただけますか」

唐突にアルベルトが言った。

金子が顔を上げると、アルベルトは相手の返答を待たずに立ち上がっていた。それを見て、仕方なく金子も腰を上げる。

二人は、女性たちを残したまま部屋を出た。

バーナードが使っていた六畳洋間に入り、入り口のドアを閉めると、アルベルトと金子はそこに丁度二つあった椅子に、向き合った形で掛けた。

「実は、あなただけに申し上げたいことがあったので、こちらの部屋に来てもらいました」

少しかび臭い部屋に反応したのか、金子がゴホン、ゴホンと一つ二つ咳をした。金子は喘息患者のように、時々こうして咳き込むことがあった。

「何ですか、改まって」

咳が治まってから金子が不審そうに訊ねると、アルベルトは金子から目を逸らし、しばし言葉を探していた。が、思い切ったようにまた相手を見ると、アルベルトは淡々と語り出した。

「さっきアンナも言っていたように、実は私たち夫婦はバーナードのことをまだあまりよく知りません。もちろん日常生活では、お互い気兼ねなくいろいろなことを話し、また同じ音楽で身を立てる者同士、考え方が近いところもありました。しかし最近になって、私は彼のある秘密に気付いたのです」

「秘密……」

金子が言葉尻を繰り返すと、アルベルトは一つうなずいてからまた続けた。

「彼は、時々私たちに黙ってどこかへ出かけて行きました。もちろんここ金子家では、大変ありがたいことにお互いのプライバシーは約束されていますから、バーナードがどこへ行って何をしようと自由です。しかし、その時の彼の様子がとても変なのです」

「変……？　どう変なのです？」

「ええ……」

アルベルトはやや躊躇しているようであったが、金子の視線を受け、声を落として先を継いだ。

「彼が私たちに黙って出かけるときは、決まって夜でした。それも目立たないような黒っぽい服を着て、目元を隠すように深く帽子をかぶり、まるで夜の闇の中に自分の存在を消すかの様な姿でした。

もちろんただそれだけならどうということは無かったのかもしれませんが、ある晩の事、私はどうしてもそんなバーナードの様子が気になったものですから、彼に気付かれないようにそっと後をつけたのです」

「バーナードは、一体何をしに慣れない夜の東京をうろついたりしたのです……」

質しながら金子は、家の離れを出て闇に溶け込んでいくバーナードと、それを必死に追跡していくアルベルトの姿を想像していた。

アルベルトは述懐を続けた。

「バーナードは、時々腕時計を見て時間を気にしながら、あまり人気のない街中を抜け、とうとう上野公園あたりにまで行き着きました。公園に入って行って、不忍池の周りにあるベンチに腰を掛けると、バーナードはそこで煙草を吸い始めました。

私は彼に気付かれないよう、バーナードが座るベンチの横の道を隔てた反対側の茂みに隠れて、じっと彼の様子を窺っていました。

バーナードはそこで煙草を二、三本吸いつくすと、なおも一人っきりで黙ってベンチに座ったまま、闇に浮かぶ不忍の池に映る上野の夜景を眺めているようでした。

池の周りにはベンチがポツリポツリとあって、そこには大方恋人同士の男女が寄り添ってこそこそ話をしているのですが、バーナードは何をするでもなく、ただ時折りまた煙草を吸いながら遠くを見ているのです」

アルベルトはそこで一息入れると、ちらと金子の顔を見てから、また続けた。

「するとそこへ突然、ルンペンのようなぼろをまとった一人の男がどこからともなく現れ、バーナードが掛けるベンチに近寄って行きました。一方のバーナードといえば、ルンペン風の男には全く気が付かない様子で、相変わらず不忍池の向こうの方を見やっています。

ところが次の瞬間、バーナードが、手に持っていた小さな封筒のようなものをベンチの陰にぽとりと落としたのです。

すぐに拾うかと思いきや、バーナードはそれに気付かぬ素振りで、そっぽを向いたままです。するとさっきのルンペンが、ベンチに座っているバーナードの後ろを通り際、すっと背をかがめてバーナードが落とした封筒のようなものを拾い上げました。

ルンペンがそれを親切にバーナードに返すのかと思いきや、そいつは拾った封筒のようなものを素早くズボンのポケットに突っ込んで、その後は何事も無かったかのごとく黙ってベンチから去って行ったのです」

「むう……」

金子は、低くうめくような声を出してアルベルトを凝視した。

「君は、その男の後を追わなかったのか」

咎めるように言うと、アルベルトは首をゆっくりと横に振った。

「私はその時、バーナードとそのルンペンとの間に何かつながりがあるなどという事は夢にも思いませんでしたので、ルンペンをそのままやり過ごすと、今度は何気なくバーナードの傍に近寄って行きました」

「ふむ、それで……？」

「ええ。私はそこで偶然バーナードに出会ったようなふりをして、彼に話しかけました。『あれ、君バーナードじゃないか？　こんなところで何をしているんだい』と。

するとさすがにバーナードは慌てた様子で、『おっ……。アルベルトかい？　ああ驚いた。君こそどうしてここへ？』と、平静を装って返して来ました。

そこで私たちは、互いにぎこちない適当な言い訳を言い合った後、そのまま気まずい思いをしながら一緒に家に帰ったというわけです。

しかし帰る途中で、私は思い切って訊いてみました。

『さっき上野公園でルンペン風の男が君の後ろを通った時、君が手に持っていた何か封筒のようなものをそこへ落したね。するとルンペンはそれを拾ってどこかへ消えてしまった。丁度そこへ僕が通り掛かったのだが、あの封筒のようなものはただのごみだったのかい？　もしかして、何か大事なものじゃなかったのか？』とね」

「バーナードは何て？」

「ええ、それがね。彼は、『上着のポケットからごみを落としたら、それをルンペンが拾って行っただけだよ。あいつらは、人が捨てたものを何でも持っていくからね』などと言い訳をしていました。

でも私はそれが彼の言い訳であると、ピンと来たんです」

「…………」

金子はじっと黙ってアルベルトの目を見つめ、彼からの次の言葉を待った。それを受け、アルベルトは幾分青ざめた顔をして言い放った。

「金子さんは気付かなかったでしょうか。バーナードは……バ、ー、ナ、ー、ド、は、ソ、連、の、ス、パ、イ、で、す、」

六

金子は、言葉を失したまま目を見開き、アルベルトを凝視していた。だがアルベルトは落ち着き払った様子で述懐を続けた。

「彼はあの時、不忍池のベンチで、同志のルンペン風の男に何かソ連にとって重要な情報を渡していたに違いありません。その後私から彼を直接詰問することはありませんでしたが、私はその他にも、彼がソ連のスパイであることの傍証証拠を幾つか掴んでいます。

オトポール駅から満州里駅へと私たちユダヤ人避難民が逃れて来た時のことを、あなたも覚えていると思います。あの時、国境を警備するソ連兵と私たちの間でちょっとした小競り合いがありましたよね」

金子は黙って首肯する。アルベルトを見る目が、先を催促している。

「私たちユダヤ人避難民が、国境を渡ってオトポールから満州に入った時、自動小銃を構えたソ連人の国境警備兵の一人が、私たちの背に向かって暴言を吐いていました……」

「確か、ユダの役立たずのドブネズミどもが、とか何とか……」

「そうです。それに喰って掛かったのがバーナードでした」

「バーナードはそのソ連兵を殴った。それで乱闘が起こりかけた時、アルベルト、君がストラディバリウスを弾き始めたんだ」

「ええ。私のバイオリンを聴いて、ソ連兵とユダヤ人避難民の双方が矛先を納めてくれたのですが、私はあの騒動がソ連兵とバーナードが仕掛けた芝居だったなんて、あの時は全く気付きませんでした」

「芝居？」

「そうです。バーナードは、ソ連のスパイとしてユダヤ人避難民を装ってモスクワからオトポール行の列車に乗り込んだのです。

その時彼は私たちに近づき、私たちと知り合いになりましたが、それはいかにも彼が、ユダヤ人仲間と共にナチスドイツの迫害から逃れてきたように見せかけるためです。

彼の目的は、ユダヤ人と一緒に満州に潜入し、ソ連との国境近辺における関東軍の動きを探ることです。当時ソ連は、西にナチスドイツ、極東に関東軍と、東西の敵にはさまれて危険な状態にありました。極東から関東軍が大部隊で越境して来たら危うい状況であったため、当時の関東軍や満州国軍の配置、部隊の規模、戦車や銃火器の数などを知りたがっていたに違いありません。その情報に基づいて、極東の軍備を補充する必要に迫られていたのです。

ユダヤ人避難民たちがオトポール駅から満州里へと越境する際に、ソ連兵と殴り合うなどという大芝居を演じていれば、まさかその当事者であるバーナードをソ連のスパイなどと疑う日本人はいません。私たち夫婦とバーナードはハルビンで一か月近く暮らしましたが、その間に私は彼の不審な行動を幾度か目撃しました。

そして確信したのですが、彼は満州国軍や関東軍の動向を探り、満州国内にいる他のソ連のスパイを通じて情報をソ連側に流していたのです」

金子は愕然とした様相を見せ、引き続き無言でアルベルトの話に聞き入った。

「もう一つあります」

アルベルトはさらに言及した。

「ハルビンの安岡邸で聴いたバーナードのピアノの技術は全く驚きましたが、あの時彼が弾いた曲目を、金子さんは覚えていますか」

矛先がこれまでと全く違う方向に向けられたので、金子はやや面食らった。彼は少し間をおいてから応えた。

「……むろん私も、それは忘れようとて忘れられるものではない。彼が弾いた曲は、ショパンのエチュードハ短調作品十の十二だ」

アルベルトは肯くと、話を継ぐ。

「あの曲は、左手のエチュードと評する人もいるくらい、左手の指運びとその激しさ、美しさが際立つ名曲です。そしてその別称は『革命』。どうです、金子さん。何かお気付きになりませんか」

金子は眉を寄せ、首をひねる。

「左手……革命……。はて……」

そこで金子は、はたと閃く。その様子を見てアルベルトは、「したり」と金子に人差し指を向けた。

「そう。左派の革命といえば、一九一七年のロシア革命によって生まれたソビエト連邦を連想させます。

もちろん、バーナードがわざわざ自分の身分を我々に明かすためにあの時あの曲を弾いたとは私は考えませんが、彼の潜在的な意識の中に「左手が重きをなす革命という曲」があったと思います。これは私のこじつけかもしれませんがね。

しかしそのことが、私の中で彼がソ連のスパイであることを深く印象づけたことは確かです」

「ううむ……」

ひとつうなったまま、金子は次の言葉を継げずにいた。が、しばらくして我に返ったように、金子はアルベルトに質した。

「バーナードは、日本に入国してからもスパイ活動を続けていたというのか」

「上野不忍池での彼とルンペンとの接触が、それを証明しています」

アルベルトは迷わず返す。

「アルベルト、ならば問うが、バーナードはなぜ殺された。犯人は誰だと君は思う?」

「分かりません。ですが……」

「何か心当たりはあるのか」

アルベルトはしばし考えていたが、やがて金子の問いに応じた。

「動機は三つ考えられます。一つは、私が今言ったように彼がソ連のスパイだという事を知った何者かが、その活動を阻止するために彼を消した」

「二つ目は?」

「次に考えられるのは、二年前にハルビンのアパルトメントで起きた徳永殺害事件の犯人が、口封じのためにバーナードを殺したという可能性……」

　金子はやや怪訝な表情でアルベルトを見た。

「口封じ……」

「そうです。金子さんはお気付きだったでしょうか。バーナードはあの事件における密室の謎と共に、真犯人を追跡するという探偵まがいの行動をとっていたのです。なぜ彼が、外国でそんな秘密警察のようなことをしていたのかは私にも分かりませんが、それは彼がソ連のスパイだった事と何か関係があるのかもしれません」

「バーナードは、徳永を殺した犯人を突き止めていたというのか。それを告発しようとして、逆に徳永殺人犯に殺されたと……」

　金子は茫然とした表情で両腕を組む。一方のアルベルトは、金子の理解が追いつくまで待っている様子である。

「で、もう一つは？」

　ややあって、金子はようやく話を進めるようアルベルトを促した。

「三つ目に考えられる犯人の動機……。それは、彼がユダヤ人だからです。ユダヤ人を迫害するナチの刺客が日本にも潜入しているとしたら、そいつはバーナードを殺害しさらに私たち夫婦をも殺すかもしれない……」

　アルベルトの推理に対し、金子は少し考えてから意見を述べた。

「しかしバーナードがソ連のスパイだったとすれば、彼は実は本当のユダヤ人ではなく、自分がユダヤ人であると偽っていたのではないだろうか」

だがアルベルトはそれを否定する。

「いいえ、そんなことはありません。ソ連にもロシア系ユダヤ人はたくさんいます。彼の場合もしかり。バーナードはしっかりとユダヤ教を理解しており、また彼の両親もユダヤ教の信者でユダヤ人です。しかしロシアとソ連の歴史の中でユダヤ人の地位は不安定であり、祖国への忠誠を示さねば憂き目を見かねない。バーナードがソ連という国家に認めてもらうためには、満州や日本においてソ連のためのスパイ活動を続け、ソ連を勝利に導くための有益な情報をソ連側に送り続けねばならなかった。私はそう思います」

金子は改まってアルベルトを見つめると、さらに訊ねた。

「アルベルト。もしや君は、バーナードを殺害した人物が誰なのか、ある程度目星をつけているのではないか」

アルベルトはすぐには応えず、その視線はしばし宙を彷徨っているようであった。が、やがてアルベルトは、部屋の入り口ドアの方を気にしながらひとこと囁いた。

「犬塚大佐……」

「えっ？」

金子が問い質そうとしたとき、ドアの外でアンナの声がした。

「金子さん、アルベルト。お話はすみましたか？　真佐子さんが、そろそろおいとまをするとおっしゃっています」

金子もアルベルトも、その声にどこかほっとしたように肩の力を抜くと、ドアの方を見た。そして金子が先に応えた。

「アンナ、分かった。今ここから出て行くよ」

バーナード殺害現場となった本郷安岡邸の周辺は、現場検証が終わると警察関係者や野次馬も引き揚げ、元のようにひっそりと静まり返っていた。

事件が発覚した日の二日後、東京警視庁の警部補と名乗る男が、その安岡邸を訪問した。

この男は名を羽崎といい、年齢はすでに老年の域に達していた。しかし丸顔にちょび髭でフチなしの丸い眼鏡を掛けていたので、その学生の様な相貌のおかげで、彼は本当の年齢よりかなり若く見えた。着ている物といえば、上は陸軍将校のようにワイシャツの黄ばんだ襟を上着の襟の上に重ねて出し、下はよれよれのカーキ色のズボンをはいている。

羽崎は、先日のユダヤ人銃殺事件を受けて捜査を開始し、すでに安岡真佐子や近隣の住人からの聞き込みをすませていた。しかし、その後行き詰まって腑に落ちない点も多々残された捜査の現状に鑑み、羽崎は再び安岡真佐子に面会を求めたのであった。

「ピアノのリサイタルを控えておりますので、手短にお願い申し上げます」

安岡邸の広い応接間に招じ入れられ、清楚な身なりと仕草で応対する真佐子を前に、なんとなく薄汚れた私服の羽崎は落ち着かない様子であった。

住み込みの使用人のばあやが、お茶を淹れて運んで来ると、羽崎をしぶい顔で一瞥してから、羽崎と真佐子の前のテーブルにお茶を置いて去って行った。それを両手に取って、グビリと一口飲むと、羽崎はようやく話を始めた。

「有名なピアニストの安岡様には、ご多忙のところ誠に恐れ入ります。先日の事情聴取で、お嬢さんからは大片聞きたいことを入手できたと思っておるのですが、二、三の確認と聞き漏らしたつまらないことを伺っておきたいと思いましてね」

「はい……」

真佐子はうつむき加減に返事する。

「お嬢さんは、被害者のバーナードさんとは満州でお知り合いになられたという事でしたが、そのきっかけとなったのは、一体どのようなことだったのでしょうか」

羽崎の言い方が気になったのか、真佐子は厳しい表情を見せた。

「知り合いだのきっかけだのと、まるで私たちの関係が恋人同士だったような言い方をなさいますが……」

「ああ、いえ。決してそのような意味で申し上げたのではありません。お気を悪くされたのでしたら謝ります」

羽崎は慌てて平伏する仕草をした。

真佐子は「コホン」と一つ咳払いすると、まずバーナードやメッセル夫妻とは、金子中尉の紹介でハルビンの安岡邸で出会ったことを伝えた。

続いて、その後ひと月ばかりはメッセル夫妻とバーナードがハルビン市内に住んでいたこと、その間自分も何回か彼らとは顔を合わせたこと、そして交誼は単なる友人としての付き合いの範囲に留まっていたこと、などを説明した。

羽崎は「うんうん」とうなずきながら、真佐子の説明が途切れると、さらに踏み込んで訊ねた。

「二日前の晩、バーナードさんがあなたのお邸の裏口で倒れていたことについて、あなたは本当に何も思い当たることはないのですか」

だが真佐子はそれを突っぱねるように

「そのことは先日申し上げたはずです。バーナードさんがなぜ私の家の裏口で倒れていたのか、私には全く心当たりがないのです」

と早口に言ってまたうつむいた。だが羽崎はそれで引き下がることなくなおも食い下がった。

「実は、お宅の近隣の住民から、あの晩銃声を聞く前にこの付近をうろうろするバーナードさんらしき外国人を見た、という情報を入手しましてね。その外国人がバーナードさんだったとすれば、バーナードさんは安岡家に何か用事があったんじゃないでしょうか。

当主の安岡弥之助さんを始め安岡家のご家族は現在ハルビンに居を移されているようで、今回満州から本郷のご自宅に来られたのは、あなたと妹の智美さんのお二人だけだったという事ですね。

そのことをバーナードさんが知っていたとすれば、彼が用事があったのは真佐子さんあなただったのではないかと、私は考えているのですよ」

羽崎はねちねちと執拗に質問を繰り返したが、真佐子はそれを毅然と否定した。

「何度お訊ねになろうが、存じ上げぬものは存じません」

真佐子の頑なな態度に、羽崎は一つ嘆息すると、仕方なさそうに話題を変えた。

「それではもう一点。昨夜あなたが銃声を聞いた時、あなたはこのお邸の中のどのあたりにおられましたかな」

先日の事件後の事情聴取では、「家の中にいたときに銃声を聞いた」、と答えた真佐子であったが、羽崎はなおもその所在を詳しく訊いてきた。

「私のお部屋です。あの時私は、コンサートの準備のために、ピアノを弾いたり楽譜の再点検をしたりしていました」

「あなたのお部屋は、邸のどのあたりですかな」

「裏口に近いところです」

「ふむ。それで銃声を聞いてから、すぐに裏口に出て来られたというわけですね」

「ええ」

「念のためお訊きしますが、聞こえた銃声は、確かに一発だけだったのですね」

「はい。私があの時聞いた銃声は、一発だけでした」

羽崎の、丸顔の真ん中に納まっている縁なし丸眼鏡の奥の小さな目が、鈍い光を放った。羽崎はなおも質問を続けた。

「あなたが裏口の扉を開けたとき、扉には内側から掛け金が下りていたという事ですが、それも間違いありませんね」

「二日前にお答えした通りです」

「その時、塀をよじ登って外から邸の中に入って来た者などは、全く見ていないのですね」

「それもお答えした通りですわ。第一、塀の上には泥棒避けに有刺鉄線を張ってありますから、誰かが塀をよじ登って外から侵入するなど、不可能ですわ」

事件の現場検証において、警察は安岡家の裏庭の様子なども詳しく捜査している。

母屋を出て塀の裏木戸に達する小道には敷石が敷かれているが、その周辺は比較的軟らかい土で、外部からの侵入者がそこを歩けば必ず足跡が残る。だが捜査の結果、小道や裏庭には足跡の類は一切発見されなかったのだ。

そろそろ真佐子の様子が辟易として来ていることに気付きながら、羽崎はわざと間をおいてから訊ねた。

「お嬢さん。あなたは今回、東京で行われるピアノのリサイタルに出演するためにわざわざハルビンから帰国されたわけですが、被害者にはそのことを知る機会があったとお思いですか」

真佐子は少し考えてから、まことしやかに応えた。

「さあ、どうですか……私には良くわかりません。でも東京市内のお店や駅には、ところどころわたくしのリサイタルのポスターが貼ってありましたから、それを見たら分かると思います。聞くところによれば、バーナードさんも東京では異才のピアニストとして売り出し中だったとか。そういう意味では、彼が私のリサイタルに興味を持っていただいたとしても、不思議ではありません」

「ふむ、なるほどね。いや、良くわかりました」

羽崎は納得したようにうなずいた。

「お嬢さん。再度お手間を取らせて申し訳ありませんでした。リサイタルの成功をお祈りしています」

最後にそんな世辞を言って、羽崎はようやく腰を上げた。

七

安岡真佐子が鍵盤から静かに両手の指を放した時、会場からは割れんばかりの拍手が起こった。

真佐子は立ち上がり、会場の方を向くと、ピアノに片手を添えたままお辞儀をして観客の拍手に応える。

それでも拍手は鳴りやまず、真佐子は微笑みながら、何回も頭を下げて観客との別れを惜しんだ。

観客席の最前列にいた二、三人の若い女性が花束を持って舞台まで歩み寄った。

濃紺のドレス姿の真佐子は、裾をふわりと舞台にかぶせるようにして片ひざを折ると、観客から差し出された花束を一つ一つ丁寧に受け取り、それぞれと握手した。

するとそこへ、軍服姿の小太りの男が一人、ひときわ立派な花束を持って、舞台の真佐子の下に近寄って来た。

その男の顔を見た途端、ずっと笑顔で観客に応対していた真佐子の顔が一瞬凍り付いた。その軍人こそ、真佐子をつけまわしたり不埒な恋文を送ったりしていたあの犬塚大佐であった。

会場からは相変わらず拍手が鳴りやまない。

犬塚がニヤリと笑って花束を差し出すと、真佐子は壇上からひざまずいたまま、固まった表情と仕草でその花束を受け取った。

犬塚は握手の手を差し出した。真佐子は躊躇するも、目の前では数百人の観客が彼女の所作を見守っている。真佐子は仕方なく握手した。

その手を握って放さぬ犬塚は、真佐子を引き寄せるようにして声を掛けた。

「このあと楽屋裏で待っている」

真佐子のピアノコンサートは成功裏に終わった。

だが真佐子は、それからどうやって楽屋まで戻ったか覚えていない。

楽屋の裏口から外を覗いてみると、そこに黒塗りのタクシーを止め中で待つ犬塚の軍服姿を見出して、真佐子はおののいた。

すぐに普段着に着替えると、楽屋裏で真佐子のこまごまとした世話を焼く女の子にお金を手渡して、自分の舞台服を着てもらい、その姿で裏口からできるだけ遠くまで走り去ってくれるよう依頼した。

そして自分は別の出口から、こっそりとコンサートホールを抜け出したのであった。


その翌日、真佐子は金子との別れを惜しみながら、片や犬塚大佐の姿に怯えるように、早々ハルビンに帰って行った。金子も二日後には日本を発つ予定である。

「またすぐにハルビンで会える」

金子は別れ際、真佐子に言った。

「きっとよ。早くハルビンに戻って来てください」

真佐子は懇願するように言った。


バーナード殺害事件の捜査は暗礁に乗り上げた形で、迷宮入りがささやかれていた。

一方東京のユダヤ人協会は、バーナードの死を悼み犯人に憤りを感じて、日本の警察に全力で犯人を検挙するよう要請した。それと共に同協会は、バーナードの日本における交友関係の情報をすべて警察に提供し、事件解決に全面的に協力するよう協会員に申し渡した。

ピアニストとしてのバーナードの日本人ファンも多く、金子家で行われた彼の葬儀には、多くのファンが弔問に訪れた。

バーナードの墓は、金子家先祖代々の墓の横に新たに作られ、遺骨はそこに収められた。日本ではたくさんの友人ができたバーナードであったが、彼の肉親の存在は全く不明で、親族のいない葬式となった。

一九四一年が明けても、メッセル夫妻は金子家の離れを拠点として、日本での音楽活動を続けた。この年、欧州では相変わらずきな臭い動きが続いていたが、日本国内の日常は、比較的落ち着いたものであった。だが一方で、ソ連領への北進や東南アジアへの南進を目論む帝国陸海軍は、これに反発する米英との開戦も視野に入れ、軍備を進めようとしていた。むろん戦線不拡大を主張する高官は海軍や陸軍内部にも少なからずおり、米国が武力行使の禁止や日中戦争の早期終結を謳う「対日四原則」を提示した際、当時の近衛文麿内閣はこれを受け入れている。

しかし世界の情勢は、この年の六月二十二日の独ソ戦開戦によって一変する。米国の参戦を望む英国のチャーチル首相は、ルーズベルト大統領をある時は巧みにまたある時は強硬に誘導し、徐々に米国の態度を変えていった。

こうして米国の日本への姿勢も、それまで和平を前提としていたものから、日本が対米英開戦を決定することを余儀なくさせるような動きへと移って行った。

対日四原則を受け入れた日本政府に対し、ルーズベルトが日米首脳会談を拒否した段階で、日本側の態度も硬化した。同年十月には、満州で関東軍司令部参謀長だったあの東條英機が首相となり、対米英開戦は時間の問題となった。

そして日本時間の同年十二月八日、日本は真珠湾攻撃を敢行して米国に宣戦布告、ここに太平洋戦争が始まった。

　日本軍は同時に東南アジアへも進出し、連戦連勝の快進撃を続けていく。

「アルベルトさん。今度ぼくにバイオリンを教えてください」

「アンナさん。僕たちにもピアノを聴かせてください」

　金子家には、信佑の下に二十三歳の庸佑が、その下には十四歳から十二歳までの三人の年子がいた。庸佑は学友たちと出かけていて家にはいなかったが、下の三人の男の子たちがメッセル夫妻の周りを取り巻いて彼らを放さなかった。

　庸三、孝枝夫妻は、そんな子供たちとメッセル夫妻の様子を遠巻きに目を細めて見ていたが、ここらを潮時と、子供たちを追い払いにかかった。

「さあお前たち。お二人にはまた後で遊んでもらいなさい。今夜は遅いから、そろそろ部屋に帰って寝なさい」

「でもお父さん。まだ九時になっていません。もう少しいてもいいでしょう」

　一番下の子が不平を言ったが、

「いけません。メッセルさんたちも疲れているから、あなたたちはお部屋に戻りなさい」

と孝枝が叱ると、三人はしぶしぶ応接室を出て行った。

　子供たちがいなくなっても、アルベルトとアンナは微笑みを絶やさずにいた。

「私たちは子供好きですから、どうぞお気遣いなく」

　アンナが言うと、アルベルトもうなずいている。二人は並んでソファーに掛け、対面には庸三と孝枝がめいめいの椅子に座っていた。

子供たちが去ってしんと静まり返った室内に、定まらぬ視線を彷徨わせていた庸三であったが、ふとその目をアルベルトに向けると、唐突に彼は言った。

「日本もとうとう米英と戦争を始めてしまった。君たちもさぞ驚いたことだろうね」

話を振られた形のアルベルトは、一つ小さく嘆息した。

「日本政府と軍人それに日本の国民が決めたことですから、私たちは戦況を見守るだけです。ただ……」

言いかけてアルベルトは口を噤む。

「ただ……?」

庸三が先を促すと、アルベルトは視線を落として続けた。

「私たちを見る日本国民の目が変わらなければいいがと、それが気がかりでなりません」

庸三はすかさず応えた。

「変わるって、どう変わるというのかね。我々はこの国で、君たちユダヤ人避難民を受け入れることを決めたのだ。繰り返し言うが、日本には人種差別などない。君たちは安心してこの国に住み続けていいのだよ」

庸三の考えに、隣りで孝枝もうなずいている。だがアルベルトはなおも不安を口にした。

「人種差別を取り払って我々を迎え入れてくれた日本には感謝しています。

しかしユダヤ人避難民を受け入れることで、自由や民権を重んじる米国の心証を良くしようという日本の思惑は、対米開戦によって霧散しました。また米英との貿易ルートも経たれてしまった今、在日ユダヤ人資産家が米英から多額の外資を日本に入手するルートも大幅に縮小されることでしょう。

残念なことですが、もはや対米英開戦によって、日本がユダヤ人避難民を受け入れるメリットはなくなったと考えるべきです」

「アルベルト君。君の言うことは、確かにその通りだ」

庸三は重々しく答えたうえで補足する。

「だが一方で、君たちをこの国から追い出す必要性も見出せない」

アルベルトもアンナも、揃って顔を上げ庸三を見た。庸三は継ぐ。

「三国同盟が締結されてしまった今となっては、わが国はこれ以上ナチスドイツに尻尾を振っていても仕方がない。日本は中国との戦争を続けながら、強大な敵である米英とも戦わなければならなくなった。だからはっきり言うと、君たちユダヤ人避難民が日本に何人入ってこようと、君たちが日本人に銃口を向けるようなことさえ無ければ、日本政府はユダヤ人避難民に構っている余裕などない」

庸三は言い切って、アルベルトとアンナを代わる代わる見た。二人はやや困惑した表情でしばし言葉を失い、目線も定まらぬ様子であった。

「だからといって、この金子家があなた方をほったらかしにするなどという事は決してありませんから、どうぞご安心なさってください」

孝枝はちらと庸三を見てから、メッセル夫妻に毅然と向き直った。

「むろんだ。君たちは信佑の大事なお客様」

庸三も孝枝の言葉を支持する。

「……ありがとうございます」

アンナが力なく礼を言った時であった。

いきなり
「ガシャーン」

と、窓ガラスが割れる大きな音がした。

それとほぼ同時に、部屋の真ん中に何かがゴロンと転がる音……

室内の四人は驚いて互いの顔を見やると、続いて床の上に転がっている野球のボールほどの大きさの物体を凝視した。物体の表面には紙切れが巻かれていた。

すかさずアルベルトが立ち上がり、床の上の物体を拾い上げた。

「誰かが石を投げ込んだのでしょう。こいつが、外から窓のガラスを突き破って室内に飛んできたのです」

言いながらアルベルトは、物体を包んでいた紙切れを広げた。やはり中身は石ころであった。

紙切れのしわを伸ばすと、何か字が乱暴に書かれている。アルベルトはそれを庸三に渡した。

椅子に掛けたまま、おぞましそうにその紙切れを受け取った庸三は、眼鏡を掛け直して書かれている字を読んだ。

「三国同盟の邪魔だ、ユダヤ人たちは出て行け！」

読み上げると、庸三は再びそれをくしゃくしゃに丸めて屑籠へ放り投げた。

応接間の窓の内側には割れたガラスが散乱し、空洞ができた窓からは、冷気が室内に流れ込んで来ていた。

八

一九四二年六月のミッドウェー海戦にて、日本は四隻の空母を失う大敗を米海軍に喫し、それ以降太平洋戦争は日本軍の劣勢へと転換していく。だが多くの国民は、大本営発表と称する歪んだ報道によって、相変わらず日本が連戦連勝しているものと信じ込まされていた。

オトポール事件の頃に金子中尉が勤務していたハルビン特務機関は、一九四〇年に関東軍情報部として改編された。それ以来、その他の満州の特務機関は支部となり、それらを関東軍情報部が統括することとなった。

この間金子は、満州内のいくつかの部署を異動した。だがミッドウェー海戦以降の戦況の悪化に伴い、国内外での兵員移動が頻繁に行われるようになり、一九四二年の秋、金子は突然内地転属を言い渡された。

内地に戻されるとは願ってもない優遇と考えがちだが、そうではない。短い臨時休暇の後、恐らくいずれかの師団に配属され、前線に送られる。

この人事はお国のために仕方がないことだと思いながら、金子はなぜこの時期に自分が前線に行かされるのか、考えてもどうしようもない運命の糸を一人考え続けていた。

ハルビン市中心部を湖のように広く滔々と流れる松花江の河畔で、いつか遊んだ思い出も懐かしく、二人はあの時のベンチに並んで掛けた。

秋の日差しが心地よく、白い日傘の下に白いワンピースを着た真佐子の黒髪が湖畔からの風に乗ってさらさらと揺れた。軍服を着て軍帽をかぶり、まぶしそうに眉根を寄せて川面にきらきらと輝く陽光を見つめながら、金子はなかなか言い出せずにいた。

「松花江も、そして この満州も、大陸はなんて広いことでしょう」

真佐子が、遠く大河の対岸のあたりを眺めながら呟いた。金子は前を見たまま黙っている。

「私に何かお話があるのでしょう」

金子の心中を見透かしたように、真佐子が訊いた。

金子は
「ゴホン、ゴホンッ……」

と一つ二つせき込んでからゆっくりと息を整え、そして呟くように言った。

「君には本当に世話になった」

その目は、依然川面を向いたままだ。

「まあ、今更改まって、一体どうなされたのです」

真佐子が金子の背中を押すように、そう言って話を促した。するとそれを契機として、金子の口から言葉がほとばしり出た。

「真佐子さん。僕は明日、ハルビンを出て東京に戻る。軍からの命令で、内地勤務を言い渡された。君とはしばらく会えなくなるだろう」

真佐子は金子の横顔を見た。

大きな顔だ。でも鼻筋はすっと通っていて、二重瞼の奥の瞳に曇りは無い。その横顔が、真佐子は好きだった。

「あなたのご転属はいつも覚悟をしています。待つことには慣れましたわ」

二人の視線はまた遠くの方へと流れた。

「そうではないんだ……」

金子がまたポツリと言った。

「えっ……。何かおっしゃった？」

「真佐子さん」

「はい……」

「今日限り、僕のことは忘れてくれ」

「えっ……」

再び沈黙が漂う。遥か河の対岸の方で、汽船のぽんぽんぽんという音が鳴っている。

と、突風が真佐子の日傘をさらった。

それが足元にころころと転がる様を、なぜか滑稽な気持ちで真佐子は見ていた。

「どういうことですの」

落ち着き払った真佐子の態度に、金子は自分の主張が負けてしまうのではないかと不安な気持ちになった。

それに抗うように、金子は一気に話した。

「僕が内地転属を言い渡されたのは、一時の休暇のためだ。その後僕は戦地へと赴く師団に配属され前線で戦うことになるだろう。

君とは結婚の約束までしたのだが、今まで僕の心の迷いが長く君を宙ぶらりんな形で引っ張ってきてしまった。本当に申し訳なく思っている。だがこの度の転属命令は、僕にとって良いふん切りとなった。

僕は戦場で死ぬ覚悟だ。僕とのことは無かったことにしてくれ。いつになるかわからぬ戦争の終結を、いつ帰ってくるか分からぬ僕を、君は待つ必要などない。君は君で、君のことを確かに幸せにしてくれる人と結婚するがいい。それが僕の願いでもある」

「何という事を……」

真佐子はやや憤慨したように、金子に向き直った。

「それはあんまりです。信佑さん、あなたは私のことがお嫌いになったのですか」

「ちがう。君のことは……君のことは今でも、いや前以上に、愛している……」

「では、そんなことはおっしゃらないで。妻が夫の帰りを待つのは当たり前の事でしょう。それが何年になろうと、何十年になろうと……」

金子は真佐子の顔を見ず、ゆっくりとかぶりを振る。

「君の一生を台無しにすることは、僕にはできない。わかってくれ、真佐子さん」

金子はいきなり立ち上がった。

これ以上真佐子と話していては、言いくるめられる。それではいけないのだ。

「さようなら、真佐子さん。幸せになってくれ」

「あ、待って……」

差し伸ばした真佐子の手をすり抜けるように、金子は背を向けると、そのまま振り返らず土堤を駆け上がって行った。

茫然とその場に立ち尽くしながら、何気なく今金子の座っていたベンチに目を落とすと、そこに金製の懐中時計がひとつ忘れられたように置いてあった。

「信佑さんの物だわ」

真佐子はそれを慌てて拾い上げ、信佑が立ち去った方へ走った。

芝生を掛け抜け、土堤の上に出てあたりを見やったが、すでに信佑の姿はなかった。

家に帰る道すがら、真佐子は泣くまいと思った。

これは永遠の別れではなく、信佑は戦争が終わればきっと自分の下に帰って来る。その時こそ、自分は信佑と結婚する。

信佑が置いて行った懐中時計は、形見ではなくそれが信佑そのものだと思って、再会まで私が大切に預かる。真佐子はそう心に決めた。


家に帰ると父の弥之助に呼ばれた。

父の書斎に行くと、弥之助は真佐子を椅子に掛けさせ、自分もその対面に座った。思いがけない信佑との突然の別れに、真佐子はまだ心の整理がついていなかったのだが、そんな娘に容赦なく父は迫った。

「お前は犬塚大佐を知っているね」

うつむいていた真佐子は、驚いて顔を上げ、父を見た。

「どうなんだ」

父はなおも訊ねた。

「お名前だけは」

真佐子はようやく応えた。

「犬塚大佐から、私のところに何回か手紙が来ている。お前をほしいとな。犬塚大佐には、一度だけだが私も会ったことがある。人物はともかく、軍人としての風格はあるお人だ」

「お父様。わたくしに何をおっしゃりたいのでしょう」

さっきから気持ちに棘が生えていた真佐子は、父に食って掛かった。

弥之助は次の言葉を考えていたようであったが、やがて決心がついたのか、彼は娘を諭すように言った。

「金子さんのことは、私もお前の気持ちをよく分かっている。しかし今の日本の状況に鑑み、この度の軍の金子さんに対する辞令は、金子さんが前線に配属されることを強く示唆している。

犬塚大佐は、内地や満州での勤務が長く、これから前線に出されることもないだろう。軍における地位も金子さんよりずっと上だ。年齢は多少行っているが、同じ軍人の妻になるなら大佐の方がずっと安定している」

「いやでございます」

真佐子はきっぱりと言い切った。弥之助は顔を曇らせ、腕を組んでから続ける。

「鼻から突っぱねず、良く考えてみなさい」

「いくら考えても、お答えは同じです。わたくしは犬塚大佐が嫌いです」

真佐子は目を剥いて父に反抗した。

「父の言うことが聞けんのか。俺は、お前の幸せを考えて言っているのだぞ」

「違います。お父様は、わたくしの幸せよりも、陸軍大佐としての犬塚氏の力がほしいのではありませんか。お父様の会社の主力は、軍事関係の重工業ですわ。お父様は、犬塚大佐の陸軍軍人としての利用価値だけを評価なさっていて、わたくしの幸せなど二の次と思ってらっしゃるのだわ」

「真佐子っ」

弥之助はさすがに血が上ったのか突然立ち上がり、娘に手を上げた。

その時バタンと音を立てて書斎のドアが開き、母の陽子が室内に飛び込んできた。陽子は弥之助より先に真佐子の前に立つと、いきなり平手で娘を殴った。

「お父様に謝りなさい」

「お母様……」

打たれた頬を左手で抑えながら、髪を振り払って真佐子は母を睨み上げた。

「早く謝りなさい」

陽子はなおもものすごい剣幕で真佐子の頭を上から押さえつけ、父に対して謝らせようとした。

「お父様は、あなたの事だけを考えて……」

「嘘です。わたくしは信佑さん以外の方と結婚しても、幸せになどなれません」

真佐子は、それを捨て台詞にいきなり立ち上がり、

「わっ」

と泣き叫ぶと、両親が止めるのも聞かず部屋を飛び出して行った。


一九四二年、十一月。

金子信佑中尉は、東京におけるわずか二日間の特別休暇の後、南洋の戦線に向かう陸軍師団に編入となった。

国民には知らされていないが、ガダルカナル島やソロモン諸島での敗戦に続き、対米英戦の戦況はもはや

守勢に傾いていた。

金子の部隊が行き着く先は、米軍が日本本土へと迫る波を南方で少しでも食い止めるだけの、時間稼ぎのための戦場であった。

第三章　軽井沢

一

一九四二年（昭和十七年）四月十八日には、米空母ホーネットを飛び立った十六機のＢ25による日本本土初めての空襲が敢行された。しかし、このいわゆるドゥーリットル空襲があって以来一九四四年の春まで、日本本土に敵機が来襲したことはなかった。

ところが一九四四年の六月には、中国奥地にある成都から離陸したＢ29の編隊が、初の大掛かりな日本本土空襲を敢行した。その後Ｂ29による本土空襲はたびたび行なわれるようになるが、中国からの本土空襲は、航続距離の点から当初九州地方に限られていた。

一方、新聞ラジオは、南太平洋諸島での悲惨な戦況を国民には伝えていなかったから、物資不足を除けば、この頃の信州軽井沢地方はまだのどかなものであった。

しかし、一九四四年七月にはマリアナ諸島での緒戦で日本軍は次々に敗退し、米軍に占領されたサイパン、テニアン、グアムの各島では、すでに米軍がＢ29の発着基地の建設に取りかかっていた。

これらのマリアナ諸島にＢ29の基地が設けられれば、そこから飛び立つＢ29の大編隊が、東京をはじめとする日本各地の大都市に対して本格的な空襲を始める。このような状況を踏まえ、日本政府は民間人の疎開を推し進めることになった。

軽井沢は、在日外国人の強制疎開先になり、各国の大使館や領事館も集められた。軽井沢にはもともと外国人の別荘が多かったが、明治の時代に建設された軽井沢ホテルや三笠ホテルなどの西洋風ホテルもあって、この地は外国人にもなじみが深かった。

太平洋戦争が始まった一九四一年頃には、軽井沢に住む外国人は中立国の人かドイツ人またはイタリア人で、米英人などはことごとく日本を離れている。

旧軽井沢から碓氷峠や中山道側に向かう、樹木が林立する傾斜地帯には外国人の別荘が多かった。一方日本人が多く住む地域は、浅間山の山裾側一帯で、良く日の当たる平地であった。外国人居住地域の別荘は明らかにそれとわかるような西洋風であり、一方日本人の別荘の多くは日本家屋の建築様式であった。


一九四四年九月上旬、早朝。

軽井沢を見下ろす子持山の裾周辺から降りて来る靄が、白樺の雑木林を覆い隠していた。空気はひんやりとして心地良い。

木立の合間を縫って緩やかな斜面を上がっていくと、外国人の別荘地帯が広がる。このあたりは樹木が多く、東側に山が連なっているため、陽光が届く時間帯が遅く昼でも薄暗い。

安岡真佐子と智美は、共に上はセーター下はもんぺというい出立ちで、背には大きなリュックを背負い、鳥のさえずる林道を外国人別荘地域へと歩いて行った。

この年真佐子は二十五歳に、そして智美は二十一歳になっていた。

「お姉様、まだ？」

「もうすぐのはずよ」

真佐子は手に持ったメモと、点在する別荘の塀や門柱に付けられた番地とを照らし合わせながら、きょろきょろとあたりを見回した。すると正面のゆるい坂を自転車で下ってくる外国人の男女の姿が目に留まった。すれ違いざま、真佐子は道を訊ねるためその二人に声を掛けようとして、

「あっ」

と感嘆の声を上げた。

「アルベルトさん、それにアンナさん」

真佐子の呼び止めに、自転車の二人はブレーキの音を立てて止まった。

「あなた方は……」

アルベルトは、二人の日本人女性の顔を代わる代わる見ていたが、やがて相手が誰か気が付いたようだ。

「安岡真佐子さんと智美さん」

姉妹はたちまち破顔してうなずく。

「まあ真佐子さんお久しぶり、全然変わらないわね。智美さん、見違えるほど大人の女性になったわ」

アンナの日本語は大分上達したようだ。アンナは嬉しそうに笑って姉妹をそう評した後、すかさず訊ねた。

「どうしてここへ」

「私たちも疎開して来ました。話せば長くなります。これからお住まいに伺ってもいいかしら。

金子さんのお父様からお聞きしてきたあなた方の住所を頼りに、あなた方のお住まいを探していたのですが、近くまで来たのに分からなくて……。そこへ丁度あなた方が来られたので、良かったわ」

真佐子が説明した。

「まあ、そうだったの。また会えてうれしいわ」

「少しですけど、畑で採れた野菜を持って来ました」

真佐子は背負っていたリュックを、腰でちょいと持ち上げて見せた。

二人が住む別荘は、そこから五十メートルほどの距離にあった。

バンガロー風の小さな家で、戦前に金子庸三が別荘として建てたものだが、外国人の強制疎開に伴い、メッセル夫妻も東京を離れる必要に迫られたため、庸三が二人に勧めたのがこの別荘であった。

そこは質素な佇まいであったが、疎開に際してのアンナの断っての願いでアップライトピアノを一台調達して部屋に置いたことが、居間をひと際優雅に変えていた。そこへ招じ入れられた真佐子が、ピアノを見て感嘆の声を上げた。

「アンナさん。ピアノを買ったのね。素晴らしいわ」

「弾いてみる?」

「ええ、後で是非。まあ、ヤマハじゃないの」

「レオ・シロタのお勧めよ。本当はグランドにしたかったのだけれど、お金もスペースも無くて」

「このご時世で、十分すぎるくらいだわ」

真佐子も別荘の自室に、ヤマハのアップライトピアノを置いていた。二人のそんな会話はいつまでも続きそうなので、アルベルトが割って入った。

「さあさあ、積もる話は座ってからでもゆっくりできるよ」

真佐子と智美は、背負っていた重いリュックを降ろし、中の野菜を取り出した。ジャガイモ、南瓜、玉ねぎなどがゴロゴロ出て来る。

「うちで採れた野菜です。食べてください」

智美が、テーブルの上に野菜を一つ一つ乗せながら言った。

「ありがとう、本当に助かるわ」

田畑も多い軽井沢だが、戦時下の食糧不足はやはりここでも否めない。今日も自転車で食料の調達に出かけようとしていたメッセル夫妻にとって、この差し入れは何よりであった。

「好きなところに掛けて頂戴」

アンナが椅子を勧めると、姉妹は遠慮なく思い思いの椅子に座った。アルベルトとアンナは並んで掛けると、早速アルベルトが質問に取りかかった。

「君たちはまだ満州にいるとばかり思っていたけれど、その君たちがどうしてこの軽井沢に疎開してきたの?」

「あなた方にお会いするのは、バーナードの事件があった時以来だから、かれこれ四年になるのかしら。あなた方はもちろんご存知ないでしょうけれど、私にはあれからいろいろあったのよ」

真佐子がしみじみとした口調で語ると、智美は気遣うように姉の方を見やった。

「ご両親はお元気」

アンナも思いやりの表情を見せる。だがその質問に、真佐子はなぜか黙ってうつむいた。しばしの沈黙の後、たまりかねたように智美が応じた。

「おかげで父と母も私たちと一緒に、何とかここまでたどり着くことができました」

「まあ、ご両親も一緒に軽井沢に来ているのですか」

「はい。満州での戦局には不穏な動きがみられ、ソ連軍が大群で北からハルビンに押し寄せて来るのではないかという噂が密かにささやかれています。私たち一家はにわかに危険を感じて、東京下谷のお邸に逃げ帰って来たのです。

ところが、ご存知のように東京の状況も悪くなるばかりで、今度は米軍の大掛かりな爆撃が身近に迫っているとの情報も入って来ましたので、さらに両親も連れて東京からこの軽井沢まで逃げてきたというわけなのです」

智美が、姉を気にしながらメッセル夫妻に事情を説明した。真佐子は両親の話題になると、顔を背けてうつむいている。その様子を不審に思ったのか、アルベルトが真佐子に訊ねた。

「真佐子さん、どうかしたの？」

「別に、どうという事はありません」

真佐子が相変わらず口を閉ざすので、再び智美が説明に入った。

「お姉様は、お父様やお母様と大喧嘩をなさったのです」

「智美さん。余計なことは言わなくてよ」

「余計なことではありません、お姉様。アルベルトさんとアンナさんにもお話を聞いてもらって、サジェスチョンを頂いたらいかが？」

真佐子は出しゃばる妹を睨んだが、智美は構わず、金子の出征と真佐子との別れそして犬塚大佐からの求婚をめぐり真佐子が父と激しく言い合ったこと、さらには真佐子の態度に怒った母とも喧嘩して、それ以来両親と姉の関係が冷え込んでいることを説明した。

智美の話が終わると、初めに口を開いたのは当の真佐子であった。

「私は、お父様の言い分には納得がいきません。戦地に向かうことになった金子さんを諦めて、現在では内地勤務となり軍階級でもずっと上の犬塚大佐の求婚を受け入れろと言うのです」

「私たちも犬塚大佐に一度会ったことがあるけれど、その時には『ユダヤ人は満州から出て行け』というようなことを言われ、ひどく恐ろしい思いをしたことを覚えています」

アルベルトがやや憤慨しながら述懐した。

「それであなたは今でもお独り身なのですね」

アンナが慰めるように言うと、真佐子はきりっと引き締まった表情を見せた。

「信佑さんは、戦争が終わればきっと帰って来ます。あの方は、私に別れを告げて去って行きましたが、もし自分が死んだら私が未亡人になってしまうと危惧して、私との婚約を破棄したのだと思います。そんなあの方の心の内を思うと、わたくし、お父様の言う通りになど決してできません」

メッセル夫妻は、しばし無言でその言葉をかみしめていた。が、やがてアルベルトが力強く言った。

「君の決断は、愛と勇気のたまものだ。僕はその決断を支持する。お父さんは君のためを思って犬塚大佐との結婚を勧めたのだろうが、君は諦めてはだめだ」

それは、一同の間でのこの話題の結語と言ってよかった。

そのあと四人の関心は互いの近況に飛び、最後には疎開地での音楽活動の話へと移った。

姉の影響で智美もピアノを習っていたので、アルベルトのバイオリンに合わせて代わる代わるピアノ伴奏をしたり、組みを変えて連弾したりと演奏を楽しみ、みな疎開生活で鬱積しているものを吐き出せた思いであった。

二

軽井沢に疎開している安岡家に金子信佑中尉の戦死の報がもたらされたのは、それから一週間も経たない一九四四年の九月十日の事であった。

信佑戦死の通知は東京下谷の金子家に届き、さらにそれを受けて、金子庸三から軽井沢にいる安岡弥之助に電報で報じられた。

弥之助からこの訃報を伝えられると、真佐子はその場で泣き崩れ、その直後に自室に引きこもって鍵を掛け出てくる気配を見せなかった。

真佐子の悲しみの様子を目の当たりにし、弥之助と陽子は娘の心身を案じながら、腫れ物にでも触るかのように、真佐子の様子を遠くで見守るしかなかった。アルベルトとアンナが安岡家を弔問に訪れたが、真佐子は彼等にも会おうとしなかった。

信佑が戦死した戦場は、南太平洋方面らしかった。だが、軍からの戦死の報に詳細がないのは常であり、信佑がどこでどのようにして死んだのかは誰にも分からなかった。

誰それがどこで戦死したとのうわさが広まると、その戦場では日本軍が劣勢に立たされていると人心が動揺し国民の戦意に関わってくるため、戦死通知に詳細は書かれていない。だが将校級の軍人の戦死が相次げば、戦況が不利になっていることは国民にもおのずと知れた。

大本営発表は、相変わらず日本軍の戦果を謳って勇ましかったが、さすがにこのころになると国民も騙されていることを薄々感じるようになっていた。


一九四四年夏前の米軍による日本本土空襲は、既述のように爆撃に参加したB29の編隊がもっぱら中国からの飛来であったため、その行動は九州各所に設置された電波探知機（レーダーのことで電探と略されていた）で捉えやすかった。そのため「屠龍」などの双発攻撃機で編成された日本軍部隊は、あらかじめ敵機の高度に合わせた空域で待機し、これを迎え撃つことができた。

そして「超空の要塞」の異名を持つこの高性能四発戦略爆撃機も、操縦席周辺や胴体に近いエンジンなどの急所を、双発攻撃機の先端や背部などに積んだ対戦車砲で狙えば、撃墜も不可能でないことが分かり、日本軍の邀撃隊は血気に燃えた。こうして初期の九州方面への爆撃に対しては、飛来するB29の一割近くを日本軍機が撃墜していた。

ところが同年六月にサイパンが、また翌七月にグアム、テニアンが落ちると、これらの島にB29の航空基地が建設され、マリアナ諸島からの本土空襲が敢行されるようになった。

南太平洋から日本本土に来襲して来るB29の編隊は、一度父島の電探で捉えられるものの、それから先の米軍機の進路は、八丈島付近を通過するまで電探で追うことが難しい。この情報空白の時間帯に、B29の編隊は右に進路をとって東京方面へ侵入し、あるいは左に進路をとって名古屋大阪方面の空襲へと向かうので、日本軍の邀撃隊を上空待機させる際に、焦点が定まりにくい。

それ以降米軍の日本本土爆撃は、主にマリアナ諸島を飛び立ったB29により行われるようになったため、日本軍機によるその邀撃は困難を極めていた。

一九四四年十一月には、関東地区に初めてのB29が来襲する。B29の当初の目標は、中島飛行機の武蔵野工場や太田小泉製作所であった。だがその後、攻撃目標は次第に拡大され、東京市街地にも及ぶようになって行った。

そして翌年の一九四五年三月十日未明、東京の下町一帯に三百機のB29が低空で飛来する。深夜から明け方にかけてのこの大空襲で、東京の全建物の四分の一が焼夷弾により焼き尽くされた。また本空襲により、一説には十万人以上の人が亡くなった。この火災で、東京本郷にあった安岡邸は全焼した。だが下谷の金子庸三の家は、辛くも焼け残った。

こうして大日本帝国が太平洋戦争での敗色を濃厚にしていた一九四五年の春、軽井沢の日本人が多く住む別荘地で事件は起こった。

事件が発覚したのは某子爵の別荘で、そこは半年前から売りに出されていたのだが、広大な土地に建てられていたため買い手がつかず、旧館、新館、四阿、道具小屋などの建築物も手入れが行き届かないで朽ちかけていた。

特に旧館の傷みかたは激しかった。屋根に渡された樋には雑草が茂り、さらには錆びて途中で折れた樋が、軒から折れ曲がってぶら下がっている箇所もあった。

洋風のアーチ型格子窓の周りには蔦が生い茂り、割れた窓ガラスの中に見えるカーテンは破れて垂れ下がって、旧館はまるで幽霊屋敷のように不気味な姿をさらけ出していた。新館とて手入れが滞って久しく、やがて旧館と同様に朽ちていく運命にあった。

日本人が多く住む別荘地帯は、東京や名古屋から疎開して来た家族がところ狭しとあふれるように入居して生活しており、こんな大きな屋敷が入居者もなく朽ち果てているのは全くもってもったいない話であった。

三月二十五日の晩、一人の巡査が懐中電灯片手にこの別荘の周辺を巡回していた時の事である。

巡査の名は下川良平、年は三十五歳で、警察官になってからこの方、彼は軽井沢駐在所にて忠実に勤務を続けて来た。痩せて坊主頭で干からびたような顔をしていたが、巡査としての正義感と信念は誰にも負けなかった。

ふと下川巡査は、廃屋となった別荘の奥の方に他の建物とは切り離された形でぽつんと建っている、平屋の小さな建物に目を向けた。その建物は、周りを敷地内のこんもりとした林に囲まれており、昼間でも人目に付きにくいところを、夜になればなおさら別荘の外から目に付くはずはなかった。

しかし下川巡査が今この建物に気付いたのは、建物の小さな明り取り窓に映る、ゆらゆらと揺れるろうそくの炎を見たからであった。

その時刻には、あたりはとっぷりと日が暮れ闇に包まれていたので、下川の目には、その明かりがまるで真っ暗闇の中にこつ然と現れた鬼火のように見えた。そうしてそのろうそくの炎は、建物の内部から小窓を通して外の雑草や灌木に、うごめくような不気味な影を作っていた。

軽井沢はこれまで米軍機による空襲を受けたことが無かったので、夜の灯火規制もさほど厳しいものではなかったが、それにしても廃屋にろうそくの火とは不用心すぎる。火事にでもなったら大変だ。

中でいたずら好きな子供が肝試しでもしているのだろうか。もしそうだったら、こっぴどく叱ってやらねばならない。

今下川のいるところから、ろうそくの明かりが漏れる小屋までの距離は、三、四十メートルといったところか。下川は、巡査として長く軽井沢の駐在所に努めた経験があるため、暗闇にうごめくろうそくの火にふと事件性を感じた。

下川は懐中電灯の明かりの輪を別荘内にもっていき、その光で小屋の周辺をさっと洗った。しかし周りに人影や異変などは認められなかった。

崩れかけた格子状の塀に寄って、ろうそくが灯る敷地内の建物の内部にさらに目を凝らしてみる。だがやはり、中に人の姿は見出せなかった。

その離れ小屋は、この広い別荘の最初の持ち主であった何代前かの子爵が、旧館や新館の建設の後に新たにしつらえた建物であった。小屋は二十畳間ほどの広さの平屋建てだ。

小屋が建った頃のことを下川は知らないが、それでも先代の軽井沢駐在からその建物の由来だけは聞いていた。それによれば、要するにその建物は、館の主人が使用人の娘と逢引するために建てた隠れ家のようなものだった。

その子爵の夫人は大変に嫉妬深く、子爵があからさまに別荘の母屋で使用人の娘に手を付けたりしようものなら、それこそヒステリーを起こした夫人にサルがひっかいたような大けがを負わされたという。そこで子爵は一計を案じ、母屋からずっと離れた林の中に、物置小屋と称して逢瀬のための部屋をしつらえたのであった。

だがその後子爵との逢瀬が夫人の知るところとなると、その使用人の娘はほどなく近くの森の中で不審死を遂げているところを発見されたという。真偽はともかくそんな恐ろしい因縁のある小屋の中に今、一本のろうそくの火がゆらゆらと揺らめいているのだ。

下川は職権上、持ち主に断りなくともこの無人別荘の中に入って行って、離れ小屋のろうそくの正体を見極める必要性を感じた。万一ろうそくの炎が室内の床や壁などに引火し、小屋が燃え上がってしまったら一大事だ。

別荘を囲む塀に沿って懐中電灯の明りを流してみると、裏門とおぼしきあたりの門扉が開いていることに気が付いた。下川はそちらに回り、開いている門扉から、雑草が生い茂る荒れた敷地内へと入って行った。

膝のあたりまで伸びた雑草の庭を一歩一歩踏みしめながら、彼は問題の小屋のすぐ近くにまでやって来た。やがて小屋の前で立ち止まった下川は、小屋に向かって恐る恐る声をかけた。

「そこに誰かいるのかね。いたら返事をしなさい」

しかし何の返事もなく、あたりは不気味なほどしんと静まり返っている。下川はなおも言った。

「この別荘は今空き家になっている。持ち主に断りなく立ち入って、建物内でろうそくを灯したりしてはいかんではないか」

自分こそ無断で敷地内に入って行っているのに、それを棚に上げて、下川は中にいるであろう何者かに強く警告の言葉を発した。

しかし、やはり中からはもとより小屋の周辺からも応答はなく、人の気配は感じられない。

小屋は板張りで、直方体の形をしている。小屋の西側には、唯一の出入り口として開き戸の一枚扉があった。下川はその扉を開けて中の状態を確かめようとした。

さらに小屋に歩み寄り、懐中電灯を左手に持ち替えると、右手で扉の把手をつかむ。

だがその時その扉には、内側から鍵がかかっていた。下川がいくら押しても引いても、扉は開かなかった。

下川は、小屋の入り口扉の左脇にある一メートル四方位の大きさの明り取り窓から、建物の中を覗いて見た。建物内部は、揺れるろうそくの火に照らし出されて、その周辺だけ昼間のように明るく見えた。

だが、明り取り窓の位置は巡査の身長に比べて幾分高いところにあったので、下川から見えたのは室内の上の部分だけで、その窓から下方の様子を窺い知ることはできなかった。

小屋の内部は頑丈な木のつくりであった。四方の壁も板張りで、壁は横に長い板を何枚も上下に組み合わせてできていた。

その木材と木材の継ぎ目には、狭い隙間があった。隙間は、築後年月が経って、板が乾燥し変形してできたものと思われた。

しかし隙間の幅はわずか数ミリほどである。もちろんそこから人が手を出し入れするほどの間隔ではない。一方、入り口の扉と壁の間はぴたりと塞がれていて、こちらの方は隙間がほとんどなかった。

下川は建物の裏手に回り、内部がもう少しよく見える窓を探した。すると、入り口ドアがある西側の壁から見て右側すなわち南側の壁に取り付けられている窓を見つけた。

この窓は、二メートル四方程度の大きさがあり、そこからならば中の様子がもう少し良く分かる。下川はガラスの入ったその引き戸の格子窓に顔をつけ、中を覗いてみた。

すると、ろうそくの明かりがぼんやりと映し出す部屋の隅、下川から見て部屋の右側奥に、誰かが倒れている姿が目に留まった。下川はそちらに懐中電灯の明かりを向けた。

半分禿げ上がった頭にたわしの様な口髭を生やした小太りの中年男が、南側と東側の壁が直角に交わるあたりの床の上に、背中の一部と後頭部を壁にもたせ掛けるようにしてあおむけに倒れている。

両手と両足がそれぞれハの字に床に投げ出され、その左腕から少し離れたところに中折れ帽が落ちていた。また男の足元先には、ミカン箱ほどの大きさの踏み台のようなものが転がっていた。男は背広の上に外套を羽織っていたが、着衣はみな上物のようだった。

「もしもし、どうしました。何かあったのですか。もしもし……」

驚いた下川は、ガラスの窓をたたきながら室内に向かって叫んだ。だが、中で倒れている男は一向に応じる気配がない。

ろうそくはほぼ根元まで燃えていて、あと十分もすれば燃え尽きるに違いない。

下川は、引き戸の窓を引き開けようとした。だがガラスを透かして窓の内側を見ると、窓には室内からねじ込み式の鍵が差し込まれていた。

最初に中の様子を見た明り取り窓は壁に嵌め殺しになっていて、そこから中に入ることはできない。また入り口ドアも、さっき試みたように内側から施錠されていて開かなかった。

「ええい、仕方がない」

下川は懐中電灯を後ろ向きに持つと、それで引き戸の窓のガラスを叩き割った。

「ガシャーン」

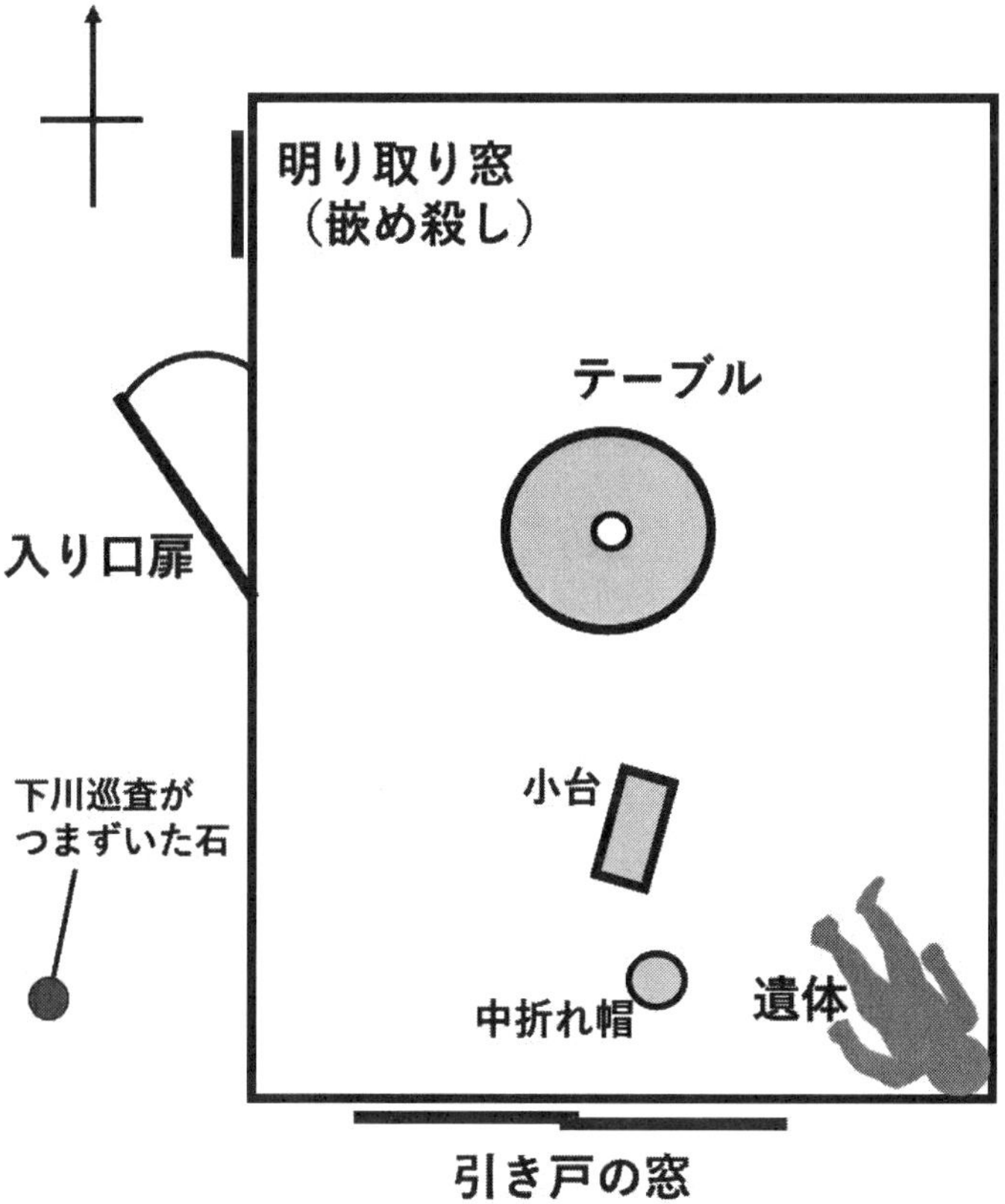

旧子爵邸「逢瀬小屋」の現場

という大きな音が付近に響き渡ったが、構うことなく割れた部分から手を差し込み、ねじ込み式の鍵を回して解錠すると、窓を引き開けて中に入った。

「誰か中にいるのか」

叫びながら、懐中電灯の光を左右に走らせる。

かつては、何代か前の子爵の逢瀬に使われたベッドやソファー、サイドテーブルなどが室内に置かれていたことであろう。しかしその子爵の夫人が、後にそういったいかがわしい物をすべて片付けさせたらしく、現在では中央の丸テーブル以外家具は無く、室内はがらんとしていた。

このように、室内には何者かが隠れる場所が全くなかった。唯一目に入るのは、頭と背中の一部だけをもたげて部屋の隅に大の字に倒れているさっきの男の姿だけであった。

割った窓から風が流れ込み、消えかかっているろうそくの炎を大きく揺らした。その光が、倒れている男の顔を浮き上がらせたり影を作ったりしている。

下川は男に近寄り、右手で男の左肩を小さくゆすぶりながら叫んだ。

「もし、あなた。どうしました」

だが男から返事はなかった。頸部動脈を探ってみたが、動いている気配はない。

男の身体には、まだ体温がわずかに残ってはいたが、下川は
「すでに死んでいる」

と、心中呟いた。男の顔は赤黒く腫れており、喉のあたりには細い索条痕が見られた。

「しかし身体の温もりからすると、死んでから間もないはずだ」

ふと下川は、倒れている男の丁度真上当たりを見上げ、天井に渡された太い一本の木でできた梁に懐中電灯の光を当てた。そこから何か細いロープのようなものが一本ぶら下がっている。

ロープの上方は梁にしっかりと結びつけられ、一方の下方には丁度人の頭が入るくらいの輪ができていた。さらによく見ると、それは細く頑丈な金属製のワイヤーのようなものであった。

下川は考えた。

「ははあ。このワイヤーで首を吊ったな。だがワイヤーの輪が少し大きすぎたので、ぶら下がっているうちに首がワイヤーから外れ、そのまま床に落ちたのだろう。最初にワイヤーの輪にぶら下がった時、頸椎を骨折し、その障害がもとで死に至ったものとみえる。いわゆる否定形縊死というやつだ……」

戦況が悪化しなかなか物が手に入らなくなってきた昨今、ここ軽井沢でも将来を憂いての自殺者が増えていた。下川巡査もそんな縊死体を何度か見てきたので、ありがたくないことに縊死体には少々詳しくなっている。

輪を作っているワイヤーより部屋のやや中央寄りの天井からは、裸電球のソケットがぶら下がっていたが、ソケットには電球がついておらず、それで部屋を明るくすることはできなかった。

下川は、倒れている男の周辺をもう一度懐中電灯でくまなく探った。

が、二十畳間ほどのこの部屋にある物といったら、消えかかったろうそくが載ったテーブルがひとつ、男の死体、男がかぶっていたと思われる中折れ帽、そして男が縊死の踏み台に使ったと思われる木製の箱の四点だけである。それ以外に、遺書や男の持ち物などの遺留品は何も見当たらなかった。

下川は、部屋の唯一の出入り口となっていた扉を確認した。懐中電灯の光の中で、ドアノブの下に取り付けられている閂錠をあらゆる角度から点検する。

万が一のため、自分の指紋がドアノブや閂錠に付くことを避けるべく、ポケットからハンカチを取り出し、それで右手をくるんでから、閂錠の閉まり具合を確かめてみた。

錠は、ドアの内側から向かって右に閂をスライドさせて壁の錠受けにはまる仕組みになっているが、今その閂はしっかりと錠受けに差し込まれていて容易には動かなかった。

下川は部屋の真ん中のテーブルに戻ると、そのうえで燃えていたろうそくの火を思い切り吹き消した。続いて、駐在所に事件を知らせて応援を得るべく、懐中電灯の明かりを頼りにさっき開けたガラス窓から小屋を飛び出した。

そうして走り出した次の瞬間、下川は何かにつまずいてその場に派手に転んだ。

「いててて……な、なんだ？」

いやというほど脛を打ってしばらく立てずにいたが、痛みをこらえて立ち上がると、足元に懐中電灯の光を当てて見た。すると、雑草の合間に隠れるように、大人のこぶしよりも大きな石がひとつ転がっていた。

「畜生、こんなところに石が……」

呪いの言葉を吐いて石を蹴飛ばそうとしたが、足の被害が拡大するだけだと気付き、下川は片方の足を引きずりながら駐在所に急いだ。

三

下川巡査と一緒に駐在所の警察官たちが駆けつけると、旧子爵邸の事件現場は巡査が出て行った時と何も変わることなく、現状が維持されていた。

下川が事件を発見した時、小屋は密室状態であったことから、死んでいた男は自殺した可能性が高かった。だが、警察官たちは現場の旧子爵邸を立ち入り禁止とし、一応自殺の他、事故や事件も含めた三方面から、捜査を開始した。

それにより間もなく明らかになったこととして、次の点が挙げられる。

まず、死んでいた男の来ていた服やポケットの中の持ち物などから、男は帝国陸軍大佐 犬塚条太郎五十五歳で、疎開地を私服で訪問していたことから、軍の用事ではなく私的用件で軽井沢に来ていたものと思われた。

このように男の着衣は軍服ではなかったが、着ていた背広の襟の裏に「犬塚」の名が刺繍されていたこと、および外套のポケットに日本陸軍公用の九四式拳銃が一丁収まっていたことが、本人確認の決め手になった。拳銃には六発の南部弾が装填されていたが、弾丸を発射した形跡はなかった。なお、現場周辺はもとより、着衣のポケットなどにも遺書はなかった。

後日、小屋の天井の梁から下がっていたロープの材質を分析したところ、それがいわゆるピアノ線と呼ばれる、鋼線の中でも最強の炭素鋼線であることが判明した。そして、犬塚大佐の喉から両側頸部にかけて残っていた縊溝(索条痕)と、このピアノ線の太さとが一致したのである。

紐などで相手を絞殺した場合、被害者の首の縊溝は喉から首をぐるっと一周してほぼ同じ深さで残る。これに対し、自殺を試みて縊死した人の場合、首の後ろ側には通常縊溝は残らない。犬塚大佐の場合は後者で、したがって索条痕からのみ他殺か自死かを判断するとしたら、結論は自死ということになる。

だが不可解な点として、犬塚大佐の首の索条痕周辺には、両手の指でひっかいたような傷があった。これはいわゆる吉川線といわれるもので、絞殺されそうになった被害者が、首を絞めつけるひもなどを外そうと、苦し紛れに両手の指で自身の首をひっかいて残る傷である。もしそうであれば、犬塚大佐は何者かに絞殺された疑いがある。

また犬塚の顔は赤黒く腫れており、これも彼の死が縊死による自殺ではなく、誰かに首を絞めて殺害されたことを示唆するものである。


長野県警警部補のオノ原と名乗る男が安岡家の別荘を訪れたのは、軽井沢駐在の下川巡査が犬塚の遺体を発見した日の二日後の事であった。

安岡の別荘は二階建てで、六百坪の敷地の中に悠然と建っていた。オノ原は、中年のお手伝いの女性に案内されて、安岡邸の客間に招じ入れられた。

そこは和室で、オノ原が
「失礼します」

と断ってふすまを開けると、十二畳ほどの広さの畳の間に、床柱を背にして安岡弥之助が和服姿で座っていた。大きな一枚板のちゃぶ台を挟んで、尻が沈みそうな厚い座布団が置いてある。

「まあそこへお座りください」

入ってきたふすまを閉め、勧められるがまま座布団に正座すると、オノ原は

「わたくし、こういう者でございます」

と、恭しく両手で名刺を差し出した。

それを受け取り、目を遠ざけながら見た弥之助は、一瞥した名刺をちゃぶ台の上に置いてから訊ねた。

「で、県警の警部補さんが、この安岡弥之助に一体どのような御用があって来られたのですかな」

痩身で上背のある才ノ原は、正座の上半身がゆらゆらと揺れておさまりが悪い。恰幅が良くどっしりと構えている弥之助とは好対照だ。

才ノ原は、頭の両脇と後頭部を高く刈り上げ、半分白くなった前髪は額の前で七三に分けて油でなでつけている。鼻筋は通っているが鼻の下が長くて顎が短い。白いワイシャツに黒っぽいネクタイを締め、背広も少しねずみ色が入った黒だ。

才ノ原の姿態は、鼻髭を生やせば前首相の近衛文麿にそっくりなので、良く上司に「近衛公爵、近衛公爵」といわれて冷やかされたものだ。

才ノ原は、「おほん」と一つ咳払いをしてから、まさに公爵のごとき趣のある表情で、やおら相手の顔を見やった。

「おとといの晩、このすぐ近くの旧子爵邸別荘の敷地内にある小屋の中で、初老の紳士のご遺体が発見された事件については、もうお聞き及びのことと存じますが」

「ええ、聞いています。それが何か」

「ご遺体は、陸軍大佐の犬塚条太郎氏であることが確認されました」

「その様ですな」

「ご存知でしたか」

「私も財界や軍人の方々の中に知り合いが多くいるものですから、決して広くはないこの軽井沢に居れば、噂は自然と耳に入って来ます」

才ノ原はうなずき、再び咳払いをしてから続けた。

「亡くなった犬塚大佐は、こちらのお嬢様に結婚を申し込んでおられたとか」

弥之助の顔色が一瞬だけ変わった。

だが弥之助はゆっくり腕を組み、一呼吸おくと言った。

「誰がそんなことを申したのですかな」

才ノ原は、細長く皺だらけの顔をわずかにほころばせた。が、またすぐに元の仏頂面に戻ると、話を継いだ。

「安岡さんほどではありませんが、私も別荘地帯に住む日本人や外国人とはいささか多く知り合いがいるものですから、この耳にもいろいろと噂が入ってくるのですよ。

それはさておき、そこで大変失礼ながらお訊ねしたいのですが、お嬢さんは犬塚大佐からの求婚をお受けになったのでしょうか」

すると弥之助は、あからさまに不快な顔をして返した。

「そんなことをあんたに応える必要はない」

「お気に障りましたらどうぞご容赦ください。しかし、出来ますればお嬢様のお気持ちもお聞きしておきたいのです。なぜならば、私は犬塚大佐が殺されたと考えているからです」

才ノ原は臆することなくずけずけと述べた。

「殺された？　犬塚大佐は自殺したのではないのですか」

弥之助が驚いて訊き返すと、才ノ原は無言でうなずく。その視線はしっかりと、弥之助の眼鏡の奥で鈍い輝きを放っている瞳の動きを捉えていた。

「しかし、娘が大佐の求婚に応じたかどうかと大佐の死との間に、どんな関係があるというのです。そんなもの、あるはずがない」

「関係があるかどうかは、私が判断します。後でお嬢さんにも御目通り願えますでしょうか。有名なピアニストと聞いておりますが、私は音楽の方はどうも……」

「娘はあんたには会わんでしょう」

「ほう、なぜですか」

「さあ、難しい年齢ですからな。近頃は、私ともあまり話をしたがらないもんで」

そこへ丁度、さっきのお手伝いさんがお盆にお茶を載せてやって来た。才ノ原の前に蓋つきの茶碗を置き、主人の前にはやや大きめの陶器の湯飲みを置いて下がろうとすると、それを弥之助が呼び止めた。

「ああお多恵さん。すまんが、ここへ真佐子を呼んできてくれんか。こちらのお客人が話があるそうだ」

お多恵さんと呼ばれた小太りのお手伝いさんは、

「はい。かしこまりました」

と応えて引き下がった。

そこで会話が途切れ、才ノ原は仕方なさそうに出された茶椀の蓋を取って、それを大事そうに両手に包みながら一口すすった。

弥之助は憮然とした表情でその様子を見ながら、自分も片手で湯飲みを取り、ずずっと音を立てて茶を飲んだ。

「時に……」

先に口を開いたのは才ノ原だった。

「東京の方では、米軍のB29が編隊で飛来し、軍需工場や軍の施設ばかりでなく、民間人の住居をも爆撃して焼き尽くしていると聞きます。安岡さんは満州から引き揚げて来られたようですが、東京のご自宅の方も被害に遭われたそうですね」

弥之助は訊かれたことには応えず、不審そうに眉根を寄せると

「才ノ原さん。あんた、この戦争に日本が負けると思っとるのではないでしょうな」

と切り返した。才ノ原はじっと相手の目を見ながら、ゆっくりとかぶりを振った。

「そのようなことは、私の立場では口が裂けても言えません。この軽井沢でも、憲兵や特高が動き回っておりますからな。

しかし、差し支えなければ満州の様子などをお聞かせ願えないかと思ったものですから。あ、いやそれは、今日お伺いさせてもらった件とは関係がありませんので、はばかられるようでしたら結構です」

「別に私にははばかられることなどありませんよ。実は、関東軍情報部の将校に知り合いがおりましてな。満州にいた時にその筋から得た情報によると、国境付近のソ連軍に不穏な動きがみられるというのです。

昭和十六年四月に調印された日ソ中立条約があるから、まさかソ連軍が満州に攻め入って来ることは無いと思うが、安全を期して家族を連れて東京の自宅にいったん引き上げて来たというわけです。

ところがあんたの言うように、東京も空襲が頻繁に行われるようになり、先の三月十日の大空襲で私の邸もほぼ全焼してしまいました」

「それはご災難でしたなぁ」

才ノ原は口をへの字に曲げて、長い顔の下の無い顎を引いた。そこへお多恵さんが戻って来た。

「旦那様。真佐子お嬢様は、どうしても今人に会いたくないとおっしゃっています」

弥之助は眉をひそめ、

「長野県警の警部補さんがお会いしたいと言うておられるのだ。そのことをちゃんと伝えたのか」

「はい、もちろんでございます。お嬢様はお部屋に閉じこもったきり、ドアを開けてもくださいませんでした」

弥之助と才ノ原は顔を見合わせた。弥之助の顔には、「だから言っただろう」と書かれていた。弥之助は憮然とした調子で言う。

「ふうむ、困ったものだ。才ノ原さん。お聞きの通りです。わがまま娘で手を焼いておりますが、ここはひとつ酌んでいただき、必要とあればまた出直してもらいましょう」

才ノ原はしぶしぶ首肯し、突然邪魔をした無礼を詫びて安岡の別荘を辞した。

四

安岡家の別荘を出た才ノ原は、その足で今度は外国人が多く住む別荘地区へと向かった。

平坦な旧軽井沢の日本人居住地域から、今度は東に向かってなだらかな斜面を登っていく。才ノ原が目指す家は金子庸三博士の別荘で、現在そこには若いユダヤ人避難民の夫婦が住んでいる。

駐在の巡査から聞いていた番地を探しながら白樺の木立を抜けていくと、どこからかやわらかなピアノの音が聞こえて来た。

何とはなしにそちらの方へ足が向く。

すると、探していた番地と一致するバンガロー風の小さな家の中から、ピアノの音が響いて来ることに気が付いた。

「アルベルト・メッセル、アンナ・メッセル」

その別荘の表札には、確かにそう書かれている。オノ原はガラスのはまった格子戸をノックしながら、

「ごめんください」

と、ピアノの音に負けないくらいに大きな声で来訪を告げた。

するとピアノがぴたりとやみ、しばらくしてから、オノ原がこれまで見たことの無いような金髪美人がドアを開けた。アンナ・メッセルだった。

オノ原は、ピアノのある居間に通され、客人用のソファーに座らされたが、なんとなく落ち着かない。部屋には夫のアルベルトもいて、夫妻は並んで珍しい客人の前にかけた。

オノ原が目線を室内のそこここに彷徨わせていると、ふとピアノの脇に立てかけてあるバイオリンケースにその目が行った。

「ストラディバリウスという、世界に五百二十挺しかない希少なバイオリンです。私の分身といってもいい」

オノ原の視線にアルベルトが気付き、コメントを述べた。

「ストラディバリウス」という名前は聞いたことがあるものの、そのバイオリンの価値がどれほどのものなのかオノ原は知らない。

「あなた方は、プロの音楽家なのですか」

オノ原がやや間の抜けた質問をした。東京では二人の名は有名になっていたが、ここ軽井沢では「西洋の楽器を奏でる変わった夫妻」くらいにしか、二人は知られていない。その問いにアンナは直接答えず、首を傾げて微笑んだ。

「東京にいた時には、二人でリサイタルなども催したものです。戦火で東京を追われ、金子教授のご温情でここ軽井沢まで疎開して来ましたが、今では毎日の暮らしを何とかすることで精いっぱいですわ」

彼らが日本語を解することは、駐在から聞いてオノ原も知っていた。実際に言葉を交わしてみて、二人との意思の疎通が問題なくかなうことが分かり、オノ原は安堵しながら早速要件に入った。

「おとといの晩、旧軽井沢の某子爵別荘の敷地内にある特別にしつらえられた小屋の中で、帝国陸軍大佐の犬塚氏が亡くなられた事件をご存知でしょうか」

二人は同時に首肯する。

大佐の怪事件は軽井沢中に広まっていた。彼らが事件を承知していることを確認してから、オノ原は話を継いだ。

「犬塚大佐のご遺体は、軍服姿ではなく私服でした。遺体を発見したのは軽井沢駐在の巡査で、発見当時小屋の入り口の扉には内側から閂錠が掛けられていました。

また、小屋の南側の壁に取り付けられている窓も、室内からねじ込み錠が掛けられていました。もう一つある明り取り窓は、壁にはめ殺しになっていて開閉できません。

このように、犬塚大佐が亡くなっていた部屋は、いわば完全な密室だったのです」

「大佐はどうして亡くなったのですか」

アルベルトが怪訝な表情で質問を挟んだ。

「検視によって、縊死と断定されました。つまり首を吊ったのです……」

言いかけてオノ原は、話が長くなると思ったのか、おもむろに背広のポケットから紙巻き煙草とマッチを取り出した。

「吸ってもよろしいですか」

一応断ると、アンナがうなずき、キッチンの方から灰皿を持って来た。オノ原は
「恐縮です」

といいながら、マッチで煙草に火を点け、擦ったマッチは丁寧に火を消して灰皿の中に置いた。

オノ原は、あの近衛公爵が良くやるような遠くを見る目でしばらく煙草をくゆらせていたが、ポンと一つ灰皿に注意深く灰を叩き落とすと、話を再開した。

「状況はいかにも自殺に見えます。しかし私は事件を殺人と捉え、捜査を進めています」

メッセル夫妻は、驚きの表情で同時にオノ原を見た。

「その理由はいくつかあります。これは内密にしていただきたいのだが、まずどこを探しても大佐の遺書らしきものが見当たらなかったこと、さらには大佐が拳銃を持参していたことなどが挙げられます。これらの点は、大佐の縊死を自殺とした場合には不可解です」

「首つり自殺に失敗した時のことを考えて、拳銃も持参していたのではないですか」

アルベルトが指摘すると、才ノ原はそれに疑問を呈した。

「なるほど、そういうこともないとは言えませんな。しかし首を吊るより、むしろ拳銃を使用した方がいかにも軍人らしい。いや、大佐が自ら死を選ぶなら、拳銃自殺以外ありえないでしょう。何しろ、拳銃はすぐ手の届く外套のポケットの中に入っていたのですからな。

しかし、大佐の所持していたその拳銃から、弾が発射された痕跡はありませんでした。結局大佐は縊死を選んで自害した、といえばそれまでですが、私にはどうもそうは思えません」

そこまで語ってから、才ノ原は余計な情報をしゃべり過ぎたと反省したのか、話題の方向を変えた。

「ところで私が今日突然お邪魔したのは、この犬塚大佐の事件について、あなた方に是非いくつかお訊ねしたいことがあったからです」

「どうぞ、何なりと」

「ありがとう。ではまず、あなた方は犬塚大佐のことをどう思っておられますか」

いきなりの質問に、アルベルトはやや応えを躊躇した。

「どう、とおっしゃいますと……？」

答えの代わりに反問する。

才ノ原は煙を吸って鼻から吐き出すと、さらに踏み込んだ。

「あなた方が犬塚大佐と面識があったことは、すでに調べがついています。実は、あなた方がどうやって日本に入国できたのか、さらには犬塚大佐があなた方の入国に反対していたことなどの情報を、私は満州の警察や外務省を通じて入手しているのです。

裏を返せば、このことから、あなた方が犬塚大佐の存在を疎ましく思っていたと捉えることもできる」

アルベルトは驚いて目を見開く。

「私たちは容疑者ですか」

オノ原はその質問には応えず、黙ってアンナの方を見た。アンナもやや憤慨しながらオノ原を見返す。

「私たちが満州に入国した時、確かに犬塚さんは私たちにこの国から出て行けと圧力を掛けて来ました。しかしその際私たちを救ってくれたのが、金子中尉でありその上司の樋口特務機関長です。

おかげで私たちは無事日本本土にも入国でき、こうして軽井沢の皆さんのご援助もあって生きています。今では犬塚さんに対して、何の悪い感情も持ち合わせてはおりません」

アンナは努めて冷静に説明した。

「そうですか。いや、良くわかりました。ではその件はそれでよしとしましょう」

意外にすんなりと引き下がるオノ原に、アルベルトは返って訝しそうな目を向けた。

「ところで、犬塚大佐は安岡家の長女の真佐子さんに結婚を申し込んでいたという話ですが、それに対して真佐子さんはどう対応されていたのでしょうか。あなた方は安岡家と薄からぬご縁があるようですが、何かそのあたりを真佐子さんからお聞きになっていないでしょうか」

「そういうことは、私どもがお応えすることではないと思います。ご本人の気持ちは、ご本人から聞かれたらよろしいでしょう」

アンナが皮肉交じりに返すと、オノ原はもっともだというように大きくうなずき、再び探り方を変えた。

「真佐子さんには、金子中尉という婚約者がいた。ですから当然、犬塚大佐の求婚など見向きもせずに突き放していた。

しかしその金子中尉は、悲運にも戦死された。こうして奇しくも真佐子さんと犬塚大佐をめぐる状況はそれ以前のものとは大きく変わったため、真佐子さんはお父様の弥之助氏から、犬塚大佐からの求婚を考えてみてはどうかと助言されていた……とまあ、こんなふうに私は考えているのですよ」

「警察は、いろいろとご存じなのですね」

今度は感心したように小さくため息をつくと、アンナはオノ原の言うことを認めつつ、仕方なく自分の考えを述べた。

「真佐子さんは、金子さん一途でした。本当に仲の良いお二人で、それを引き割いた戦争は、むごいことをします。

真佐子さんは、今でも金子さんのことを心から愛していらっしゃる。犬塚大佐のことなど、いくらお父様のご助言でも全く眼中にないと私は思います」

「二人の愛は、永遠の愛です。まるで私たちのように」

アルベルトが余計な口出しをしたが、オノ原はそれにおざなりの笑みを返してから、今度はアルベルトの顔を見据えた。

「ところで、あなた方が満州入国を果たした年に、ハルビンで関東軍子飼いの兵士がアパートの中で死体となって発見された事件がありましたな。覚えておられますか」

オノ原は、手元まで火が迫っている煙草を親指と人差し指でつまむようにして、最後とばかりに窮屈そうに一口吸った。

「ああ、あの事件……。もちろん覚えていますよ。それが何か……」

アルベルトのその返答を聞いていなかったかのように、才ノ原は短い吸殻を灰皿に押し付け、鼻から煙を吐いた。彼は、しばらく灰皿の中のもみ消した吸殻を見つめたまま黙っていたが、やがて訥々と話しを始めた。

「その事件の捜査に当たったハルビン警察局の伍東警尉は、私と同い年で私も良く知っている男です。事件の後、私は一度伍東警尉から手紙をもらいました。その中で伍東は切々と事件捜査の内容を述べています。それによれば、今回亡くなった犬塚大佐の子飼い的な徳永という男を殺害したかどで、李永世という支那人が逮捕され、すでに李に対する死刑も執行されたとのことでした。

しかし伍東警尉の胸の内では、事件は七年経った今でも解決には至っていないようです。つまり徳永を殺した犯人は李ではないと、彼は思い悩み続けているのです。それで私も、刑事としてずっとこの事件に興味を持っておりました。

もう七年も前の、しかも遠い満州で勃発した殺人事件ですが、当時の日本の新聞にその事件に関する記事が小さく出ていたことを、私は今でも記憶にとどめています。記事には、事件の発見者としてアパルトメントの大家の陳老人、金子中尉、傳田上等兵らと共に、三人のユダヤ人避難民のことが載っていました。

その三人とは、あなた方お二人と、昭和十五年つまり一九四〇年の十月三十一日に安岡家の裏口付近の防火用水脇で銃殺された、バーナードというユダヤ人避難民、の三人ではありませんか？」

メッセル夫妻が黙って顔を見合わせた所作を肯定と捉えると、才ノ原は二人の返答を待たずに続けた。

「どうでしょう？　ハルビンで七年前に起きたその不可解な殺人事件の詳細を、ひとつあなた方の口から私に話していただけませんか。そしてその後バーナードというあなた方の同僚が、東京の本郷で殺されたいきさつについても、何かご存知のこととかお考えになっていることなどがあったら、是非私に聞かせてほしいのです」

二人は何回か顔を見合わせながら、戸惑う様子を見せていた。その心中を表すように、アルベルトが質した。

「刑事さん、あなたは犬塚大佐が亡くなった事件について捜査しているのではないのですか？　それと七年前のハルビンでの事件や、五年前のバーナードの事件と何か関連があるとでもおっしゃりたいのですか」

「……その問いには、まだ何ともお応えのしようがありません。正直言って、私にも分からないのです。しかし、どうも今回の事件は七年前の満州に遡って何かの糸でつながっているような気がしてなりません。それを手繰り寄せることで、今回私が遭遇した犬塚大佐の死の謎を解明する手掛かりに突き当たるのではないかと、私は考えているのです」

才ノ原は心中包み隠さず述べた。アルベルトとアンナは少し考えていたが、やがてアルベルトがアンナに「僕が話そう。欠けているところがあったら、君が補足してくれ」

と断ったうえで、流暢な日本語で説明を始めた。

才ノ原は手帳と鉛筆を取り出し、アルベルトの話を熱心にメモしていたが、時折りメモから顔を上げ、「ほう」とか「なるほど」といった相槌を打ちながら話し手の語りを促していた。

こうして、アルベルトが一通り説明を終えると、アンナが二、三の点を補足した。

「ふうむ。何とも興味深い話ですなあ」

才ノ原は、メモ帳と鉛筆を手に視線を宙に浮かせたまま、ぼんやりと呟いた。だがその小さな瞳には、幼子のような澄んだ輝きがあった。

この事件の概要はすでに伍東の手紙で知っていた才ノ原であったが、事件当事者のアルベルト夫妻から細かな点までを聞くに及び、彼はその時、密室殺人事件の謎を解くある手掛かりを得ていた。

五

長野県警察本部
警部補　才ノ原　則之　様

拝　啓

信州の初夏は、さぞかし美しい緑に包まれていることと存じます。ハルビンでは今正に、丁香花が香り豊かに咲き乱れる季節に入っています。本土の皆様は鬼畜米英との戦に奮戦されている由、誠にご苦労様に存じます。

ここ満州では、万一のソ連軍の暴挙に備え、国境近辺の警備を怠らぬよう万全の態勢を敷いています。有事の際には、きっと関東軍が敵を蹴散らしてくれることでしょう。

さて早速ですが、七年前にハルビン市内のアパルトメントにて発生した関東軍子飼いの兵士徳永貞夫殺害事件について、過日貴殿より文書にてお問い合わせいただいた次の点について、当時の捜査記録を参考に小職の記憶を掘り起こしましたところを、お答え申し上げます。

まず前書きとして、ハルビン市の中心から少し外れた住宅街にある、陳という支那人が大家となっているアパルトメントで起こったこの殺人事件では、容疑者として陳本人が逮捕されました。しかしその後新たな重大情報を得た捜査班は、陳を釈放し、李永世という旧奉天派軍閥兵士の支那人の男を逮捕しました。

ところがそれは、警察が迷宮入りの様相を呈していた事件の決着をつけるべく、決定的な証拠がないまま容疑者を検挙したまでの話であり、李本人は事件の関与を否定していました。

そのことを踏まえたうえで、以下貴殿よりいただいた各ご質問に対し、小職よりのご返答を、箇条書きにしてしたためます。

問　事件現場となったアパルトメントの入り口ドアの鍵は、大家の陳以外本当に誰も使用できなかったのか。

答　その件は小職も陳に厳しく詰問しましたが、「鍵はいつも自分が肌身離さず持っており、自分以外それを使ったり合鍵を作ったりする余地は絶対になかった」と、本人は誓って申しておりました。

問　陳がアパルトメントの鍵を開け、金子中尉と三人のユダヤ人たちが中に入って行った時、建物の中には殺された徳永の死体だけが残されていたというが、その時犯人とおぼしき不審な人物の姿を見かけた者は本当にいなかったのか。

答　金子中尉、傳田上等兵、三人のユダヤ人、陳、あるいは徳永の死体以外、建物の中には誰もいなかったと、皆口をそろえて証言しました。関係者への事情聴取は小職自らが行いましたが、本件について、この中に嘘をついている者がいるとは思えません。

問　右の問いに関連し、一同が建物の中に入って行った後、入り口ドアとは通路を挟んで反対側にある裏口のドアから逃げ出した者はいなかったか。

答　繰り返しになりますが、そのような者は誰も見ていません。裏口から犯人が逃走したというお考えは魅力的ですが、それでは犯人と被害者が一体どこから建物の中に入ったのかという新たな謎が生まれます。陳老人は、入り口ドアの鍵はもちろん、裏口の閂錠も間違いなく施錠してあったと証言しています。

問　犯人が逃走した後、金子中尉、傳田上等兵、三人のユダヤ人、あるいは陳のうちの誰かが、他の誰かに見とがめられることなく裏口の閂錠を操作したという可能性はないのか。

答　右記の誰かが建物の中に入ってから裏口の閂錠をこっそり外した、あるいはそれをこっそりかけた、という可能性は否定できません。大変申し訳ないことに、小職はその可能性を考えてもみませんでしたので、事件関係者には訊きそびれてしまいました。

問　徳永は、後頭部を角ばった鈍器のような物で殴られ、それが原因で死亡したというが、徳永を死に至らしめた凶器は未だ見つかっていないのか。

答　当方、署の精鋭を当たらせて当該アパルトメントの内部や現場周辺をくまなく捜索したのですが、未だ凶器の発見には至っておりません。

問　逮捕され、後に死刑となった李永世は真犯人か。

答　私にはどうもそうは思えません。であるとすれば、李は冤罪ということになってしまいます。しかし元奉天派軍閥の李が関東軍に恨みを抱いていたことは確かで、李はハルビン市内にある関東憲兵分遣隊の詰所に銃撃を行った犯人でもあります。死刑に処されたのもやむなしとの当地の世論であります。

以上が、貴殿からのご質問に対する小職のお答えとなります。
犯人の姿や凶器の存在が全く見えないこの奇怪な事件に、小職もさんざん悩まされましたが、右の問答が、今回貴殿が捜査されている事件の解決の手掛かりにでもなれば、小職としてはこの上ない喜びに存じます。
また、厚かましいお願いではありますが、七年前のこちらの事件についても、引き続き何かお考えなどございましたらお聞かせ願えれば幸甚に存じます。

これからよい季節を迎える軽井沢とは存じますが、朝晩の冷え込みにどうぞご留意され、風邪など召されませぬようお元気に過ごされることを願っております。
大日本帝国の勝利を信じ、筆をおきます。乱筆乱文の儀、何卒ご容赦ください。

敬具

ハルビン警察局警尉
伍東　又男

長野県警察本部

警部補　才ノ原　則之　殿

冠省　久しくお会いしておりませんが、お変わりなくお過ごしのことと拝察します。

さて早速ですが、過日貴殿よりお問い合わせのあった、五年前に本郷安岡邸近くで発生したユダヤ人射殺事件の件ですが、左記のようにお答えいたします。

まずこの事件は、本郷の貴人が住む住宅街を通る一本道に、防火用水を設置している窪んだ小さな空き地があり、その空き地のほぼ中央で、一人のユダヤ人男性が拳銃で胸を撃たれて亡くなっていたというものです。銃声がした時、その一本道の両側からそれぞれ人が防火用水置き場の方向に向かって来ていたのに、現場から逃走する犯人の姿を見た者が誰もいないという奇々怪々な事件でした。

一本道の片側からは巡査が、反対側からは二人の一般人男性が、それぞれ現場に向かったわけですが、貴殿のご質問は、まずこの二人の一般人男性の身元や被害者との関係について、小職の知る所があったら教えてほしいということでしたね。

小職は事件の後、この二人からも事情聴取をしました。二人は同じ商用関係の会社の中堅社員で、その晩は他社のビルで会合が予定されていたため、事件発覚時には丁度そのビルに向かって本郷の一本道を歩いていたそうです。

なお、彼らと被害者のユダヤ人男性との間には、何の関係もありません。二人とも、被害者のユダヤ人男性に会うのは初めてであり、自分たちはこれまでにユダヤ人とは話したこともなければ会ったこともない、と証言しています。

次のあなたのご質問ですが、この二人の会社員男性がユダヤ人を殺した後すぐに直線道路に戻ると、何食わぬ顔で今道路の向こう側から歩いてきたようなそぶりで再び現場の空き地に入った、という可能性についてお答えします。

この疑問については、

「その可能性はなかった」

とはっきり申し上げられます。小職はこの件について、事件の第一発見者である杉山巡査にくどいほど確認の質問をしました。杉山巡査の回答は
「私が銃声を聞いた時、二人の会社員男性は、間違いなく事件現場を挟んでその時私がいた場所と丁度反対側のあたりをこちらに向かって歩いていた」

と断言しているのです。つまり銃声がした時彼らがいた場所は、現場から少なくとも数十メートルは離れていました。銃を撃ってから、杉山巡査の目に触れずにすぐその場所まで戻ることは、どう考えても不可能です。

あなたのご質問に対する回答は以上です。

現状ではほとんど貴殿のお役に立てず、誠に歯がゆい思いではありますが、小職とて五年前のあの事件の宮入り阻止を、まだあきらめたわけではありません。また何か進展がありましたら、こちらからご連絡しま

す。取り急ぎ用件まで。

草々

東京警視庁警部補　羽崎　豊

ハルビンの事件と東京本郷の事件をそれぞれ担当した二人の刑事から届いた手紙を見比べながら、オノ原はじっと考え込んでいた。

どちらも差出人が刑事だったので、検閲もさほど手を入れていないようだ。もっとも、差出人の方があらかじめ検閲を見越して、消されてしまいそうな語彙や文面をできるだけ避けたのであろう。

それでもこれらの手紙からは、それぞれの事件の捜査に当たった警察関係者の苦悩や無念さが伝わってくる。

オノ原は今、七年前ハルビン市内のアパルトメントで起きた徳永殺害事件、五年前東京本郷で起きたユダヤ人ピアニスト射殺事件、そしてこの三月に軽井沢の旧子爵邸内の「逢瀬小屋」で起きた陸軍大佐絞殺事件（オノ原はそう考えていた）という三つの事件の関連性について、思考を没頭させていた。

これらの事件が、相互に関連があるか否かはオノ原にも分からない。むしろこれら三つの事件を知ったオノ原が、それぞれの事件の似通っているところを、「関連がある」と自分の頭の中で勝手に決めつけてしまったのかもしれない。

だがオノ原は、自分のただのひらめきがひらめきだけでは収まらないような、何か確信にも似た動きへとつながっていく予感を、拭い去ることができなかった。

そこでオノ原はこれら三つの事件の特徴を抽出し、整理してみることにした。

それを赤茶けた手帳に書き記したものが、次に示すメモである。

第一の事件

発生日時：昭和十三年四月十五日夕方
発生場所：満州国ハルビン市内のアパルトメント
被害者と死因：徳永貞夫（当時四十八歳）。関東軍犬塚大佐直属の部下で異常に背が低い小男。後頭部の打撲傷と、それによる脳挫傷が死因とみられるが、凶器は発見されていない。
事件の発見者：金子陸軍中尉、傳田陸軍上等兵、ユダヤ人避難民（男二人女一人）、陳（アパルトメントの大家）
備考：現場は二つの出入り口が施錠され、窓という窓には鉄格子がはまっていた。またその窓にも、建物の内側からすべてねじ込み錠が掛かっていた。人がそこから出入りできる余地はなかった。しかるに、関係者の誰も建物の中で犯人を目撃していない。
旧奉天派軍閥の李が逮捕され、死刑が執行された。

第二の事件

発生日時：昭和十五年十月三十一日午後八時
発生場所：東京市本郷の安岡家の裏口付近に設けられた防火用水の脇
被害者と死因：バーナード・フライシャー（当時二十七歳）。ユダヤ人避難民、ピアニスト。拳銃を左胸に当てて撃たれたものと思われ、弾丸は心臓を貫き肺で留まっていた。死因は失血死。凶器と思われる拳銃は見つかっていない。死体から摘出された弾丸は、八ミリ南部弾。
事件の発見者：本郷派出所杉山巡査、男性商社員二名
備考：現場は、両側に邸宅が並ぶ一本道に面した防火用水置き場。一本道には脇道がなく、犯人は道路沿いの塀を乗り越えて邸宅の庭に逃げるより他、逃走手段はない状況。しかるに、関係者の誰も犯人を目撃していない。
安岡邸の裏口は施錠されていたが、その時東京でのピアノリサイタルのためたまたま満州から邸に居合わせていた安岡真佐子が裏口から出て来て、「自分も銃声を聞いたが犯人らしき人物は見ていない」と証言。

第三の事件
発生日時：昭和二十年三月二十五日、夜
発生場所：旧軽井沢日本人別荘地区にある、旧子爵邸敷地内の「逢瀬小屋」
被害者と死因：犬塚条太郎、五十歳、関東軍大佐。ピアノ線のようなものによる縊死、あるいは絞殺
事件の発見者：軽井沢駐在所巡査
備考：現場の小屋は、唯一の出入り口扉が閂錠で内側から施錠されており、窓にも内側からねじ込み錠が掛けられていた。第一発見者の巡査はこの窓のガラスを割って現場に入り、床に倒れている犬塚大佐を発見した。大佐以外、中には何者の姿も無かった。
発見当時、部屋の電気はついていなかったが、室内のテーブルの上に一本のろうそくが灯っていた。遺書は発見されなかった。被害者が着ていた外套のポケットから、陸軍軍人用の九四式拳銃が一丁見つかった。

このメモを何度も見返し、事件に関係している人物、犯行の手口、殺人の動機等における相互の類似点や異なる点などを突き詰めて行った。すると才ノ原に見えて来たものが二点あった。

一点目は、いずれの事件も鍵の掛かった部屋や衆人環視の空間から犯人が消えてしまったこと、そして二点目は、いずれの事件にもユダヤ人避難民が何らかの形で関わっていたことである。

この二点目について、犬塚大佐はユダヤ人避難民と直接関係は無いが、しかし彼は生前、ユダヤ人を擁護したりあるいは彼らが日本に入国したりすることを頑強に拒んでいた。このことから、ユダヤ人避難民たちが犬塚大佐に怨恨の情念を抱いていたとしても不思議ではない。

同じことは第一の事件の動機としても成り立つ。

徳永は犬塚のいわば下僕であり、ユダヤ人を排斥しようとする犬塚の命令でユダヤ人に害を及ぼそうとして、逆に返り討ちに遭ったのかもしれない。第二の事件でバーナードというユダヤ人が殺されたのは、第一の事件で徳永を殺された犬塚がバーナードに復讐した、とは考えられないだろうか。

この論理から行けば、復讐の連鎖はさらに犬塚にまで及んだ、と考えることもできる。友人のバーナードを殺されたメッセル夫妻が、今度は犬塚への復讐を企ててそれを成功させ、殺意の連鎖に終止符を打った。

そう考えて行くと、三つの事件は報復の繰り返しという単純な動機で引き起こされたものと結論できるのだが、しかし本当にそうだろうか……

六

オノ原は、軽井沢駐在所の巡査であり犬塚の事件の第一発見者である下川巡査を連れて、旧軽井沢日本人別荘地区にある旧子爵邸敷地内のいわゆる「逢瀬小屋」に来ていた。あたりはすっかり日が暮れ、事件があった日の夜にたがわず「逢瀬小屋」周辺は闇に包まれていた。

オノ原の手には一本の長いろうそくと、直径一メートル程度の輪の束になったワイヤーのようなものが握られていた。

「警部補殿。これから一体何をなさるおつもりですか」

下川はやや怪訝そうな表情でオノ原を見上げた。長身のオノ原の長い顔は、下川の頭ひとつ上に付いている。

「なあに、そんなにびくびくすることは無い。これからちょっとした実験をやるので、君に少々手伝ってもらいたいだけだ」

オノ原は、近衛公爵然とした暢気な顔で下川の不安を一蹴すると、下川が照らす懐中電灯の明かりの中をずかずかと「逢瀬小屋」に向かって進んで行った。下川は、オノ原の足元を照らす明かりがぶれないように、下を見ながら懐中電灯の方向を集中させてついて行く。

やがて小屋の前までやって来た二人は、しばしその場に佇み、小屋の入り口あたりをじっと見ていた。付近には他に誰の姿も無く、虫の音だけが静かに二人を包んでいた。

事件が発覚してから三週間。もしこれが殺人事件であった場合、このころまでに解決の糸口が無ければ捜査は長期化し、迷宮入りする恐れもあった。

犬塚の死体は片付けられ、また床にあった中折れ帽や天井の梁からぶら下がっていたピアノ線なども、すでに証拠品として収集されてそこには無かった。一方事件が発覚した際、現場に立ち入るために下川巡査が割った窓ガラスはそのままであったが、その時施錠されていた入り口扉の閂錠は、今は閂が引き抜かれて解錠の状態になっていた。

オノ原は下川に背を向けたまま小屋の入り口にまっすぐ進むと、小屋の戸を引き開けた。ギイィ……と、わずかにきしむ音が響いた。そこでオノ原は下川を振り返り、

「中で話そう」

と誘った。

言われるままに、下川はオノ原の後について小屋の中に入った。中はほぼ真っ暗で、下川が向ける懐中電灯の明かりのみが頼りだった。

下川が中に入ったのを見届けたオノ原は、戸に歩み寄り、そしてゆっくりと戸を閉めた。またギイィ……というきしむ音がした。懐中電灯の光が、室内を舞う埃に反射してきらきらと渦を巻くように動いていた。

オノ原は、持っていたろうそくを部屋の真ん中にあるテーブルの上に立てて置くと、ポケットからマッチを取り出し、それでろうそくに点火した。揺らめく明かりがオノ原の横顔を不気味に照らし出す。

オノ原は下川を振り返ると言った。

「どうかね、下川君。事件当夜のことを思い返してみてくれたまえ。窓のガラスが割れていなかったということの他は、これで部屋の中の雰囲気は君が事件を発見した時と大体同じになったと思うが」

オノ原の声は、黴臭く湿った室内でくぐもったように聞こえてきた。

下川はふと、天井を縦に走っている太い梁に目を向けた。事件当夜、そこにはあの首つり用のピアノ線が、

下部に輪を作ってぶら下がっていた。だが今は、それも撤去されていた。

下川は、事件の夜のことを思い出しながら応えた。

「そうです。あの時も、部屋の中にはこんな感じでろうそくが一本灯っていました。私が外から窓を透して内部を見ると、部屋の真ん中は妙に明るかったのですが、端っこや四隅は暗くてあまりよく見えませんでした」

その返答にオノ原は小さくうなずくと、もったいぶったように続けた。

「君をわざわざこの薄気味悪い事件現場に呼んだのは、他でもない。君に、これから始める実験に加わってもらい、さらにはその証人になってもらいたいからだ」

「実験の、証人に？」

「そうだ。良いな。ではよく見ていてくれ」

何が何だか分からず、下川がともかく了承すると、オノ原はさっそく指示を出した。

「まず君は部屋の外に出ていてくれんか」

「私がですか？」

反問したものの、有無を言わさぬオノ原の表情を見て取ると、下川は返事を待たずに言われた通り外に出た。

下川の背後で戸が閉まる音がした。そして閂錠が掛かる音……。小屋の内側から、オノ原がドアを閉めて施錠したのだ。

小屋の裏の鬱蒼と茂った森からは、様々な虫の音が聞こえてきた。暗い空を見上げると、白い雲が月を覆い隠すように動いていていた。

そうして五分ほど経ったろうか。突然、小屋の戸を解錠する音がして、戸が開いた。中からは、オノ原がゆったりした足取りで現れた。

「準備ができた。ここで君と入れ替わる」

「といいますと、今度はまた私が中に入る番ですか」

そう言っているではないかというように、才ノ原は黙って下川の目を見てうなずくと、中に入るようもう一度目で合図した。

一体何が始まるのだろうと訝しく思いながらも、下川は指図されるがまま才ノ原が開けた小屋の入り口をくぐって中に入った。それを見届けると、才ノ原は小屋の外から入り口の戸を閉めた。

「下川君。中から扉の閂錠をかけろ」

小屋の外にいる才ノ原が言った。

下川は、言われるがまま閂を錠受けにしっかりと差し込んだ。

こうして小屋は、下川が一人中に入ったまま彼の手で完全に閉じられた。

「鍵をかけました」

外に向かって告げたが、才ノ原からの返事はなかった。下川が、どうしたものかとろうそく一本だけ灯っている部屋の中央に突っ立ったまま待っていると、唐突に、誰もいないはずの薄暗い部屋の奥から
「下川君……下川君」

と声がする。驚いて振り返ると、入り口から見てななめ右奥、あの晩犬塚大佐が倒れていたあたりから、再び声がした。

「こっちだ、下川君」

下川は自問する。

「おかしいな。入り口の戸には内側から閂錠が掛かっているし、割れたガラス窓からオノ原警部補が中に入って来た様子も全くない。だが小屋の奥からは、確かに警部補の声が……」

そのあたりはろうそくの明かりが行き届かず、薄暗かった。目を凝らして声がする方を見たが、やはり誰もいない。下川は恐る恐るそちらへ歩み寄って行った。

「もっと奥に来るんだ」

もう一度声が聞こえた。そこでようやくその正体が分かった。

オノ原は、小屋の外から壁板と壁板の隙間を通して、小屋の中の下川に呼びかけていたのだ。

「何ですか、警部補殿」

こんな隠れ鬼のようなことを他愛もない、と下川は緊張していた表情を緩め、さらに一歩奥に踏み込んだ。

その時であった。

丁度小屋の外側の入り口付近で、ドサッと何か重いものが地面に落ちる音がした。下川はぎくりとしてそちらを振り返った。

「なんだ?」

と突然、頭の上前方で、ガサッと音がしたかと思うと、なにかが下川の喉のあたりに絡みついてきた。

思う間もなくそれは喉から首の両側へと巻きつき、下川をこちら向きにしたまま小屋の隅へと引きずり込んだ。驚いて下川は、首を後ろへと引っ張る細いワイヤーのようなものに両手を掛けて、必死に抗おうとした。

が次の瞬間、ワイヤーを引く力が緩んだ。

ワイヤーは下川の喉に引っかかって、さっきまでその両端が均等の力で後方から引っ張られていたのだが、突然そのワイヤーの一方を引く力が無くなったのだ。続いてワイヤーは、一端の方だけ引っ張られ、そのまますするすると下川の背後へ去って行った。

下川が振り返って見ると、暗がりの中でまさに今そのワイヤーが壁板と壁板のわずかな隙間から、小屋の外へと引かれて消えて行くところであった。その細く丈夫そうなワイヤーが見えなくなってから間もなくして、入り口の戸をたたく音がした。

「下川君。実験はすべて終わった。ここを開けろ」

オノ原が外でわめいている。下川は、喉と首筋をさすりながらあわててそちらへ走り寄ると、入り口戸の閂錠を解錠した。

「どうだ。これで、犬塚大佐を殺害した犯人の手口が良く分かっただろう」

下川の顔を見るなり、開口一番オノ原が言った。

「何かが突然私の首に巻きついてきました。しかし何がどうなったのやら私には……」

「分からんと申すか……まあ無理もない。犬塚大佐もそうやって訳の分からぬまま犯人に絞殺されたのだからな。では、君にも分かるように、もう一度初めから説明しよう」

見るとオノ原の手には、さっき下川の喉に絡みついてきた細いワイヤーが、束ねて握られていた。さらによく見ると、それはピアノ線らしかった。

そこでオノ原は、輪のように束ねて持っていたピアノ線をもう一度ばらけさせ、まっすぐな一本のロープ状にしてから、それを丁度真ん中あたりで二つ折りにした。ピアノ線には弾力があるので、線に折れ目まではつかなかったが、それを無理に曲げたまま持つと、オノ原は小屋の右奥の方に入って行った。

小屋の右奥手前あたりで立ち止まると、そこでオノ原はゆっくりとこちらを振り返った。その目は上前方を見上げている。そこには、梁からぶら下がっている裸電球用の黒いソケットがあった。事件当夜と同様、ソケットに電球ははめ込まれていなかった。

オノ原は折り曲げたピアノ線の両側をそれぞれの手で持つと、背を伸ばし、ピアノ線の真ん中で曲げた部分を梁から釣り下がった電球ソケットのひねりスイッチにちょいとひっかけた。

次に、ピアノ線の両端を持ったまま下川の方に背を向けると、さらに小屋の右奥隅の壁と壁が九十度に会する際にまで、それを引っ張って行った。そして左手に持っていたピアノ線の端は左側の壁板と壁板の隙間へ、右側は右壁板の隙間へ、それぞれ差し込んで、線の両端を小屋の外に送り出した（次頁図参照）。

「これで、仕掛けは完了したことになる」

オノ原は再びこちらを振り返った。そして、ピアノ線をひっかけた電球ソケットのスイッチと、そこから垂れ下がりさらに壁板の隙間を抜けて戸外へと導かれていくピアノ線の両端を眺めた。

「この状態で、俺は丁度このあたりの小屋の外側に回って、壁板と壁板の隙間から君に声を掛けたのだ」

「どうりで……。まるで小屋の中から声を掛けられたようでした」

「うむ。被害者の犬塚大佐がこの仕掛けに出会ったとき、あたりはもう暗くなっており、室内の唯一の照明だったろうそくの火も室内全体を照らすには足りなかった。

暗がりの中、犬塚大佐には部屋の上方にぶら下がるこのピアノ線や、梁から降りているダミーの首つりピアノ線が目に入らなかったに違いない。

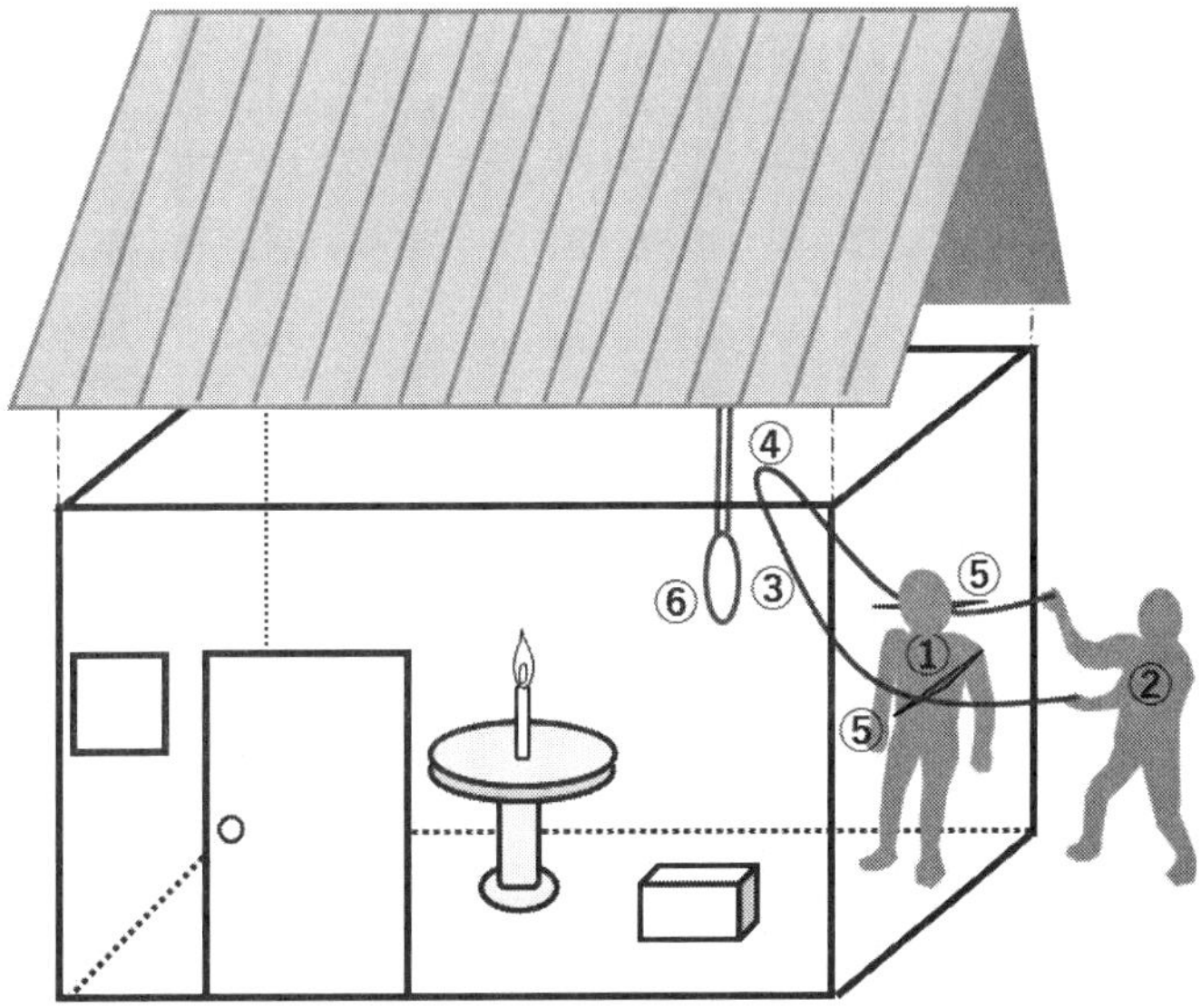

「逢瀬小屋」での絞殺事件の手口

①被害者
②犯人
③殺害に用いたピアノ線
④室内でピアノ線をつりさげていた支点（電球のソケット）
⑤壁板の隙間（直角に交わる壁にできていた２つの隙間を通
して、ピアノ線の両端を室外に導いていた）
⑥天井から吊り下げたダミーのピアノ線

犬塚大佐は身長もさしてなく、犯人が小屋の外から身をかがめて大佐を呼べば、大佐の目は低い方へ向けられる。また部屋の中ほどやや奥の床の上には、みかん箱のような小台が転がっていたので、大佐の意識はそれをよけようとそちらに集中していたであろう。

そんな状況下では、室内に仕掛けられた二本のピアノ線に大佐が気が付かなかったのも無理はない。よしんば気が付いたとしても、それらが何を意味するのかは、その時の大佐が知る由もない」

「そうだったのか……」

下川は絶句し、宙に浮かぶピアノ線をじっと見つめていた。

オノ原はさらに説明を紡いだ。

「さて、君は俺の声に導かれて、小屋の中をテーブルを回って少しずつ奥へと入って行った。その時、入り口の外側あたりで、ドスンという大きな音がしただろう」

「はい。確かに。警部補殿、あの音は何だったのですか」

「なあに。大したことじゃない。小屋の外側にいた俺が、立っていた位置から少し入り口の方に寄って手を伸ばし、その手に持った大き目の石を、入り口付近めがけて放り投げたのさ」

「大きな石？」

「そうだ。君はその音に驚き、そちらを振り返った。その瞬間を狙って、俺は小屋の外に出しておいたピアノ線の両端をそれぞれ右手と左手でしっかり握ってから、思いっきり引っ張ったのだ」

下川は唖然として言葉も出なかった。

音のした方を振り返った瞬間、下川の喉元は、電球ソケットを支点に下がっていたピアノ線と真向いになる。そこで外にいた才ノ原がピアノ線の両端をグイと引っ張れば、ピアノ線はソケットから外れ、線の中央が丁度下川の喉元に飛び込んでくるという仕掛けであった。

その時、下川を振り返らせるために放り投げられたのが、大きな石ころだったのだ。

そういえばあの晩、犬塚大佐の死体を発見した後で、下川は駐在所に応援を求めに小屋を飛び出した。その時彼は、草むらに隠れていた何かにつまずき倒れて脛を打ったが、あの時彼を転ばせたのがその石だったのだ。

才ノ原は続けた。

「ピアノ線は電球ソケットのスイッチから外れて、君の喉の当たりに降りて来る。さらにそれを引っ張れば、君を小屋の隅にまで引きずり込んで、君の首を壁板の角にしばりつけ、そして君を窒息死させることもできる」

下川はごくりと生つばを飲み込んだ。先ほどピアノ線で引っ張られた喉のあたりに手を当てがいながら、出て来た冷や汗を拭う。

下川と犬塚大佐の身長の差は恐らく四、五センチメートルほどで、大した違いではない。先ほどの才ノ原が実験した仕掛けによって、きっと犬塚大佐も下川と同じ目に遭ったのだろう。

犯人が、犬塚大佐の喉元を捉えたピアノ線の両端を素早く束ね、小屋の外から背負い投げを食らわせるようにそれを引っ張れば、犬塚大佐は半分宙吊りになりながら喉を絞められ、窒息して息絶えた事であろう。

「犬塚大佐はそうやって殺されたのですか」

「俺はそう考えた」

大佐が密室で何者かに絞殺された仕掛けがこれで明らかになった、と下川は思った。犬塚は、小屋に入ると入り口の戸に自分で内側から閂錠を掛け、その後で外にいる犯人にピアノ線を使って絞め上げられたのだ。

犬塚大佐の遺体の検視結果によれば、首の後ろ側にはピアノ線で絞められた縊溝はなく、このことから犬塚は自殺の可能性が高かった。しかしこのように犯人が壁を間にして犬塚の首をピアノ線で絞めたとすれば、首の後ろ側には縊溝はつかない。また喉にひっかいたような痕跡すなわち吉川線があったことは、犬塚が絞殺されたことを支持している。

そう考えてみると、天井の梁から輪を作ってぶら下がっていたもう一つのピアノ線は、大佐があたかもそれで首つり自殺を遂げたかのように見せるためのダミーだったのだ。床の上に転がっていたみかん箱のような小台も、首つり自殺に見せかけるための小道具の一つであった。

下川は改めてこの事件の犯人の狡猾さを思い知らされた。と同時に、それを見破り実験で証明した才ノ原に、下川は畏敬の念を抱いた。その公爵然とした、一見間の抜けたような長い顔の才ノ原のどこにそんな能力が備わっているのだろうか。

「警部補殿、お見事な推理であります。すると、小生が事件を発見したのは、犯人がこの蛮行を成し得た直後だったという事になりますか?」

「時間的にはそう経っていなかっただろうね。犯人は、犬塚大佐が小屋を訪れる前に入り口扉から中に入り、ろうそくに火を灯してテーブルの上に置くと、二本のピアノ線をそれぞれ仕掛けてから小屋の外に出たのだ。

こうして大佐が待ち合わせの時間にやって来て罠にかかるのを、犯人はじっと待った。犯人は、大佐が到着する予定の時間と、ろうそくが燃え尽きるまでの時間をちゃんと計算に入れていたことだろう。

犬塚大佐は、犯人の計算通りそのろうそくが燃え尽きぬうちに小屋にやって来て、中に入り内側からドアに閂錠を掛けた。その後はさっき俺と君が演じた実験の通りだよ」

下川は得心したように深くうなずくと、さらに質した。

「犬塚大佐がこの小屋にやって来たとき、小屋の入り口の戸には鍵が掛かっていなかったのでしょうか」

才ノ原は、そんなことは何でもない、という様な顔をした。

「この小屋は、人が中に入って部屋の内側から閂錠を掛けた時にだけ施錠される。だから犬塚大佐が小屋を訪れた時には、中に誰もおらず、戸の鍵は開いていたのだ。

もともと小屋を作った目的は『逢瀬小屋』にするためだったのだから、それで理にかなっているわけだ」

下川は、感心しながらそこで自分の考えを口にした。

「警部補殿。この犯行に使われたピアノ線は、一般人は普通手にしないものだと小生は考えます。もしそうであれば、犯人はピアノ線になじみのある人物という事にならないでしょうか」

「いいところに目を付けたな。君は、犯人がピアノに関係のある人物といいたいのだろう。だが、そこに固執すると思わぬ失態を犯しかねない。今は決めつけん方が良い」

「はっ」

たしなめられても下川は元気よく返答し、続けて訊いた。

「ところで、犬塚大佐は何をしにこんな古びた小屋にやって来たのでしょうか」

才ノ原は視線を彷徨わせながら応える。

「可能性としては二つある。一つは、邸の持ち主の何代か前の子爵がやっていたように、どこかのご婦人と逢瀬を楽しむため。そしてもう一つは、大佐が何者かに強請られていて、あるいは何者かを強請っていて、その者と秘密裏に取引をするためにやって来た、という可能性……」

「すると、その相手が犯人という事になりますね」

「恐らくはな。しかし……」

そこでオノ原の饒舌がぴたりと止まった。

彼は腕を組み、しばらく黙って考え事をしていた。が、やがておもむろに顔を上げると、下川を睨みながら下知した。

「君が大佐の遺体を発見した時間帯に、ユダヤ人のメッセル夫婦、安岡弥太郎、安岡真佐子、その他大佐の知人が、どこにいて何をしていたのかを調べてくれ。もしそれがはっきりしない者がいたら、その人物を徹底的に洗うのだ。良いな」

「はっ。かしこまりました」

下川は、背筋を伸ばして気を付けをすると、オノ原に向かってきびきびとした動作で敬礼した。

七

翌日下川は、犬塚大佐の知り合いだったと思われる関係者の事件現場不在証明を、くまなく探った。

だが、事件が発覚した時間帯にメッセル夫婦は家にいたと証言し、安岡家の四人は一緒に夕飯を食べていたと主張した。いずれも親族が互いのアリバイを証明したが、これは近親者の証言で参考程度にしかならなかった。

遺留品の捜査では、ろうそくの販売会社やピアノ線の出所などが洗われたが、こちらも決定的な手掛かりにはならなかった。

事件当夜、旧子爵邸付近に見慣れない者がうろついていなかったかどうか、別荘地帯を中心に聞き込み捜査が行われたが、結局その方面も空振りに終わった。

一方このころ、太平洋戦争での日本の戦況はますます悪化していた。米軍による空爆が、大都市や中核都市、さらには地方都市にまで及び、日本中が焦土と化した。各地で多くの人命や家屋、人々の財産が失われていった。

軽井沢で起こった犬塚大佐変死事件の捜査の継続も、警察関係者の中に転属する者や戦地へと赴く者が増えるに連れ、段々と困難になっていった。

そして八月六日には広島、九日には長崎に、相次いで新型爆弾（原子爆弾）が投下された。

昭和二十年八月十四日、大日本帝国はポツダム宣言を受諾して無条件降伏し、翌十五日の玉音放送によって、太平洋戦争はようやく終わった。

だが終戦と戦後の混乱の中で、軽井沢旧子爵邸内の「逢瀬小屋」で発生した犬塚大佐の事件は解決を見ぬまま、徐々に人々の記憶から忘れられていった。

一方、終戦のわずか一週間前の八月九日、ソ連軍が日ソ中立条約を破って大群で満州に侵攻し、日ソ戦が開始されていた。

この侵攻で、満蒙開拓団として満州国に移住していた多くの日本人が命を落とした。彼らを守るため守備についていたはずの関東軍は、真っ先に本土へ引き揚げるありさまで、満州での日ソ戦は戦争というよりソ連軍によるほぼ一方的な略奪、殺人、強姦と、日本人の自決という悲劇的な結末を辿っていった。

ソ連の捕虜となった民間人や兵士は、シベリアに抑留され、そこで満足な食事も与えられぬまま重労働を強いられた。やがて彼らは、極寒の地で過労と病気と栄養失調で次々に死んで行った。

ソ連の侵攻は、ポツダム宣言の受諾すなわち日本の無条件降伏後も、九月初旬まで続いた。ソ連は満州のみならず樺太や千島列島へも侵攻し、日露戦争以降ポーツマス条約で日本の領土となっていた北方地域の奪還を目指していたのだ。

八月十八日から十九日には、極東ソ連軍総司令官が、樺太と千島を占領した後九月一日までには北海道の北部を占領するよう下令していた。

ソ連が樺太南部への侵攻を続けた理由もそこにあった。すなわち、樺太南部を侵略することにより、日本人住民の樺太から北海道への引き揚げを阻止するとともに、北海道を占領するための拠点をそこに確保することが、ソ連の目的であったのだ。

すでにポツダム宣言を受諾していた日本側は、各地でソ連との停戦を交渉した。だがそれはすべてソ連側に拒否され、停戦交渉に当たった日本側の軍使や南樺太在住の民間日本人が容赦なく殺戮された。

因みに、択捉、国後、色丹、歯舞の北方四島の占領は、ソ連第一一三狙撃旅団などによって九月三日までに完了している。

西欧からシベリア鉄道経由で逃れて来たユダヤ人を満州国で受け入れ、上海租界や米国あるいは日本へと非難させて多くのユダヤ人たちの命を救った当時ハルビン特務機関長だった樋口季一郎は、この時北海道の札幌にいた。

樋口は、陸軍参謀本部第二部長や金沢の第九師団長を務めた後、一九四二年（昭和十七年）に札幌の北部軍に司令官として赴任している。北部軍は後に北方軍、第五方面軍となり終戦を迎えるも、樋口の任務はそれで終わらなかった。

終戦前後で抵抗を止めようとしていた日本に対し、ソ連は満州や日露戦争で失った樺太と千島列島を奪い返すべく、火事場泥棒のようにこれらの日本領土を蹂躙していった。日ソ中立条約を一方的に破棄して参戦し、こういった行為を続けていたソ連軍に対し、樋口中将は北方各方面に残留していた日本軍に対して断固反撃を指示した。

樋口の命令に鼓舞された南樺太や占守島の日本軍は、進行して来たソ連軍に激しく抵抗し、これを撃破した。日本側にも相当の犠牲者が出たが、樋口の英断は、これらの領土を拠点に北海道にまで侵略して既成事実化しようと企てていたスターリンの野望を打ち砕いた。


戦後の混乱は続いていたが、軽井沢の別荘地に疎開していた日本人も外国人も、あらゆる物の不足に困窮しながらなんとか命をつないでいた。

そんな中、長野県警のオノ原警部補は、外国人居住地域の金子庸三博士の別荘に間借りしている、メッセル夫妻を訪問した。

「あなた方もご無事でしたか。それは良かった」

メッセル夫妻との再会を喜ぶオノ原を歓迎し、ピアノが置いてある居間に招じ入れると、夫妻は並んでオノ原の対面のソファーに掛けた。

「軽井沢に住む日本人の皆さんのおかげで、何とか生きて来られました」

アルベルトは疲れた表情でため息をつく。その手をアンナがとると、優しくさする。オノ原は深くうなずくと、

「食べ物が無いのは、これから何とかなるでしょう。それより、終戦のどさくさで外国の人たちが差別や迫害などを受けているといった話は無いですか」

と訊ねた。だがアルベルトはそれを否定した。

「いいえ、私たちが日本人から迫害を受けたことはありません。この国の人は、貧しくてもみな親切です」

オノ原は安堵したように微笑むと、話題を転じた。

「ところで、あなた方はこれからどうするのですか」

二人は一瞬顔を見合わせたが、その質問にはアルベルトが答えた。

「できれば、上海租界に向かおうと思います。

私たちの両親はユダヤ人ですが、一九四〇年頃ナチスドイツに人質として軟禁されていました。実は、ある方法でドイツに対して有利な情報を流していたので、両親たちは迫害から逃れていたのですが、それでも危険性を感じてドイツ国内からの脱出を計画していました。

そして誠に幸運にも、一九四〇年七月にリトアニアの財カウナス日本領事館の杉浦千畝さんからビザを出していただき、シベリア経由で何とか日本までたどり着くことができたのです。私たちも、浦賀で両親に会うことができました。このように私たち家族は、樋口季一郎さんと杉浦千畝さんという二人の日本人の英断

で、命を救われたのです。

　しかし当時の日本の中には、三国同盟を重視するあまり、ユダヤ人を敵視する人も少なからずいました。私たちの両親は、それを非常に恐れていました。

　私たちとその両親を含めた六人ものユダヤ人家族が、日本で一緒に住んでいたら目立ちますし、日本の反ユダヤ人主義者たちの標的にもなりかねません。結局私たち二人と、双方の両親で話し合った末、私たちの両親をひとまず上海租界に移し、その後私たちも両親のもとに落ち着こうということになったのです。

　しかし私たちも当時、日本での音楽活動が軌道に乗っていて、日本で有名になったレオ・シロタさんのご支援もあって、生活はなり立っていました。そんなわけで、両親だけ先に上海に行ってもらうことになったのです」

　アルベルトはいったん言葉を切ってから、オノ原の様子を窺った。長い説明で、自分の日本語が相手にちゃんと伝わっているかどうか確認するためだ。

　だがオノ原は「うんうん」とうなずいて、先を促しているようだ。アルベルトは安心して述懐を継いだ。

「ところが一九四二年を境に、日本の戦況はどんどん悪くなって行きました。私たちの両親はすでに上海に逃れていましたが、その後を追って私たちが船で中国へ渡るのは危険だということになり、やがて私たちは金子庸三博士の勧めもあって、この軽井沢に落ち着いたという次第です」

「ずいぶんとご苦労されたわけなのですね」

「私たちはまだいいのです。命からがら極東まで逃げて来た末、日本、上海とさらに移動して行った両親の心労はいかばかりかと、今でも案ずる毎日です」

「ご両親はお元気なのですか」

「先日ようやく手紙が来ました。私たちの双方の両親とも、上海で元気に過ごしているとのことでした」

「それは良かった。しかしこれから先、あなた方が日本を離れてしまうことは、我々日本人としては友人を失うだけでなく、戦後の日本の復興に文化面でご協力を仰げる人を失うことにもなる。大変残念ですな」

オノ原はしみじみと言った。

「いいえ。私たちは、あなた方日本人のご厚誼とご厚情を決して忘れません。お声がけいただければ、またいつでも日本に参ります。妻とバイオリンを連れてね」

アルベルトは妻の手を取り、傍らに置かれたバイオリンケースを抱き寄せると、寂しそうに笑った。

「お邪魔しました」

このあたりを潮時と、オノ原は椅子から腰を上げかけてから、ふとアルベルトが抱くバイオリンケースを見やった。

「それでずいぶんと写真を撮って、ナチスドイツに送ったのでしょうな」

突然アルベルトがソファーから立ち上がり、オノ原を睨みながら一歩前に出た。夫のその所作に合わせるように、アンナも立ち上がる。

不穏な空気が漂ったが、オノ原は、何事も無かったかのようにひょうひょうとした態度で二人に向き直ると言った。

「そのバイオリンケースのところどころに、ちりばめられたようにはめ込まれたガラス玉のどれかが、カメラのレンズになっているのでしょう。バイオリンケースとはよく考えたものだ。以前、似たようなものでハンドバッグの中に高性能小型カメラが収まっていた例を、私は知っています。

　なぜユダヤ人避難民のあなた方が、日本でそんなスパイ行為をするのか。初めてあなた方に会ったときには、さすがに分かりませんでした。しかし今日、初めて得心が行きました。あなた方はその情報をナチスドイツに送り続けていた。二人のご両親がナチスの人質としてドイツ本国に軟禁されていたからでしょう。

　お二人からの報告が続く間は、お二人のご両親の命も保証されていた。しかしナチスによるユダヤ人虐殺の噂が耳に入ると、あなた方はご両親のドイツ脱出を促した。幸いにも杉浦千畝領事代理によって出されたビザで、お二人のご両親は無事ヨーロッパを脱出した。

　そして浦賀でご両親に会えた時、そのバイオリンの隠しカメラももう必要が無くなったはずです」

　メッセル夫妻が身をこわばらせて立ち尽くしている姿を、オノ原は小さく笑っていなした。

「なあに、だからといって私があなた方をどうこうするつもりはありませんから、どうぞご安心を。

　ただ私が分からないのは、ナチスドイツが、三国同盟の盟主である日本の情報を、なぜスパイ行為によって入手しなければならなかったかです。同盟国同士なのですから、そんな必要はなかったのではありませんか」

　オノ原の素朴な疑問に、アルベルトはようやく緊張の表情を和らげ、観念したように応えた。

「バイオリンの隠しカメラに気付かれていたとは、私もうかつでした。

　なぜ私が日本でナチスドイツのスパイ行為をしていたかについては、あなたのご説明通り両親が人質に取られていたからです。ではなぜドイツが、そのようにしてでも三国同盟の相手国で入手した情報を欲しがったのか、とのご質問ですが、実は私もはっきりとは分かりません」

　上目遣いに相手をちらと見てから、アルベルトは静かに続ける。

「しかしドイツのリッペントロップ外相は、日本のことをすべて信用していたわけではありませんでした。特に、ユダヤ人に対するナチスドイツとは全く逆の扱いには、日本に深い懸念を抱いていたと思います。私たちの使命は、金子中尉やハルビン特務機関等を通じて入手した日本の対ソ連や対米政策に関する情報に加え、満州や日本に逃れて行ったユダヤ人たちの動向や潜伏先などを、彼らの顔写真と共に詳しく報告することでした」

アルベルトはそこまで語ってから、眉根を寄せて苦しそうな表情をして目を閉じ、うつむいた。が、すぐにまた顔を上げ両眼を見開くと、彼は続けた。

「私たちは、ある意味、人質に取られた両親の命と引き換えにユダヤ人同胞たちを裏切ったのです。恐らくナチスドイツは、私たちの情報を元に、国外でもユダヤ人たちを逮捕してドイツ国内に連れ帰り、拷問にかける意図があったのだと思います。幸い今年五月のドイツの敗戦によって、そんな恐ろしい計画は霧散したのですが……」

オノ原は、立ったまま長身をふらつかせながら黙って聞いていたが、アルベルトが話し終えると、ゆっくりと背をこごめてから礼を述べた。

「正直にお話し下さってありがとうございました。このことは私の胸の内だけにしまっておきますので、どうぞご安心ください」

オノ原はそれだけ言うと、静かに部屋を出て行った。

八

「ようやく私との会見を承諾してくださいましたね」

軽井沢の安岡弥之助の別荘にて、安岡真佐子を前に愛想のない顔つきの才ノ原警部補は、無理に笑って見せた。

長くなってきた秋の日差しが、窓際で風に揺れるレースのカーテンを通して入り込み、室内のあちこちで踊っている。窓を背にこちらを向いて座る真佐子の長い髪が、それに合わせて小さく舞う。

「お父様の弥之助さんは、満州で亡くなられたと聞きました。何と申してよいやら……誠にご愁傷様です」

坐高の高い才ノ原がつむじを見せて頭を垂れると、真佐子は顔にかかる髪を左手で払ってから言った。

「満州に置いてきた会社の社員とその家族の方々を見捨てることはできないと、ソ連が攻め込んで来てから間もなく、父は私たちが止めるのも聞かず突然単身で満州へと出かけて行きました。今思えば、命を捨てに行ったようなものです」

「責任感の強そうな方でしたからなぁ。ごしんぞさんもさぞかしお力を落とされたことでしょう」

遠くを見る目で才ノ原が慰めのようなことを言うと、真佐子はそれにゆっくりとうなずいてから、訥々と述懐を始めた。

「ソ連軍が迫ってくる中を、父は中国人たちにお金を渡して彼らを味方に付け、社員の家族たちの引き揚げを助けるために奔走していたそうです。父の傍で父を手伝っていた部下の方が、先日やっとの思いで内地に戻り、軽井沢に私たちを訪ねて来られました。

その方は、父の遺骨の一部を母に渡してくださる際に、父の最期の様子も話してくれました。父は、侵攻して来たソ連軍の砲撃に遭って、即死だったそうです……」

真佐子はハンカチを目に当て、うつむいた。

「そうでしたか……」

才ノ原は、ひとつため息を吐した後、質した。

「時に、東京本郷のご邸宅は、その後どうなったのですか」

「はい。二度の空襲で全焼し、今はがれきの山だとか。幸いじいやとばあやは無事でした」

「それは不幸中の幸いでしたなぁ」

才ノ原は感慨深そうに言った。

五年前に、バーナードというユダヤ人避難民の男性が拳銃で射殺された事件が解決せぬまま、本郷の安岡邸は全焼してしまった。それに対する心残りも才ノ原にはあった。

「戦争が終わっても大変な世の中はまだ続きそうですが、家が焼けても土地が無くなるわけではありません。名門安岡家の復興は、お二人の娘さんたちの手にかかっているわけですな」

「先のことはわたくしにも分かりません。でも、ありがたいことに、わたくしのピアノを聴きたいという方々が、少しずつ東京にも戻って来ているとのことです」

「それは良かった……」

才ノ原は、おもむろに背広のポケットから煙草を取り出すとマッチで火をつけ、しばらく黙ったままそれをくゆらせていた。

「あのう、今日はどのようなご用件で……」

なかなか本題を切り出さない相手にややしびれを切らしたのか、真佐子はのんびりと煙草の煙の先に視線をやっている才ノ原をそう促した。

灰皿に灰をひとつはたいた才ノ原は、ゆっくりと真佐子の方に向き直った。

「……ええ。他でもない、犬塚大佐の事件のことで、実は新たな進展があったものですから、そのご報告も兼ねて……」

そんな思わせぶりの前置きをしてから、才ノ原は淡々と語り出した。

「いえね、進展といっても私の頭の中でだけのことなんですがね。私はこう考えているのです。つまり、昭和十三年四月十五日夕刻、満州国ハルビン市内のアパルトメントで関東軍の子飼いの男が殺された事件、その二年後の昭和十五年十月三十一日夜、東京市本郷の安岡邸の裏口付近でユダヤ人避難民の男性が射殺された事件、そしてさらにその五年後の昭和二十年三月二十五日夜、ここ旧軽井沢日本人別荘地区にある旧子爵邸敷地内の「逢瀬小屋」で、関東軍の犬塚大佐が絞殺された事件。

この三件の不可解な事件は、いずれも同一犯人によって引き起こされたものであると……。そこから私の推理は始まります」

真佐子は、どこか狡猾そうな眼を輝かせて才ノ原を見た。

「面白そうですね。是非、お聞きしたいわ」

「ありがとうございます」

言って才ノ原は続ける。

「今申し上げた三つの事件の内、第一の事件と第二の事件は、私が直接捜査に当たったものではありません。

　しかし、七年前にハルビンで事件捜査を担当した伍東警尉と、本郷の事件で捜査に当たった羽崎警部補より、事件に関してそれぞれ詳細な説明の入った手紙をもらい、それらを今回の軽井沢の事件と照らし合わせて考えていたところ、ある共通の犯人像が私の頭の中に浮かび上がって来たのです」

　才ノ原は、そこで短くなった煙草を灰皿に押し付けると、いよいよ舌も滑らかになっていった。

「まず、密室状態となったハルビンのアパルトメント内の一室で、徳永という小さな男の死体が発見された事件ですが、この事件でのポイントは鍵の掛かった建物から犯人はどうやって消え失せたのかという謎にあります。

　ところがこの謎は、事件を発見した人たちすなわち金子中尉、三人のユダヤ人避難民、傳田上等兵、もしくは陳老人の中に、犯人の逃走を手助けした人物がいると考えれば、解けないことはありません」

　真佐子は瞬きもせず、才ノ原を見ていた。

「どういうことですの」

「私はこう考えます。陳老人が解錠した入り口ドアから、金子中尉と三人のユダヤ人が建物の中に入って行った時、犯人はまだアパルトメント内部のいずれかの部屋の中に潜んでいました。そして死体発見者の四人がばらばらになって、一号室から三号室までをめいめいに検分していた時、犯人は彼らの目を盗んで建物内の通路に出ると、入り口から見て通路の反対側にある裏口から逃走したのです」

　才ノ原はそこでしばし言葉を切って、相手の反応を窺っていた。それに呼応するように、真佐子が言葉を挟んだ。

「あの時は私もハルビンにおりました。あの事件は一時ハルビン中で話題になっておりましたので、私もいろいろと事件のことを小耳にはさんだのですが、確か事件が発覚した時には、裏口のドアの閂錠は建物の内側からしっかりと掛けられていた、というお話しでしたが……」

するとなぜか才ノ原は、嬉しそうに笑顔を作った。

「そこですよ、お嬢さん。私がさんざん悩んだのは。なぜなら、立派なご身分でいらっしゃる金子中尉が犯人の逃走を助けるような行動をしていたなどとは、ハルビン警察局の伍東警尉はもちろんのこと、捜査に当たった関係者や関東軍のつわものたちも誰も思わなかったに違いないのですから」

「信佑さんが……、いえ金子中尉が、犯人を逃がしたというのですか」

「意図的に逃がしたかどうかは、まだ明らかではありません。しかし結論として、犯人が逃走した後裏口ドアの閂錠を施錠できたのは、金子中尉以外にはいないと私は思うのですよ」

「なぜ金子中尉がそんなことを……」

真佐子が絶句していると、才ノ原は二本目の煙草に火を点け、それを軽く吸ってから灰皿の上に置いた。

二人の間には、しばしの沈黙が流れた。

真佐子が次の言葉を出せずにいると、才ノ原は真佐子の質問には応えず、落ち着いた口調で話を転じた。

「続いてその二年後に東京の本郷で起こった、バーナードというユダヤ人避難民男性の殺害事件です。実はこの事件は、他の事件に比べて最も単純で分かりやすい。私はそう考えます。

犯行の動機はいずれにしても、発砲音を聞いてから杉山巡査と二人の通行人が現場に駆けつけるまで、現場からは何者も道路側に逃げ出しては来なかった。だとすれば、謎の解釈は簡単です。犯人は、道路とは別の経路で現場から逃走した、と考えるのが筋です」

「あの事件には、私も身近で関わりました。犯人が一本道の方に逃げたのでないとすれば、残る方法はわたくしの家の塀しかないではありませんか」

真佐子はやや怒気を含んだ形相でオノ原を見た。

「そうなりますな」

オノ原はひょうひょうと答える。

「あの時わたくしは、事件捜査に当たられた羽崎警部補という方にもちゃんとご説明しました。塀を上ってわたくしの家の敷地内に入って来た者などなかったと」

真佐子は自信に満ちた口調で否定した。だがオノ原は真佐子の目をしっかりと捉えると言った。

「それは事実だと思います。でもそこに盲点がありました。

誰にも気付かれることなく、安岡家の敷地内に入って行ける人物が一人いたのです。そう、それはあなたです。あなたなら、当然裏口を自由に行き来することができた。バ、、、、、、、、、、、、、、、ーナードというユダヤ人を撃った犯人は、真佐子さんあなただったのです」

オノ原の口調は、それ以前と全く変化がなかった。

突然の意外な指摘に、真佐子は目を見開き、オノ原を凝視した。

そしてしばしの沈黙……

その場の空気は凍り付き、息をするのもはばかられるくらいであった。

灰皿の上では、煙草が長い灰を残してくすぶっていた。はっとしたようにそれを手に取って素早く灰皿の中で火をもみ消すと、オノ原は眉間にしわを寄せながら述懐を続けた。

「どうやってあなたが拳銃を手にしたのかは分かりません。しかしそれはともかく、あなたは持っていた拳銃でバーナードという男性を撃った後、そのまますぐにご自宅の裏口から中に姿を消した。

邸の敷地内から裏口に鍵をかけ、あなたがそのまま外の様子を窺っていると、防火用水の敷地には杉山巡査と二人の通行人が駆けつけて来て、ユダヤ人の死体を見つけました。彼らが騒ぎ出した丁度その頃を見計らって、あなたはさも今騒ぎを知ったようなふりをして裏口の鍵を開け、ドアから外に出て巡査や死体と対面した。これが安岡邸裏口現場から犯人が消失した謎の真相です」

真佐子は相手を睨んだまま黙っている。才ノ原は勢い説明を続けた。

「ハルビンのアパルトメントで発生した事件で、三号室にて徳永を撲殺し、裏口から逃げたのもあなたです。それを知った金子中尉は、あなたを告発することなく、その時現場にいた他の者たちのすきを見て裏口の閂錠を閉めました。これが七年前に起こった第一の事件の真相なのです」

才ノ原は、自分の推理に対して現れる真佐子の表情の変化を細かく観察していた。だが真佐子は少しも動揺する様子を見せず、才ノ原の話を静かに聞いていた。

「今は亡き金子中尉は、あなたの婚約者だった。あなたが犯人だったと知った時の金子中尉の驚きはひとしおではなかったでしょう。しかしあなたの殺人の動機はともかく、あなたを逃がそうと思った中尉は、咄嗟に裏口からあなたを外に出すと、そのドアに閂をかった……」

才ノ原はそこで言葉を切ると、もう一度相手の顔色を見た。が、蒼白な顔にも関わらず、真佐子は相変わらず落ち着いた様子で彼の説明を聞いている。その姿にやや失望しながら、才ノ原は続けた。

「そして最後は、今年の三月、軽井沢で起こった犬塚大佐殺害事件です。

旧子爵邸敷地内の『逢瀬小屋』で、あなたは二本のピアノ線を使ったトリックで、犬塚大佐を自死に見せかけて絞殺した……。プロのピアニストのあなたなら、ピアノ線を入手することはたやすかったのではありませんか」

そこでオノ原は、過日下川巡査に協力してもらって実行した「逢瀬小屋」での実験の概要を披露した。

こうしてようやく一通りの説明を終えたオノ原は、再び真佐子に目をやった。

自分の話は真佐子の胸中を大いに乱したはずだ。だがそこに証拠と言えるものは何一つない。後は、真佐子が自分から真相を話してくれるのを待つしかなかった。

「お話はそれだけでしょうか」

しばらくして真佐子が言った。

オノ原は応えなかった。真佐子の口から出て来る別の言葉を彼は期待していたのだが、それは叶えられなかった。

「お帰りください。わたくしからは、何もお話しすることはございません」

傾きかけた秋の陽光を浴びながら、レースのカーテンが揺れる。オノ原のいるところからは、そのカーテンを透かして、庭に広がるピンク色のコスモスの群生が見えた。

その淡い色にどこかやるせない思いを残したまま、オノ原は椅子から静かに立ち上がった。

「お嬢さん。もうお会いすることもございますまい」

そう言い残すと、オノ原は安岡家の別荘を辞した。

コスモスがずっと向こうまで咲き乱れる小路を、駅の方角に向かってゆっくりと降り始めると、真佐子の部屋の小窓から激しいピアノの音が追ってきた。

ショパンのエチュードハ短調作品十の十二「革命」。

真佐子の細く長い指は、無心で鍵盤の上を流れ続ける。

黒光りするほど磨き上げられたアップライトピアノの上には、金の懐中時計が載っていた。それは、ハルビンで別れた信佑が、あの松花江河畔のベンチの上にそっと置いて行ったものであった。

古典派音楽に疎い才ノ原の耳には、真佐子の奏でるピアノが、ただ激高した彼女の気持ちの表れ、としか捉えられなかった。

終章

一

軽井沢駐在所玄関脇に据えられた机の奥の椅子に掛け、やわらかな陽光を浴びながら長野県警のオノ原警部補は一人茶をすすっていた。

ついひと月ほど前までは、日本中まだ臨戦態勢が敷かれ、駐在は敵の空襲も警戒しながらの職務であった。終戦を迎えてからは、軽井沢駐在の下川巡査も毎日気が抜けたような顔をして自転車で巡回に出て行った。

その日もオノ原にお茶を出すと、下川はいつものように職務に出発して行ったので、オノ原は駐在所で留守番をすることになった。

軽井沢旧子爵邸の敷地内にある「逢瀬小屋」で、犬塚大佐が不可解な死を遂げてから半年が過ぎようとしているのに、事件は未だに解決の糸口すらない。県警本部長は、この事件を自殺として処理しようとしていたが、オノ原はその考えにどうしても納得できずにいた。

だが、長野県にも占領軍である米軍の第二十七歩兵師団が進駐してくると、県の警察組織も進駐軍の管轄下に置かれるようになった。こうして、殺人事件としてのオノ原の独自捜査にも足かせが生じ、本部長から許されている時間的な限界も過ぎてオノ原はその日のうちに県警本部に戻るよう言い渡されていた。

そこへ一人の男がぶらりと駐在所を訊ねて来た。

中背で痩身のその男は、五分刈りの坊主頭が青かったが年は中年ないし初老にも見えた。みすぼらしい国民服を着ていたが、細長い顔は浅黒く日焼けしていて、どこか勇ましさを感じる。

「ごめんください。こちらに、県警の刑事殿が出張に来られていると聞きつけて参りました」

机の向こう側にひょろりと竿が立ったがごとく、坐高の高い才ノ原の公爵然とした相貌をいかめしそうな目で見やりながら、その国民服の男はふらふらと駐在所の玄関から中に入って来た。

「私は県警から来た才ノ原という者だが、あんたは？」

すると男はさっと背筋を伸ばし、直立不動の体制を取ると、いきなり才ノ原に向かって敬礼した。

「はっ。小生は傳田上等兵と申します。県警の刑事殿とは存ぜず、失礼いたしました」

「傳田、上等兵……？」

才ノ原がおうむ返しに訊くと、男もおうむ返しに応える。

「はっ。傳田上等兵であります」

才ノ原は、右手に握っていた茶碗を机の上に置くと、改めて傳田と名乗る男を上から下まで眺めた。よれよれの国民服に、たすき掛けした水筒と小さなカバンのようなものを下げている。傳田はまっすぐ正面を見たまま微動だにしない。

「傳田さんとやら。もう戦争は終わったんだ。その敬礼も、上等兵と名乗ることも、みんな必要無くなったんだよ」

才ノ原が諭すように言うと、傳田はようやく緊張を緩めて息をついた。

「そうでありました……」

「あんたはどこの部隊にいたの」

すると傳田は再び、あたかも部隊長に報告する時のような姿勢を取る。

「まあ、それはいいから、ともかくもそこへお掛けなさい」

相手が返答する前に、才ノ原は対面の椅子を傳田に勧めた。駐在所に用のある一般人はみなそこの席に掛けて、巡査を前に訥々と事情を話し始めるものだ。

「いえ、自分はこのままで……」

才ノ原は、言いかける傳田を咎めるように着座を命じた。

「傳田上等兵、そこへ着座せよ！」

「はっ」

命じられた方が座りやすいとばかりに、傳田は今度はためらうことなくきびきびとした所作で椅子を引き、それに掛けた。

「立ったままじゃあ話も出来ん」

独り言のように呟くと、才ノ原は対面に掛けた傳田を改めて見つめながら質した。

「で、その傳田さんが、長野県警から来たこの私にどんな用かね」

「はい。実は、話せば長くなるのですが」

「構わないよ。今のところこの駐在所の留守番をしていることが私の仕事なのでね。丁度退屈していたところだ。さあ、何でも話してくれ」

傳田は顎を引いてうなずくと、背筋を正してから淡々と話しを始めた。

「……終戦も近かった去る八月九日、ご承知のようにソ連軍が日ソ中立条約を一方的に破って満州に侵攻して来ました。その時小生は南樺太に展開する第八十八師団に属し、豊原の守備についておりました。やがてソ連軍は、真岡町から豊原市へと南下の兆しを見せて進軍して来ました。はじめわが部隊へは、ソ連軍との戦闘は自重せよとの命令が下っておりました。しかし後に、ソ連の目指すところが、南樺太を拠点とした北海道の占領であることが分かると、第五方面軍司令官の樋口季一郎中将殿は、樺太、千島に残っていた全部隊に徹底抗戦を下知されたのです」

傳田はそこまで報告してから、急に口を噤んだ。ふと見ると、傳田は顔をゆがめ、唇をへの字に曲げて震わせている。

「どうした」

才ノ原が訊くと、傳田は泣きたいのをこらえながら

「何でもありません」

と自分を鼓舞するように言った。傳田は歯を食いしばって続けた。

「その時南樺太の戦場で、小生はあのお方に出会ったのであります」

「あのお方……？　あのお方とは誰だ」

「はっ。金子信佑中尉殿であります」

才ノ原はわが耳を疑い、そして腫れぼったい瞼の奥の目を見開いた。

「何、金子中尉？　金子中尉は、生きていたのか……」

言ってから、才ノ原は絶句する。

「オノ原警部補殿は、金子中尉殿をご存知ですか」

「直接は知らない。だが私が今捜査しているある事件で、彼の存在を忘れることはできないのだ」

傳田は得心したようにうなずくと、汚れた国民服の袖で涙を拭ってから、述懐を継いだ。

「小生も、金子中尉殿は南洋の戦いで戦死されたものとばかり思っておりましたので、南樺太の豊原でお会いした時には大変驚き、万感の思いで泣きました」

「うむ。それで、その後金子中尉はどうなった」

「中尉殿は、第八十八師団に属する守備隊の小隊長を務められており、ソ連軍の侵略に際しては全霊をもってこれを阻止しました。小生はその一年ほど前に、満州から北方軍への転属を志願し、受け入れられました。北方軍は後に第五方面軍となりますが、小生はさらに第八十八師団に属する守備隊の任務を命ぜられ、そこで偶然出会ったのが金子中尉殿でありました」

「ふうむ……。つまりあんたは、金子中尉と一緒に南樺太でソ連軍と戦ったのだな」

「その通りであります……」

言って傳田はまたうつむき、涙をぬぐう。

「金子さんはそこで戦死したのか」

オノ原の問いかけに、面を上げぬまま黙って涙をこらえている傳田の様子を見て、オノ原は彼の返答を肯定と捉えた。

やがて傳田は顔を上げると、勇気を振り絞るべく咳払いをしてから、ひとつひとつかみしめるように語った。

「金子中尉殿は、立派な軍人でありました。最後の突撃で金子中尉殿が戦死される前の日の晩、中尉殿と小生とは二人きりで話をする時間がありました。小生は、中尉殿がハルビンの特務機関にいらっしゃったときから中尉殿にお仕えしていたものですから、お人柄やお考えになっていたことなどは良く存じております。そんな中尉殿が、なぜ今ご自分が南樺太にいて、ソ連軍と戦うことになったのかを、この小生に打ち明けて下さったのです」

先をはやる気持ちを抑えながら、オノ原はじっと傳田の続く言葉を待った。

「……中尉殿は小生に対し、こんなふうにおっしゃっておられました。『傳田上等兵。もし明日の戦いで俺が死んで君が生き残ったら、軽井沢で起こった犬塚大佐殺害事件の捜査を担当しておられる長野県警の刑事さんに、これから語る出征後の俺の遍歴をそのまま伝えてほしい』と。

なぜ、軽井沢で起こった殺人事件の担当刑事さんに？

なぜ、金子中尉殿の出征後の遍歴を？

……その時小生の頭の中には、たくさんの「なぜ」が渦巻いていたのですが、小生はただ黙ってうなずくより他ありませんでした」

傳田は国民服のズボンのポケットから、汚れたしわくちゃのハンカチを取り出すと、額ににじむ汗を拭った。

「金子中尉殿の話は続きました。一九四二年の秋、中尉殿は突然内地転属を言い渡されたそうです。そして内地での短い臨時休暇の後、今度は南太平洋の前線に送られることになったのです。この人事はお国のために仕方ないことだと思いながら、中尉殿はなぜ自分が前線に行かされることになったのか、あれこれ考え続けたそうです。

金子中尉殿はその理由を小生には語りませんでしたが、小生はそれを知っています。金子中尉殿の前線送りを陸軍上層部に進言したのは、他でもない犬塚大佐なのです。

小生は当時特務機関で諸々の情報処理のお手伝いをしておりました関係上、そういったうわさも耳にすることが良くございました。小生からそのことを金子中尉殿にお話したことはありませんが、中尉殿は誰が自分の南洋前線送りを上層部に進言したのか、独自に情報を入手して知っておられたのではないでしょうか」

長い話に喉が渇いたのか、傳田は
「失礼します」

と断ると、たすき掛けにぶら下げていたアルミ製の水筒の蓋をひねって開け、水をラッパ飲みした。その所作を見やりながら、才ノ原は腕組みをすると、一人思考に耽った。

「金子中尉は、この傳田を媒介として、会ったこともないこの俺に一体何を訴えようとしたのだろう……」

だが才ノ原の思考は、話を再開した傳田の声に打ち消された。

「こうして南洋へ送られる新たな部隊への編入の際、金子中尉殿は他の将校や兵隊と同様、健康診断を受けられました。

ところが、そこで肺の結核病巣が見つかったのです。中尉殿の南洋行きは突然断たれました。中尉殿は、東京市の多摩地方にある結核療養所の隔離病棟に入所させられ、治療を受けることになったのです。といっても良い薬が入手できるわけではなく、中尉殿はほとんど病床で栄養失調に見舞われながら死を待つような状態だったそうです。

そういえば、小生がハルビンの特務機関で中尉殿の部下として任務に当たっていたころ、中尉殿は良く咳き込んでおられました。思えばあのころから、結核は中尉殿の肺を蝕み始めていたのかもしれません」

傳田はまた一息ついて、水筒の水をグビリと飲む。オノ原も急くことを止め、おもむろに上着のポケットから煙草を取り出すと、火を点けて、吸った煙を近辺にくゆらせていた。

傳田は、金子から聞いた話をオノ原に語り継ぐことを使命とでも思っているかのように、またすぐ話し始めた。

「その後の中尉殿の動向には、この小生にもやや不可解なところがあるのですが、ともかくも中尉殿のおっしゃるには、このまま結核療養所で終戦を迎えてしまってはお国のために何の役にも立たなくなってしまう。病が治らなくとも、何とか前線でお国のために働きたいと、中尉殿は看護婦の目を盗んでその結核療養所を抜け出ると、その後緊急で志願兵を募っていた北方の対ソ連戦線に志願したそうです。

一方療養所では、突然いなくなってしまった中尉殿を探したそうですが、とうとう行方が知れず、そのことを軍に報告したそうです。

陸軍としては、南太平洋の前線に勇ましく出て行こうとしていた将校が結核で出戻り、挙句の果てにはそこを抜け出して行方知れずとなれば、誠に面目ないばかりか当時一億総玉砕と叫ばれていた国民の士気にも係る。そこで軍部は、金子中尉殿が華々しく戦死したとの報をでっちあげ、中尉殿の親元に送り届けたのです。

そうとは知らぬ中尉殿でしたが、北方で対ソ戦の要とされる第五方面軍の司令官が、金子中尉殿が尊敬するかつての上司でありオトポールのユダヤ人避難民の満州入国を許可した樋口季一郎中将殿であったことも、金子中尉殿の決断を促したものと思われます」

傳田はそこでうなだれるように視線を落とし、ハンカチで汗と涙をぬぐった。オノ原はしばらく黙って煙草をくゆらせていたが、傳田の話が途切れたと見るや、やおら質した。

「あんたは、金子中尉の最期を見届けたのかね」

傳田は顔をゆがめ、眼光を才ノ原の目に定めてから返答した。

「はっ。銃弾を打ち尽くした中尉殿は、攻めて来る数十人の敵に白兵戦を挑まれました。銃剣でソ連兵の二、三人を突き殺しましたが、その直後無念にも銃殺されたのです。小生も後を追おうとしましたが，『傳田、来ちゃいかん。長野県警の刑事さんに、伝言を頼んだぞ』と叫んだあと、そのまま地面にうつぶせに倒れられました……」

語り終えた傳田は、身をこごめ両手で顔を覆うと、嗚咽を漏らした。

「おや、ご来客でしたか」

巡回から戻った下川巡査が、入り口引き戸を開けて、場にそぐわぬ暢気な声をかけながら入って来た。

二

傳田上等兵と名乗る男の突然の訪問が、才ノ原の頭の中で組み立てていた満州・東京・軽井沢連続殺人事件の解決に欠けていた最後の断片をもたらしたことは確かである。

「これでようやくつながった」

才ノ原は、自身満足であった。

だがこの真相を、果たしてあの人に告げるべきだろうか。迷った挙句、才ノ原の足は自然にまた安岡家の別荘へと向いていた。

「犯人はあなたです」

と才ノ原が先日告げた相手の安岡真佐子は、もう自分には会ってくれないのではないか。そう思っていた才ノ原であったが、意外にも真佐子は彼をすんなり自室へと招じ入れた。

この間来訪したときと同じ椅子に掛け、こちらも同じ肘掛椅子に掛けて対峙する真佐子に向かって、才ノ原は再びの訪問を詫びるように言った。

「もうあなたにお会いすることはありますまいと、この間申し上げたばかりですのに、その舌の根も乾かぬうちにまた来てしまいました」

真佐子は少しく微笑むと、

「そんなことではないかと、わたくし思っておりましたわ」

「ほう。私の再びの来訪を予期されていたと」

真佐子は小さくうなずき、やや上目遣いに才ノ原の公爵然とした長い顔を見つめた。

「あの時刑事さんは、わたくしから事件の真相を引き出すために、わたくしにウソをつかれましたね」

一瞬、何と応えてよいか言葉を失したが、ここは素直に謝って本当のことを告白するしかないと才ノ原は覚悟を決めた。

「申し訳ありません。罠を掛けてあなたから真相を引き出そうとしたわけではないのです。しかし、事実とは異なるものの、事件を合理的に説明する解釈を披露すれば、あなたはそれを否定してご自分の口から事実を語ってくれるのではないか。私はそう思ったものですから、あなたに対して挑発的な言葉を発したことは確かです。実はあの時の私には、真相が見えていなかった……」

「いいえ。むしろ刑事さんにそんな策を弄させてしまったのは、わたくしのせいかもしれませんわね。最初から何もかも刑事さんにさらけ出して、ご裁断を待った方が潔かったとは思います。でも、わたくしには、どうしてもそれができなかったのです……」

真佐子はうつむき、ハンカチを口に当てた。

「お嬢さん。誰もお嬢さんを攻めることなどできません」

膝を乗り出すと、さらに才ノ原は言った
「私の言うことを、お嬢さんは認めて下さるおつもりなのですね」

「その覚悟でおります」

真佐子が応じると、才ノ原は深くうなずき、両手を重ねて膝の上に置いた。

「それではこれから、私が辿り着いた本当の真相をすべてお話しします。もし間違っているところがあったら、ご指摘と訂正をお願いします」

真佐子は黙って首肯した。

「まず昭和十三年、満州ハルビン市内のアパルトメントで発生した徳永殺害事件についてです。詳細は省きますが、前にも申し上げましたように、この事件では出入り口も窓も鍵の掛かった建物から犯人がどうやって逃走したかが大きな謎でした。

先日私は、この事件の犯人があなたであり、徳永を殺害後にあなたが逃走した裏口のドアの閂錠を閉じたのが金子中尉だと申し上げました。しかしそれは一つの解釈の仕方であって、真実ではありませんでした」

真佐子はまた一つうなずく。才ノ原はその様子をちらと上目遣いに見ると、すかさず先を継いだ。

「では改めて申し上げましょう。真相はこうです。

陳老人がドアの鍵を開け、三人のユダヤ人たちと金子中尉がアパルトメントに入って行った時、徳永の死体はまだアパルトメントの三号室の中には無かったのです」

真佐子は驚きの目を才ノ原に向けた。それを、演技ではないと捉えた才ノ原は、言葉を中断した余韻をかみしめるように、少し間をおいてから続けた。

「では誰がいつ、徳永の死体をアパルトメントの三号室内に運び入れたのか？　そんな芸当は、その時そこにいた誰にもできたはずはない。入り口の前では傳田上等兵が見張っていたし、一方裏口のドアの閂錠はその時閉まっていたはずです。

私は、このような状況が起こり得る背景を考えているうちに、この謎の解答における一つの光明を見出しました。というよりも、その謎の答えはどう考えても一つしかないのです。

それは、金子中尉が徳永の死体を外套の下に隠し持って、三人のユダヤ人と共にアパルトメントの中に入った後で、三号室内にまで運んだ、という驚きの解答でした」

才ノ原には珍しく、抑揚のある声であった。だが真佐子は、変わらぬ凛とした姿勢で才ノ原を無言で見据えていた。

「徳永の両手首には、帯紐か手拭いのような物でしばった痕があったと言います。しかもその痕は、死後に付けられた可能性が高いということでした。

金子中尉は、アパルトメント以外の場所で死亡した徳永の両手を、帯紐か手拭いのようなものでしっかりとしばった。そうして結んだ死体の両腕で輪ができると、中尉はその輪の中に自分の頭を入れ、胸の前で向かい合うように徳永の死体をぶら下げていました。

その上に大き目の外套を着れば、痩せて子供のように小さい徳永の死体は、大きな金子中尉の身体と外套の間にすっぽりと隠れます。中尉は外套の襟も高く立てていた事でしょう。また冬用の軍用外套の裾は足首まであリますから、人と対面してもやや前かがみになっていれば、死体を隠していても怪しまれることはない。加えて、当時アパルトメントの中はかなり薄暗かったと言いますからね。

金子中尉と陳老人は、アパルトメントの入り口でユダヤ人たちが来るのを待っていましたが、中尉は陳老人に会う前からずっと、徳永の死体を外套の中に隠し持っていたものと思われます。だが陳老人を始め三人のユダヤ人たちも傳田上等兵も、まさかその時中尉の外套の内側に徳永の死体がぶら下がっていたなどとは、夢にも思わなかったことでしょう。

徳永は、死体となって発見されたとき、外套も上着も着ておらず軽装だったといいます。季節は春といっても、夕方の時間帯はまだまだ寒い無人のアパルトメントの中にもかかわらず、です。

そこには金子中尉の意図がありました。死体のかさばりを防ぎ、外套の中に死体を隠していても分かりにくくするためです。そのため中尉は、徳永の死体から外套も上着も取り去っていました。

ちなみに、徳永の死体に触れたバーナードは、死体がまだ温かかったと証言したそうです。その時死体には、すでに死後硬直の兆候が現れ始めていたというのに……。

死後硬直は、個体差はあるものの死後二、三時間後に現れるのが普通です。一方、無人のアパルトメントの中に二、三時間も放置されていた死体であれば、完全に冷たくなっているはずです。

この矛盾をどう解いたらいいのか。答えは簡単です。徳永の死体は、金子中尉が外套の中でずっと自分の体温で温めていたからです」

長い説明にも疲れた様子を見せず、オノ原は一息ついてからまたすぐに話し出した。

「では、他のメンバーに気付かれることなく、徳永の死体を三号室内に横たえる機会と時間が、果たして金子中尉にはあったのか？

私は、あったと考えます。それはいつであったか？

現場の捜査と関係者の事情聴取を行った現地の刑事、それは伍東警尉といいまして私も良く知った男なのですが、その伍東警尉の細かな報告書や、私自信がメッセル夫妻から聞き出した現場の状況などから、明らかになったことがあります。

それはほんの数十秒だが、メッセル夫妻が一号室、バーナードが二号室、そして金子中尉が三号室にそれぞれ入り、互いの姿が見えなくなった時間帯があった、ということです。

金子中尉はその機会を狙っていました。

三号室で一人になった中尉は、そこで徳永の小さな死体を床に横たえさせた。死体の手首を縛っていた紐を花結びにしておけば、その一端を引いて紐をほどくのは数秒でできます。

死体は自然に中尉の胸と外套の間からするすると床にすべり落ちた。紐は自分のポケットに入れて隠し、後は死体の四肢の向きを整えてから、それにつまずいて転んだような演技をすればよかった。ただし死体はすでに死後硬直を呈し始めていたので、万歳して両足を伸ばしたような不自然な姿勢を、大きく変えることはできなかったのだと思います。

中尉が床に倒れた音と叫び声を聞いて皆が集まって来た時、三号室入り口横の床の上には徳永の死体がありました。それはあたかも、ずっと前からそこに横たわっていたかのように……」

じっと黙って才ノ原の説明を聞いていた真佐子が、そこでようやく言葉を挟んだ。

「大変面白いお話ですわ」

真佐子の言葉には、やや軽蔑したようなきらいがあったが、続いて発した質問には彼女の怒気が含まれていた。

「でも、なぜ信佑さんはそんなバカげたことをしたのでしょうか？　やもすれば信佑さんは死体を取り出すところを皆に見つかって、あらぬ疑いをかけられたかもしれないではありませんか」

だがそれに怯むことなく、才ノ原は毅然とした態度で告げた。

「お嬢さん。あらぬ疑いではありません。徳永を殺した真犯人は、金子中尉なのですから」

三

それを聞いても真佐子が動じる様子はなかった。才ノ原からいずれその言葉が出ることを予期していたかのように、真佐子は表情を変えずに相手を見据えていた。

だが反論がないと見るや、才ノ原は話を継いだ。

「さて、なぜ中尉がそんなことをしたのかというあなたの問いに対し、私の答えには憶測の域を出ないところが多々あるのですが、まあ聞いてください。

徳永は関東軍の犬塚大佐の子飼いで、大佐の言う事なら善悪問わず何でも聞いた男だそうですな。事件のあった日の午後、恐らくは夕刻前あたりに、徳永は犬塚大佐からの命を受け、金子中尉の執務室を訪れた。

そこで金子中尉に、犬塚大佐からの伝言もしくは手紙を渡した。

しかし金子中尉は、犬塚大佐がやっていることや大佐の考えに大いに不満を抱いていた。私にはその理由を推し量ることはできませんが、一つ言えることは、大佐があなたつまり安岡真佐子さんに、並々ならぬ強い思いを勝手に抱いていたという事です。

金子中尉は、自分の大事なフィアンセを無理やり奪い取ろうとする犬塚大佐に激怒し、その犬となってい る徳永をも罵倒した。一方の徳永も、犬塚大佐の言うことを善悪なく頑なに守る男なので、相手が誰であろうが屈しない。

そしてもう一つは、大佐が満州国におけるユダヤ人避難民受け入れに頑強に反対していたことです。この点でも金子中尉は犬塚大佐と意見が合わず、むろん徳永とも対抗していた。

そこで二人はもみ合いになり、体力の差で遥かに勝る金子中尉は徳永を突き飛ばした。その時徳永は打ちどころが悪く、中尉の部屋に置かれていた机の角に後頭部をぶつけ、脳挫傷で亡くなってしまった。

なぜ机の角かというと、その事件の後金子中尉は執務室の机とソファーを新しいものに替えたそうです。特務機関に予算の増額があって、機関長から必要品の新調の許可がおりたということでした。私はあのユダヤ人夫婦から、そのことを聞き出しました。

しかし中尉としては、徳永が頭をぶつけて死んだ机に何か痕跡が残っていないか気になっていたところだと思います。机だけ取り替えたのでは、いかにもその机に何かあると気付かれそうなのでソファーも取り替えた、というところではないでしょうか。

さて話は逸れてしまいましたが、こうして偶発的に徳永を殺してしまった金子中尉はかなりうろたえた事だろうと、察するに余りありません。その一、二時間後には、陳老人のアパルトメントまで赴き、ユダヤ人たちにアパルトメントの紹介をする予定になっていたのです。

まさか、徳永の死体をそのまま部屋の中に置いて行くことは、ままなりません。かといって、執務室はハルビン市内の目抜き通りの近くにあって、死体を担ぎ出そうとでもしようものなら、たちまち誰かに見られてしまいます。

そこで中尉は一計を案じました。『この子供のように小さな男なら、外套の下に隠していても気付かれることは無い。そうしてタクシーでアパルトメントまで運び、アパルトメントの中でユダヤ人たちに知られないような機会を狙って、そこへ捨ててきてしまおう』と。

徳永が着ていた上着の類は死体から脱がし、持ち物などと一緒にいったん執務室のクローゼットか何かに隠し、それらは後で処分しました。

こうして金子中尉の計画は辛くも成功したのです」

オノ原の驚くべき話が一段落すると、真佐子は黙って目を閉じた。その様子をじっと見つめながら、オノ原は考える。

「この人は、金子中尉が殺人を犯してしまったことを知っている。だが、どのようにしてその犯行を成し得たのかまでは、知る由もなかったのだろう。今、物思いにふける彼女の胸中には、結婚を約束した金子の面影が膨らんでいるに違いない。

しかし、今ここで一緒に感傷に浸っていても仕方がない。自分は真佐子に真相を告げに来たのだ」

相手を思いやる気持ちを振り切ると、オノ原は再び鬼になった。

「さて次は、五年前の東京市本郷のあなたのご邸宅裏で起こったユダヤ人射殺事件へと、話を進めましょう。

この事件においても、一つの謎が残りました。バーナードというユダヤ人避難民が射殺された場所は、あなたのお邸の裏口に隣接する防火用水置き場で、そこは三方を塀に、残る一方は一直線に伸びる道路に囲まれていました。高い塀の上には有刺鉄線がめぐらされており、一直線の道路には、銃声を聞いて一方から巡査が、他方からは二人の通行人がそれぞれ駆けつけて来たので、バーナードを射殺した犯人が逃走することは絶対に不可能だったのです。

しかし、その犯人が金子中尉だったとすれば、この謎の説明がつきます。金子中尉は防火用水の前でバーナードを射殺した後、巡査や通行人が駆けつける前に真佐子さんあなたが開けた安岡邸の裏口から、間一髪邸内に入ることができました。

あなたは裏口の戸を閉めて鍵を掛けると、金子中尉を邸の別の出口の方へ誘導し、そこから中尉を外へ逃がしました。そして再び裏口まで戻って来ると、そこで様子を窺っていました。

やがて巡査と通行人が死体を発見して騒ぎ出します。そこで今度はあなたが何食わぬ顔で裏口から出て行き、バーナードの死体を見て驚くふりをした。そうこうしているうちに、金子中尉は安岡邸からずっと離れた所へ逃げ去ったのです。

むろん、殺害に用いた陸軍公用の拳銃は中尉のもので、それは中尉が現場から持ち去ったというわけです」

窓から入り込んだ風が、真佐子の黒髪をさっと払った。真佐子はうつむく。

「では、なぜ中尉がバーナードを殺したのか……」

オノ原の述懐は続く。

「それは、あなたが一番よくご存じなのではないでしょうか。

私が調べたところによれば、バーナードはロシア系ユダヤ人で、ソ連のスパイだった疑いがあります。ハルビンの特務機関に勤務していた金子中尉は、そのことをいち早く察しており、スパイ行為をやめるようバーナードに迫った。だが、二人はそこで口論となり、金子中尉が持っていた拳銃を発砲した。

それが事の顛末だと思うのですが、では、どういった経緯でバーナードはあなたのお邸の裏口へ赴いたのか。その理由は、実は私にもはっきりとは分かりません。

ただこれはまさに私の勘ぐりなのですが、バーナードはあなたに恋をしていたのではありませんか。彼もプロのピアニストを目指していたそうですね。きっとピアノを通じて、あなたとも話が合ったのではないですか」

そこでオノ原は、ちらと相手の顔色を窺った。

「あなたが、東京で行われるリサイタルでピアノを演奏するためハルビンから本郷の自宅に帰るという話は、きっとバーナードの耳にも入っていたと思います。もちろんあなたの婚約者だった金子中尉の耳にも……。

そして間が悪いことに、バーナードと金子中尉の二人は、安岡邸で鉢合わせしてしまった。あなたによって、いったんは邸の中に招じ入れられた二人でしたが、やがて口論となり、金子中尉はバーナードを裏口から追い出そうとした。

もちろんその時あなたは、二人の争いを止めようとしたのでしょうが、事態は最悪の結果となり、バーナードは死にました」

その推理はあくまでオノ原の推理であって、確証はない。だが真佐子は、相変わらず黙って話を聞きながらうつむいていた。

彼はそんな真佐子の様子を窺いながら、自分の推理に確信を持った。

「あなたもお忙しいご身分だ。先を急ぎましょう。

そして最後は、ここ軽井沢の旧子爵邸内で起きた密室小屋の事件です。この事件では、関東軍の犬塚大佐が絞殺されました」

続いてオノ原は、先日軽井沢駐在の下川の助力を仰いで解明した『逢瀬小屋』殺人のトリックの説明を、真佐子に対して簡潔に繰り返した。

しかし彼女は、その事件について格別興味を示す様子もなく、ずっと床のあたりの一点を見つめている。

オノ原は構わず述懐を継いだ。

「ハルビンのアパルトメントの事件と本郷安岡邸のバーナード殺害事件の犯人が金子中尉であることは、ほぼ私の頭の中で固まっていたのですが、犬塚大佐殺害事件となると、話は違っていました。なぜならば、この事件が起きた一九四五年の三月には、金子中尉はすでに南太平洋の戦いで戦死し軍神となっていたのですから。

いったんは、犬塚大佐を殺害したのが真佐子さんあなただと、私は真に疑いました。ところがそこに間違いがあったことを、私はつい先日知ったのです。

金子中尉は生きていたのです」

オノ原の口調は、そこでやや昂揚した。その時突然、真佐子ははっと目を見開き、オノ原を凝視した。

「信佑さんは、生きているのですか」

真佐子の瞳にかすかな希望が宿る。だが続くオノ原の言葉は、無情にもその希望を打ち砕いた。

「ああ、あなたはご存じなかったのですね」

彼は、視線を落としてうつむきながら告げた。

「大変残念ながら、金子中尉が戦死なされたのはついこの間の事なのですよ」

才ノ原は、傳田から聞いた話をそのまま淡々と真佐子に伝えた。

その間中、真佐子はほとんど瞬きもせず才ノ原の口元から視線を逸らさなかったが、その頬には幾筋もの涙が滝のように流れ落ちていた。

「……実に見事な最期であったと、その傳田上等兵はつくづく申しておりました」

才ノ原は、しんみりとした口調で言い足した。

二人の間にしばし沈黙が漂う。

だが伝えるべきことがまだある。才ノ原は気力を振り絞った。

「金子中尉は、犬塚大佐の策略で南太平洋の前線に向かうことになっていたのですが、奇しくも転属に際しての健康診断で肺結核を患っていたことが明らかとなります。中尉は予備兵役の身になって、有無を言わさず結核療養所に入れられました。

しかしそこで、彼に最後の仕事が残されました。犬塚大佐の始末です。

金子中尉が犬塚大佐に殺意を抱くようになった理由は、少なくとも三つあったと私は考えています。

一つは、無二の恋人だったあなたに犬塚大佐の魔の手が忍び寄っていたこと。

二つ目は、あなたに対して横恋慕した犬塚大佐が、恋のさや当てに金子中尉を邪魔者扱いして南洋の最前線に送り出すよう画策したことです。

金子中尉は、犬塚大佐のこの陰謀を後に知ることになるのですが、それは奇しくも中尉の肺に結核が見つかって前線送りが無くなった後のことでした。

そして三つ目ですが、私が傳田上等兵から聞いたところによれば、金子中尉は傳田に対する告白の中で、こんなことを言っていたそうです。

それは、中尉がハルビン特務機関に勤務していたころの話になります。関東軍の一部の者たちは、満州であまりに横暴なふるまいをし、また彼らは中国、ソ連、モンゴルとの満州国境の戦線を拡大して領土を広げ、手柄を挙げて国から勲章をもらうことを考えていた。戦争が無くては軍人は昇格できない、というのが彼らの口癖だったそうです。

そんな不穏な動きを何とか阻止したいと考えていた中尉は、関東軍の中で日本政府の不拡大方針に反して満蒙国境での争いを起こそうとする動きがあることを、あらぬことかソ連側に流しました。要するにスパイ行為を働いたのです。

それを仲介したのがバーナードだったというわけです。

金子中尉は、関東軍の不穏な動きやそれに係っている軍内の主な人物、その傘下の兵力、軍備などの情報を秘密裏にバーナードに伝え、バーナードは国境警備のソ連兵にそれを流した。そういった戦線拡大を望む関東軍の重鎮の中に、犬塚大佐がいたのです。

ところが、どこで知ったのか犬塚大佐は、金子中尉がソ連のスパイのようにふるまっているという情報を入手し、それを告発して何かと目障りな金子中尉を消そうとしました。金子中尉がソ連のスパイ行為を行ったという情報は、恐らく徳永がつかんだネタだったのでしょう。

こうして犬塚大佐は、金子中尉を死の前線に送ることで目的を達した、と思った。ところが、結局その後前線送りが見送られて生きながらえることになった金子中尉に殺害されましたけれどね。

なお、この三つ目の動機に関連して、金子中尉はバーナードの存在にも脅威を感じるようになったと思います。バーナードは、いわば中尉のスパイ行為の共犯者でもある。また、そのままバーナードを放っておいたら、彼は日本軍の動向や日本国内の様々な情報をソ連に流し続けるに違いない。

バーナードは、金子中尉が満州で行ったスパイ行為を日本軍に秘密にする代わりに、別の情報を中尉に要求したかもしれません。そういった事情が、先ほど述べた犬塚殺害動機に加えて金子中尉のバーナードに対する殺意を助長した、とも私は考えています」

才ノ原はそこで疲れたようにため息を一つつくと、真佐子に目を据えた。真佐子は微動だにせず、背筋を伸ばして才ノ原の説明の続きを待っているようであった。

察した才ノ原は、大きく息を吸い込んでから話しを再開した。

「さて以上が、私が考える金子中尉の犬塚大佐殺害の動機ですが、こうして中尉は犬塚大佐を亡き者にする計画を巡らせます。

中尉は、以前軽井沢の金子家別荘に遊んだ日々を回想し、そこに無人となっている旧子爵邸の別荘と『逢瀬小屋』があったことを思い出した。そして、そこで誰にも知られず犬塚大佐を殺害する計画を思いついたのです。

金子中尉は、まず結核病棟で知り合った若い看護婦に金を渡し、安岡真佐子と名乗って犬塚大佐に電話をかけてくれるように頼みました。あなたとはほんの数回しか会っていない犬塚大佐が、その看護婦とあなたの声を聴き分けられるはずがありません。看護婦は犬塚大佐に、『私は安岡真佐子です。今、軽井沢の別荘に来ています。私も心変わりし、あなたと二人きりでお会いしてみる気になりました。軽井沢にある旧子爵邸内の小屋で、三月二十五日午後六時半に、一人でお待ち申し上げております。あなたも一人で来てください』

という内容の電話をしたそうです。申し遅れましたが、私はその看護婦を探し出し、金子中尉からの依頼について詳しく訊ねましたので、これは間違いありません。

ところが、当夜犬塚大佐を待ち受けていたのは金子中尉でした。

中尉は小屋の外から壁板の隙間に口を寄せて、小屋の中に入って来た犬塚大佐に声をかけ、大佐を小屋の奥まで誘ってからピアノ線で絞殺しました。金子中尉があなたの声色を真似することはできなかったと思いますが、かすれた声で囁くように大佐を呼べば、男の声か女の声か分からないものです。

あなたからの誘いと信じ常軌を失っていた犬塚大佐は、金子中尉のこの罠にまんまと引っ掛かったと、こう私は思うのです……」

才ノ原の長い話は、ようやくそこで一応の終着をみた。

語り終えた才ノ原は、気力を使い果たした様子でうなだれるように体を前に折ると、ふうーっと長い息を吐いた。

「才ノ原さん。お話はそれですべてでしょうか」

しばしの間をおいて、真佐子が静かに言った。

才ノ原は首をもたげ、ぼんやりした目を真佐子に向けると、呟くような声で訊いた。

「……いかがでしたか」

　すると真佐子は応えた。

「信佑さんが実行した一連の犯行について、わたくしからは今何も申し上げることはありません。ただ、あなたのおっしゃることを否定する根拠も、わたくしにはございません。わたくしにできることは、信佑さんがわたくしのためにして下さったことと彼の真心を信じるのみです」

　そんな抽象的なことを言ってから、それきり彼女は押し黙った。もはやオノ原の存在は彼女の意識の中になく、そこにあるのは金子信佑のみ、とオノ原は思った。

「……あ、そうそう。もう一つ、申し上げておくべきことがありました」

　断ってから、オノ原はしみじみとした口調で補足した。

「戦死する前の晩、金子中尉は傳田上等兵に、『南洋への出征が決まってからその時までの自分の遍歴を、軽井沢で起こった殺人事件の担当刑事に伝えてほしい』旨、依頼していたそうです。

　なぜ軽井沢で起こった殺人事件の担当刑事に？　なぜ自分の遍歴を？

　傳田上等兵は不思議に思ったそうですが、その答えを中尉から聞くことはできなかったと言っておりました。

　私は思うのですが、中尉は真佐子さんあなたが犬塚大佐殺人事件の容疑者として逮捕されるようなことがあってはならないと、最後まで心配していたのではないでしょうか。

　犬塚大佐が殺された時、金子中尉はすでに南洋の戦いで戦死したことになっており、当然容疑者からは外れます。犬塚大佐はあなたに強引に求婚していましたから、それを嫌うあなたが、犬塚大佐に殺意を抱いたとしてもおかしくはない。そうであれば、警察は容疑者としてあなたに目をつけるのではないか。

そうではなく、犯人は自分なのだと警察に印象付けるため、金子中尉はわざわざ傳田上等兵に伝言を頼んだのではないか。犬塚大佐が殺害された時、自分は内地にいてまだ生きていた、と……。

お嬢さん。そんな風に、私は思うのですよ」

そこで真佐子がかすかに微笑んだように、才ノ原には見えた。

「……今日は、ありがとうございました。あなたにすべてをお話したことで、私の中では事件捜査に一応のけじめをつけることができました」

言って才ノ原は、ゆっくりと腰を上げると、真佐子に向けて深く頭を下げた。それに合わせるように真佐子も立ち上がる。

立ち去り際の才ノ原の背に向かって、真佐子が声をかけた。

「刑事さん。わたくしからもお礼を申し上げます。大事なお話を聞かせていただき、本当にありがとうございました。今度こそ、本当のお別れですね」

才ノ原も振り返ると、無骨な顔に笑みを作りながら言った。

「あなたもどうぞお元気で。ピアニストとしてのますますのご活躍を、ご祈念申し上げております」

どこかやるせない気持ちを引きずりながら、才ノ原はとぼとぼと坂を下りた。

真佐子は一連の事件に対する自分の推理をほぼ認めてくれたようにも思う。だがもしそうであれば、彼女はバーナード殺害事件において、犯人の金子中尉を自宅の裏口から逃れさせた共犯者ということになる。

その推理は自分の中で揺らぎない。しかし真佐子と対峙してその解釈を彼女に披露した時の彼女の興味深そうな瞳、毅然とした態度、そして口元に笑みすら浮かべたあの表情は一体何を物語っているのか。

もちろんそれは彼女がオノ原の推理を全面的に認めたからかもしれない。だがもう一つの解釈として、真佐子の中には全く違った真相があり、それを隠すためにオノ原の解釈を受け入れたそぶりを見せていたのではないか。

そんな不安がにわかにオノ原の胸中に飛来し、そこで彼は愕然として立ち止まった。

バーナード殺害犯が真佐子ではなく、金子中尉でもないとしたら、真相は一体どこにあるのか。犯人はどうやって、あの衆人監視の防火用水置場の狭いスペースから消えたのか……。

オノ原は、額ににじみ出る冷たい汗をぬぐうことも忘れ、坂の途中から安岡家の別荘を振り返った。

そこからは、ショパンのノクターンを奏でるピアノの響きが、もの哀しく聞こえて来た。

安岡真佐子は今、ハルビンの松花江で金子信佑が自分に告げたあの言葉の意味が、ようやく分かったような気がしていた。

「結婚の日をもう少し先に延ばしてほしい」

と信佑から切り出された真佐子がその理由を訊ねた時の事だ。信佑はこう答えた。

「理由は……訊かないでほしい。これは、君とは関係ない、僕自身の信条に係ること……」

あの時信佑の心は、過ちとはいえ自分が犯した徳永殺害の罪の意識にさいなまれていた。そればかりではない。暴走する関東軍の一部の将校の野望をくじくことが目的であったとはいえ、バーナードを通じて信佑が軍の機密をソ連側に漏洩したことは、国に背くスパイ行為といわれても仕方がない。

信佑は、自分が犯してしまったこれらの過ちに対し、自責の念を強く抱くようになり、それが無垢な真佐子との結婚をためらわせていたのではないか。

「信佑さん。なぜあなたはあの時、私にすべてを打ち明けて下さらなかったの。それを知ったとて、私の愛が変わることなど決してなかったのに……」

哀惜の念を引きずったまま、真佐子は静かにピアノを弾き続けた。

四

軽井沢駅のホームで、東京行きの汽車を待つメッセル夫妻の傍に、彼らを見送る安岡真佐子と智美の姉妹の姿があった。

メッセル夫妻は、いったん東京まで出て下谷で仮住まいをしている金子庸三、孝枝夫妻と会って別れを告げ、その後横浜から出港する客船で上海へと向かう予定であった。

メッセル夫妻が疎開して住んだ軽井沢の金子庸三の別荘は、荷物を片づけ掃除をした後には、元からあった家具などを除いてほとんど何も残っていなかった。メッセル夫妻は、自分たちの持ち物をすべて処分し、借りた時とほぼ同じ状態にして別荘を出て来たのであった。

ただあのアップライトピアノだけは廃棄するに忍びなく、金子夫妻と相談して記念に残しておくことにした。

終戦のこの年には、安岡姉妹もそれぞれ二十六歳と二十二歳になっていた。

すっかり大人になり、姉に似て背が高く色の白い智美は、姉に勝るとも劣らぬ美しい女性に育った。七年前、ハルビンで初めて二人に会ったメッセル夫妻は、あの時彼らに演奏をせがむ智美の無邪気な姿が、今も目に焼き付いて離れない。

真佐子、智美と順に握手を交わしたアルベルトは、続いて二人に抱擁の別れを惜しむ妻のアンナの姿を見ていた。

良質の音楽を求める聴衆は、世界中これからも絶えることは無いだろう。ユダヤ人音楽家が大手を振って活躍する場は、もっともっと増えるに違いない。

今は国中焼け野原となった日本だが、戦後の復興が進み経済の発展と共に文化を求める声が必ず高まる。その時にはきっとまたこの国に戻って来て、ストラディバリウスを奏でたい。

アルベルトの胸中にそんな万感の思いが去来し、瞼が熱くなって、おそろいのピンクのワンピースを着た美しい姉妹の姿が霞の中に見えた時、発車のベルが鳴った。

「また日本に来てくださいね」

「きっとよ」

「お元気で」

真佐子と智美が並んで手を振ると、汽車の窓から手を振って返す夫妻の姿が段々と小さくなっていく。ホームに並ぶ姉妹は、煙を吐き汽笛を鳴らしながら去って行く汽車を、いつまでもいつまでも見つめていた。

五

長野県警のオノ原警部補は、軽井沢駐在所の玄関奥に据えられた机の脇の椅子に掛け、信越本線長野行きの汽車まではまだ少し時間があるので、下川巡査が淹れてくれたお茶をすすりながら時間をつぶしていた。下川巡査はいつものように巡回に出ていた。

駐在所の格子硝子窓からは、新緑の山野のところどころに黄や橙に変わりつつある樹々の葉が点在して見える。間もなくこのあたりも紅葉に染まり、錦秋の見事な景色を見せてくれることだろう。

才ノ原はいつものようにポケットから煙草を取り出し、マッチで火をつけた。そこへ見覚えのある男が現れた。傳田上等兵だった。

玄関の引き戸をガラガラと音を立てて開け入ってきた傳田は、才ノ原の前で兵隊帽子を脱ぐと、薄くなった髪の真ん中のつむじが見えるまで頭を下げた。

「先日はありがとうございました」

「やあ、あんたか。いつまで軽井沢に?」

「はっ。今日の汽車で、東京に参ります」

「ほう、東京まで？　差し出がましいようだが、焼け野原になった東京にどんな用事があるのかね」

「はっ。金子中尉殿のお墓が谷中にあると聞きまして、墓前にいろいろとご報告に参ろうと思っております」

「うむ、そうであったか。殊勝な心がけですな。しかしあんた、その『はっ』という軍隊式の返事は、これからの日本じゃやめた方がいい」

「はっ？　なぜでありますか」

才ノ原は、相手に言い聞かせるような口調で
「日本は負けたんだよ。もう軍隊はいらないんだ」

「はっ。仰せの通りでありますな。あ、また言うてしもうた」

二人は顔を見合わせて笑った。

そこへ下川巡査が巡回から戻って来た。

「ああ、あんた傳田さん。まあそんなとこに突っ立っておらんと、警部補殿の横に掛けなされ。今お茶を淹れますで……」

才ノ原は煙草の灰を灰皿の中にたたくと、席を少し詰めた。

六

妹の智美と一緒にメッセル夫妻を送ってから、別荘の自室に戻り、一人になった真佐子は、何気なくピアノに目をやった。

扉を開け、カバーを外し、右手でポロンポロンと、何かの曲のメロディーを弾く。自分以外誰もいない部屋に、もの悲しい旋律が響いた。

ふと、黒いアップライトピアノの上に載っている金の懐中時計に目が行った。ピアノの鍵盤から指を放し、懐中時計を手に取る。

そこで真佐子は、懐中時計が示す時刻が自分の腕時計に比べて幾分遅れていることに気付いた。

「時刻合わせのつまみはどこだろう」

あちこちいじっているうちに、時計の裏側の蓋のようなものがパカッと開いた。

その拍子に、小さな紙きれを何枚か重ねて折りたたんだ束が、ぽとりと足元に落ちた。

「何だろう……」

すぐに拾い上げ、紙の束を広げてみる。それは十センチ四方くらいの大きさの薬包紙で、全部で五枚あった。

薬包紙は折りたたんでもかさばらず、懐中時計の隠し蓋の内側でも相当の枚数が収まる。薬包紙のそれぞれには、びっしりと細かい字がつづられていた。

「親愛なる真佐子様……」

これは、わたくし宛の手紙。信佑さんの字だわ」

真佐子は慌てて文面を読んだ。

親愛なる真佐子様

僕が永遠に君を愛していることは、君もわかってくれていると思う。

僕は南洋で戦死を遂げるだろうが、もちろん死んでからも、君への思いは変わらない。この時計を僕だと思って持っていてくれたら、僕はこの世で一番の幸せ者だ。

いつか君がこの手紙に気が付き、手紙を読み終わっても、君が愛する人たちへの君の思いが変わらないことを僕は願う。

以上を前置きとして、次の僕の話を驚かずに聞いてほしい。

僕には、どうしても君に面と向かって言えなかったことがあったのだ。それは、本郷の君の家で起こったバーナードの射殺事件の真相だ。

あの時、僕が安岡邸を訪問し君と智美ちゃんと三人で僕たちの将来のことなどを談笑していた時、突然バーナードが訪ねて来たね。智美ちゃんは、君のコンサートを聴くため満州から君と一緒に本郷の家に来ていたのだ。後程の捜査で、警察は邸の中にじいややばあやと智美ちゃんもいたことは知っていたようだが、事情聴取は君が自ら受けたので、彼らにまでその手が及ぶことは無かった。

ちなみに君は、あの時僕やバーナードが安岡邸を訪問していたことは、警察には黙っていた。君は、バーナードを撃ったのが僕だと信じ込み、警察の疑いが僕に向かないように、そのことに関しては一切口を閉ざしていたんだね。君の気持には感謝するが、しかしあの事件に限っては、犯人は僕ではないのだ。

話は戻るけれど、あの時バーナードは鼻持ちならない態度でいきなり君の家に上がってくると、君ばかりでなく智美ちゃんにまでちょっかいを出そうとしていた。あいつは酔っていた。

僕と君は早々にバーナードを追い返そうと、あいつを裏口から無理やり外に出した。さすがにバーナードも他人の家で騒ぎを起こすほど馬鹿じゃないから、おとなしく帰ったものと僕も君も思った。

その後君は一人、隣の部屋でピアノの練習をし、僕は僕で一人酒を飲んでいた。その時僕は、

「智美ちゃんの姿が見えないな」、

とちょっと不審に思ったのだが、大して気に止めるでもなくソファーでくつろいでいた。

その時だった。裏口の方で一発の銃声がしたのだ。

僕は咄嗟に部屋の窓から裏口の方を見た。そうしたら、裏木戸から母屋の方に走ってくる智美ちゃんの姿

が目に飛び込んできたのだ。

それはほんの数秒だった。智美ちゃんは母屋に駆け込むと、すぐにその姿は見えなくなった。

すると、それとほぼ入れ違いに、君がピアノの部屋から外へ飛び出してきて、裏木戸の方に走り去って行った。それから君は裏口から通りの方に出て行くと、そのあたりで通りがかりの人たちと話をしているようであったが、僕は智美ちゃんの方が気になったので、自分がいる部屋からそっと母屋の玄関の方を覗いてみたんだ。

そうしたら、僕がいる部屋からみて廊下の突き当たり、玄関の三和土の傍で、僕の外套の内ポケットの中にそっと拳銃を戻す智美ちゃんを見てしまったのだ。智美ちゃんは、ハルビンで僕の執務室に見学に来たこともあったりして、恐らくその時に僕がいつも外套の内ポケットに拳銃を忍ばせていることを知ったのだと思う。

その後、智美ちゃんは何食わぬ顔で僕のいる部屋に入ってくると、

「裏口のあたりが騒がしいみたいだけれど、何かあったのかしら」

などと知らぬふりをしている。

その時僕は、さっき智美ちゃんが僕の外套の中に戻しておいた拳銃のことを思い出した。さっきの銃声は、僕の拳銃から智美ちゃんが弾を発射した音だ！

外はますます騒ぎが増してきている。もし警察がこの家の中にまで事情聴取に入ってきたら、拳銃を調べられるに違いない。そうなったら僕も疑われるが、もしかしたら智美ちゃんが逮捕されるかもしれない。

僕は咄嗟に思った。

「ここは、ポケットに拳銃の入った外套をそのまま着て、黙って消えるに限る」

智美ちゃんには、急用ができたと言って僕は表玄関の方から草々に退散した、というわけだ。後で拳銃を調べてみると、全弾装填していたはずが確かに一発だけ無くなっていた。

君のリサイタルが終わってから、僕は智美ちゃんを呼んで二人きりで話をした。智美ちゃんは僕の言うことを全部認めてくれた。バーナードを撃ったのは自分だ、と。

理由を訊ねると、初めは言いづらそうだったけれど、そのあと怒りを込めながら一気に告白してくれた。バーナードは、ハルビンや東京でも隙を見て智美ちゃんに言い寄り、彼女を抱き寄せたりキスをしたりしたそうだ。智美ちゃんはまだ未成年なのに、その時のショックの大きさは計りしれない。

智美ちゃんの心中は、バーナードに対する嫌悪感から段々に殺意へと変わり、僕が外套の内ポケットに拳銃を持っていることを思い出して機会をうかがっていたそうだ。

これ以上多くを述べる時間はないけれど、智美ちゃんはきっといつかこのことを君にだけは打ち明けると約束してくれた。

もちろん僕はこの手紙で君に告白する以外は、誰にも話すつもりはない。智美ちゃんのしたことは犯罪だが、バーナードという下劣なやつを相手の犯罪だと思えば、情状酌量の余地もある。因みに僕は、いずれバーナードをソ連のスパイとして告発するつもりだったのだ。

真佐子さん。僕は、君の心を乱すことばかりしてきて、君を幸せにすることもできない愚か者だ。だが、君のことを一番に思っている世界でただ一人の男だ。そのことを分かってほしい。

そして、どうぞ智美ちゃんのことを優しく見守ってあげてくれ。彼女は傷ついているに違いない。

「真佐子、僕の永遠の愛」へ……。

金子信佑

手紙を読み終わった真佐子は、しばらくその場に立ち尽くしていた。

黒い両の瞳からは、いつしかほとばしる涙が頬を伝い、床に落ちて行った。

「信佑さん。智美……」

そうしてどのくらいの時間が過ぎたことだろう。

手紙をたたみ、懐中時計の蓋を開いて元あった場所にそれを納めると、真佐子は時計の裏蓋をピタリと閉めた。

その時、誰かが部屋のドアをノックした。真佐子は、懐中時計を握り締め、手のひらの中に隠した。

「……誰?」

真佐子が訊ねた。

するとドアの向こう側から声がした。

「お姉さま、私……」

「智美さん……」

「入ってもいいかしら」

「どうかした？」

しばしの沈黙の後、ドアの向こう側からまた智美の声がした。

「お姉さまに、聴いていただきたいことがあるの」

参考文献

書籍等

一．半藤 一利 昭和史 1926‐1945 平凡社ライブラリー 二〇一八年 初版第二十四刷
二．半藤 一利 B面昭和史 1926‐1945 平凡社ライブラリー 二〇一九年 初版第一刷
三．半藤 一利 ノモンハンの夏 文春文庫 二〇〇一年
四．樫出 勇 B29撃墜記 光人社NF文庫 二〇一一年 新装版第四刷
五．白石 光 米兵たちの硫黄島 歴史群像 二〇〇六年 第八〇号
六．古峰 文三 本土防空の切り札 歴史群像 二〇一九年 第一五三号
七．平野 信 戦時期日本のユダヤ人音楽家 ―日独文化協定締結と人種問題― 二〇一五年 平成二十六年度卒業論文 駒澤大学

ウェブサイト

一．ユダヤ人五〇〇〇名を救った樋口季一郎とオトポール事件をご存知ですか
二．オトポール事件‐かつて日本は美しかった
三．樋口季一郎 ウィキペディア
四．陸軍中将・樋口季一郎の知られざる功績

著者
平野俊彦（ひらの としひこ）
一九五六年生まれ、足利市出身。東京薬科大学名誉教授。薬学博士。
「報復の密室」で島田荘司選第十三回ばらのまち福山ミステリー文学新人賞を受賞し、文壇デビュー。他に、「幸福の密室」等の著作を出版。

表紙画
山田陽城（やまだ はるき）
北里大学名誉教授、東京薬科大学客員教授、薬学博士。実生会会員。実生会展、新協展など入選作多数。表紙絵は、日本の自然を描く展の自由部門（日本の自然以外）入選作「丘の上の小さな修道院（ポロス島）」

ユダの密室

2023年3月3日　　第1刷発行

著　者──── 平野俊彦
発　行──── 日本橋出版
〒103-0023　東京都中央区日本橋本町2-3-15
https://nihonbashi-pub.co.jp/
電話／03-6273-2638
発　売──── 星雲社（共同出版社・流通責任出版社）
〒112-0005　東京都文京区水道1-3-30
電話／03-3868-3275

ISBN 978-4-434-31639-5